漫時光

長風渡

【第二部】橫波渡

下卷

墨書白 著

高寶書版集團

目錄
CONTENTS

第二十章　宮變

——「重審洛家滅門一案！」

顧九思腦子迅速將秦楠的話過了一遍，思索著所有事。

而江河張合著小扇，靜靜看著秦楠，秦楠正視江河，毫不退縮。

范玉看了看江河，又看了看秦楠，輕咳一聲道：「這不是小事啊，你有證據嗎？」

「陛下，」葉青文在此時開口了，打斷范玉的話道：「臣以為，如此大案，不該當堂審訊，應交由御史臺辦案，收集證據，得出結果後再公開審訊。」

「哦，那……」

「陛下！」秦楠跪在地上，大聲道：「江大人乃朝廷重臣，與御史臺千絲萬縷，如若不當庭審案，臣的證據，怕就沒了。」

這話出來，葉青文的臉色頗為難看，范玉點頭道：「朕覺得你說得很有道理啊。你的證據是什麼？」

「微臣願意為秦大人作證。」范玉剛發問，洛子商便跪在地上，恭敬道：「微臣乃洛家遺孤，當年事發之時，微臣亦在場，只是因為年幼，受了驚嚇，如今再見到江大人，便想起過往。」

「那你為何不早說？」葉青文皺起眉頭。

洛子商低聲道：「微臣不敢。只是這次黃河偶遇秦大人，受長輩鼓舞，才終於決定站出來替洛家討個公道。江大人一手遮天，微臣又怎敢如此貿然指認？」

「那洛大人是出於什麼立場來如此指認呢？」顧九思慢慢開口，露出玩味的笑容，「洛大公子？」

洛子商不說話了。

顧九思和洛子商都心知肚明，他不是洛家的大公子，只是街上一個乞兒，一個冒名頂替的人，來替洛家伸冤，這簡直是笑話。

洛子商抬眼看向顧九思，片刻後，他出聲道：「那不如驗證一番？」

說著，他擦起袖子，神色篤定：「古有滴血認親，秦大公子乃當年洛小姐所出，我身負洛家血脈，自當與秦大公子血脈相融。如今秦大公子已在殿外，若是顧大人有所疑慮，不如一試。」

「你……」顧九思正要開口，就被江河一把按住。

顧九思奇怪地回頭看向江河，洛子商自然是洛家血脈，只是他不是洛家大公子，而是洛依水的血脈。

顧九思早在之前，心裡就清楚，今日洛子商要驗，就給他驗個徹徹底底。他就不信等驗完之後，洛子商還能站在這兒同他規規矩矩說鬼話。

但江河按住了他，顧九思震驚片刻後，沉默下來，江河看著秦楠，繼續道：「還有其他證據嗎？」

「都在此處了。」秦楠奉上摺子，恭敬道：「十一年前，我夫人洛依水因病去世，去世後不到一年，江河便為了玉璽前往洛家，伐害洛家滿門，江河得到玉璽之後，將玉璽交予梁王，梁王因此信心大振，才苦心謀劃，於三年前舉兵起事，致大榮傾崩，征伐不止，百姓流離。」

「今日，有當年洛家遺孤指正，而微臣查閱了十一年前江大人在東都的官署記錄，洛家滅門之時，江大人正因病休沐，長達一月之久。而後，微臣幾經走訪，又尋到當年梁王身邊侍奉的侍從，可證明當年的玉璽，的確由江大人交給梁王。如此樁樁件件，還不足以證明，當年洛家一事，便是江河所為嗎？」

「江河滅洛家滿門，不僅僅是殺百餘人。他後來慫恿梁王舉事，豈止是亂臣賊子所能稱謂？然而，如此賊人——」秦楠眼中含淚，直起身來，指著高座上的人，厲喝道：「今日卻坐於高堂，一人之下萬人之上，哪怕天子都莫不敢從，大夏朗朗乾坤，竟能容得亂臣賊子如此倡狂嗎？」

聽到這些，顧九思的心一點點沉了下去，滿朝文武俱不敢出聲，顧九思靜靜看著跪在地上的秦楠，認真注視著他。

那一瞬間，他彷彿又回到了黃河邊，那些百姓注視著他的目光。

「顧大人，」秦楠放低了聲音，克制著眼淚，「您能為黃河百姓做主，您敢冒死為滎陽求一份公道，如今在東都高堂，您彎了脊梁，因為他是您舅舅，因為他是右相江河，是嗎？」

顧九思的手微微顫抖，江河轉頭看他，目光似笑非笑。

「如果大夏朝堂沒有一分公正，」顧九思艱澀開口，「秦大人，您又如何能在這裡，如此說話？」

他一開口，所有人看了過去。

如今是沒有人敢說話的，如果幫江河，那全然說不過去，證據在前，秦楠如此當眾告狀，誰也不能壞了這樣的規矩。可幫著秦楠，一個秦楠，又怎麼能扳倒江河這樣的大臣？日後江河記恨，誰都討不了好。

這時候，僅有身為江河姪子、同為輔政大臣的顧九思，能夠出聲了。

而顧九思這話出去之後，也表明了他的態度，他神色平靜：「大夏不會因為任何人亂了規矩，秦大人，您不放心此案交由御史臺，那交給刑部尚書李大人，您看如何？」

李玉昌是出了名的公正耿直，秦楠早已和李玉昌熟悉，他聽到這話，恭敬道：「下官無異議。」

顧九思站起身，朝著范玉恭敬行禮道：「陛下，如此處置，可妥當？」

范玉撐著下巴，笑道：「妥當啊，都你們說了算，朕覺得挺妥當。」

顧九思假作聽不出范玉口中的嘲諷，讓李玉昌出列，接下此案。而後轉頭看著江河，平靜道：「江大人可有其他話說？」

江河聳了聳肩，「沒有，讓他們查吧。」

顧九思伸出手，做出「請」的姿勢道：「那請江大人脫冠。」

江河聽到這話，苦笑一下，但他沒有為難顧九思，他解下髮冠，跟隨著士兵，儀態從容地走了出去。

等做完這一切後，顧九思轉頭看向秦楠，神色平靜道：「如此，秦大人可覺滿意？」

秦楠跪在地上，低啞道：「微臣謝過陛下，謝過諸位大人。」

處理完江河的事後，范玉也沒了上朝的興致，打了個哈欠，便宣布退朝。

退朝之後，顧九思從高臺上走了下去，走到秦楠面前，秦楠靜靜看著他，兩人默默無言，許久後，顧九思艱難地笑了笑，「你同我說你要留在滎陽，又突然告訴我要回東都，我以為是什麼事，原來是為了這件事。」

秦楠低著頭，沙啞出聲：「對不住。」

「是洛子商告訴你的？」

秦楠沒有出聲，顧九思垂下眼眸：「你不怕他騙你？」

「他是不是騙我，」秦楠苦笑，「我聽不出來嗎？」

顧九思沒有說話，靜默片刻後，聽秦楠道：「如果李大人查出來當真是你舅舅，你當如何？」

「我能如何？」顧九思得了這話，苦笑出聲。

他轉頭看向殿外，嘆息道：「秦大人，好走不送了。」

說完，他便轉身出了大殿，往外走去。

他剛出門，便被葉世安抓住，葉世安拉著他往外走，頗為激憤道：「你今日為何不揭穿洛子商？」

「揭穿什麼？」顧九思知道葉世安憤怒，由著他罵著，神色平淡：「揭穿他不是洛家大公子的事？」

「對。」葉世安立刻道：「今日必然是他設局誣陷江大人，你還看不出來嗎？你讓他把秦公子叫進來，也就唬唬大家，他敢驗嗎？」

顧九思聽到這話，苦笑不語。

他突然有些羨慕葉世安了，他什麼都不知道，在他心裡，他的親友都是好人，洛子商是惡人，他什麼都不用想，只需要無條件站在自己這邊就夠了。

顧九思不忍打擾葉世安這份天真，只能抬起手，拍了拍葉世安的肩，溫和道：「我自有我的理由，世安，你先回去吧，我去看看舅舅。」

葉世安抿了抿唇，他似有不滿，顧九思想了想，接著道：「等一切清楚了，我自然會告訴你。」

「九思，」葉世安看著顧九思，他神色微動，「你變了。」

顧九思愣了愣，片刻後，有些疲憊地笑起來：「或許吧。」

顧九思說完後，轉身前往天牢。他走在路上的時候，一條一條捋順了許多事。

洛子商的身世、洛家滅門的案子、洛子商與江河第一次見面的異常、江河與秦楠第一次見面的場景、江河拿到遺詔的原因……

他一面走，一面想，等捋順之後，他反而平靜下來。

他走進天牢之中，看見江河坐在牢中，旁邊放了一堆摺子，這裡與他的官署似乎沒有什麼不同。

顧九思站在門口，江河注意到他，挑了挑眉：「站在這兒看我做什麼？不回家去？」

「回家去，」顧九思苦笑，「我娘得打死我。」

「把我交給李玉昌的時候不怕被你娘打死，現在來貓哭耗子啦？」江河盤腿坐在獄中，撐著下巴，看著他道：「你是來問我話的吧？你若有什麼想問的，便問吧。」

「我若問了，你便會回答嗎？」

江河漫不經心回道：「看心情吧。」

顧九思笑了笑，卻是沒說。

江河沉默了一會兒，終於道：「你這孩子，如今心眼多得讓我害怕。」

「該害怕的不是舅舅，」顧九思拍了拍地上的灰，慢慢坐了下去，抬頭看回江河，平靜道：「該害怕的，是我才對。」

「你怕什麼呢？」

「越是瞭解舅舅，瞭解你們，我就越是害怕。」顧九思有些疲憊，慢慢道：「我過去總以為，善就是善，惡就是惡，我的劍永遠對著敵人，可如今我卻慢慢發現，或許堅守這份所謂善惡的，只有我自己。」

江河不說話，顧九思抬眼看著他，「今日為什麼不讓我說呢？」

江河聽著這話，低頭笑了笑，手中小扇張張合合，似是有些不好意思：「你不是知道嗎？」

「我不知道。」顧九思立刻開口，「我不知道，為什麼明明有生路你不走。你當初不是答應過我嗎，什麼都不會影響。」

當他暗示江河和洛子商的關係時，江河曾斬釘截鐵告訴他，他永遠記得自己是江家人。

江河聽著這話，垂眸不言，顧九思靠在牆上，有些疲憊道：「洛家人是你殺的吧？」

江河不回答，顧九思抬眼看著牢獄縫隙上的天。

江河這一間牢房是特別挑選的，周邊沒有人，空蕩蕩的一條長廊，顧九思的話雖然小，卻依舊讓人聽得很清晰。

「不說？」顧九思轉頭看他，「要不要我幫你說？」

聽到這話，江河苦笑起來：「何必呢？」

他看著顧九思，眼裡帶著苦澀：「你就當什麼都不知道，不好嗎？」

「我也想啊，」顧九思聲音裡滿是無奈，「可舅舅，我裝不下去，我知道便是知道了，我已經裝聾作啞很久了，我本來覺得這是你的事，你的過去，與我沒有關係。可如今別人已經把這些東西放在我面前，我不能再不聞不問了。」

「所以呢？」江河靠在牆上，「你知道什麼，又想從我這裡知道什麼？」

「當年是我殺了洛家人，是我拿了玉璽，交給了梁王，慫恿梁王舉事，所以呢？」江河看著顧九思，「你打算讓李玉昌斬了我？」

「你沒有說全。」顧九思盯著江河的眼睛，認真道：「要我替你補全嗎？」

「二十二年前，你來到揚州，與洛依水私定終身，而後你假冒了我父親的名字，讓洛依水以為她愛慕的人有妻子，洛依水不甘為妾，與你斷了關係，你離開揚州。但你沒想到的是，那時候的洛依水，已經懷了孩子。」

江河聽到這個名字，終於失去了平日的從容，他聽著顧九思的話，聽著顧九思道：「你回到宮中，繼續你的權勢鬥爭。而洛依水最終決定生下這個孩子，但洛家不願，在洛依水生產時，他們強行抱走了孩子，拋棄在城隍廟，洛依水以為這個孩子死了，於是她嫁給了秦楠，由秦楠帶她離開揚州，並決定此生不入揚州。」

「十二年後，這個孩子十二歲，你為了玉璽再次來到洛家，這個孩子告訴你，滅了洛家滿門，他告訴你玉璽的位置，於是你答應了他，你滅了洛家滿門，他死裡逃生，假冒洛家大公子之名拜師章懷禮門下，而你對他不聞不問。」

「六年後，你慫恿梁王舉事，再過一年，你與范軒裡應外合，助范軒取下東都。」

「你從一開始，就是范軒的人。你是為范軒拿玉璽，你是為范軒慫恿梁王謀反，因為只有這樣，才能把禍亂天下的罪名加到梁王而不是范軒身上，只有這樣，才能讓梁王先和天下諸侯混戰，各自消耗實力之後，讓范軒一個節度使突圍而出。」顧九思定定看著他，「你當初根本無需我搭救，你在牢裡，也不過是等一個合適的時機而已。」

江河聽著，沒有反駁，許久後，他慢聲道：「你既然已經知道了，又還問什麼呢？」

「你知道你們做了什麼嗎？」顧九思聲音帶了啞意，他踉蹌著站起來，看著江河，將手搭在牢獄的木樁上，捏緊了木樁，控制著情緒，顫抖著聲道：「我原以為范軒是個好皇帝。」

「我原以為范軒一心為國為民……」他聲音越發顫抖：「我原以為你雖做事狂浪，卻有底線……」

「我原以為你們都是好人，我以為這世上有著諸多如你們這般堂堂正正的人！可你們與洛子商，與那些蠅營狗苟之輩有何不同？勝者為王敗者為寇，百姓於你們眼中只是棋子，是嗎？」

「范軒為了稱帝，不惜讓你挑動天下大亂。而你為了權勢，毫無底線喪心病狂！」

顧九思怒喝過後，慢慢頹然。

江河靜靜看著他，平靜道：「所以呢？」

顧九思說不出話了，他看著江河的眼睛，聽江河道：「你打算怎樣，斬了我，替洛家、替天下討個公道？」

「我不明白，」顧九思紅著眼睛，「你一直說，你是江家人，你記得家裡人。可是你做這一切的時候，」顧九思放輕了聲音，慢慢道：「你想過顧家嗎？想過我，想過你姐姐嗎？」

「自然是想過的。」江河出聲道：「我派人去接應你們，路上遇見其他人，攔住了。」

「九思，」江河有些疲憊，「每一場鬥爭，都是拿著性命在賭。我不是神，我也只是個賭徒。當年情況比你想像得更嚴峻，梁王也好、惠帝也好，不會因為他們輸了，就成了傻子。」

「我那時候派人去接應你們，卻被惠帝的人攔住了，而我也沒想到洛子商會去支持王善泉，」江河揉著額頭，低聲道：「是我當年低估了他。」

惠帝是大榮最後一任皇帝，曾經極為賞識江河。顧九思看著江河，平靜了許多，才道：「你當年都已經坐到吏部尚書了，如果只是為了權勢，何必搞成這樣？」

「權勢？」江河低笑，他轉過頭，目光有些悠長，好久後，他才道：「我為你說些往事吧。」

顧九思低低應了一聲，江河看著月亮，平和道：「很多年前，惠帝還不是皇帝，那時候他是三皇子，朝中還坐著一位東宮太子。」

「太子賢德，但無母族支撐，於是三皇子一心一意取而代之，那時候，我的哥哥，也就是你的舅舅江然，在朝中擔任戶部侍郎。他與你一樣，正直磊落，從不徇私。三皇子串通戶部的人挪用了庫銀，打算陷害太子。因為他沒有背景，沒有站隊，於是戶部把他推出去，成為陷害太子的一顆棋子。」

「他們要他招供出太子，說這樣就可以免他一死。可他這樣公正的一個人，寧願死也不肯牽扯無辜。好在太子感念於他，在父親和太子周旋下，他沒有判處死刑，最後判處流放。」

顧九思聽著，惋惜道：「我聽說大舅舅是死在流放路上。」

「不是，」江河打斷他，顧九思疑惑，江河繼續道：「父親本是想著，他流放之後，等過些年，就想辦法將他弄回來。可是等了好幾年，我和父親去流放之地找到他的時候，發現那個人根本不是他。我找了大哥好多年，最後終於在惠帝身邊一個太監口中，得了他屍骨的下落。」

「他怎麼死的？」顧九思頗為震驚，江河笑了笑，「三皇子利用他害太子，卻沒有成事，三皇子惱怒於他，於是讓人將他在流放路上換回東都，折磨致死。」

「我和父親在亂葬崗找他的屍骨，可是太多年了，找不到了。」江河語氣輕飄飄的，聲音低啞：「他是個很好很溫柔的人，你的名字，便是他活著的時候取的。他說君子有九思，九思當為君子。那時候，你娘還沒出嫁呢。」

江河笑起來，眼裡帶了懷念，「那時候我從來沒想過，有一日我會當官。」

顧九思沉默了，好久後，他低啞著聲音道：「所以，你是因此，想要扳倒惠帝？」

「父親和我在亂葬崗沒有找到他的屍骨，只從那個太監手裡拿到了他的遺物。回來之後，我想報仇，可父親攔住了我，說惠帝是一國君王，我不能殺了他，不能為江家一家的私人恩怨，拖著天下百姓下水。這樣會讓江家蒙羞，也讓哥哥死不瞑目。」

「其實我這個人沒什麼善惡之分，只是覺得他守著道義而死，我不能踐踏了他用命去守護的東西。所以如果只是哥哥的死，可能也就罷了。可後來呢？」

江河低笑，「我在這宮中看過太多荒唐事，你以為我為什麼當上吏部尚書？因為我足夠荒唐。這大榮本就是風雨飄搖千瘡百孔，揚州富足，可其他地方呢？」江河抬眼看他，語調急促起來，「梁王舉事，不是一個傳國玉璽就能讓他舉事的，你可知他舉事前，滄州大旱三年，幽州兵將無衣，永州水患不止，益州貪官無休。沒有任何一個國家會亡於一個人、一件事、一個玉璽手中！你問我為什麼要慫恿梁王舉事，因為梁王不舉事，滄州糧倉永不會開，幽州兵將永遠腹背受敵，而你顧九思，也絕對走不到永州，修好那條黃河！」

「你以為你為什麼能一路走得這麼光明坦蕩？」江河靠近他，「你以為洛子商天生就這麼惡毒，還是以為永州王家那些家族個個生下來都是壞胚子？什麼水土養什麼人，是因為有了大榮那樣的淤泥，才長出這一個個怪胎！我、范軒、周高朗——乃至秦楠、傅寶元，我們這些人，就是用一輩子，去把這些淤泥剜乾淨。把這些腐肉剔除乾淨，你這樣的人，」江河定定看著他，眼裡帶著淚，卻始終沒有落下來，他緊握拳頭，看著顧九思，彷彿透過顧九思，看著遙遠的某個人，「你這樣的人、李玉昌這樣的人、我哥哥這樣的人、洛依水這樣的人……

你們這些人，才能在這個世界，好好活下去。」

顧九思怔怔看著江河，許久後，才找到自己的思緒，低聲道：「既然……你說洛依水這樣好，為什麼……要這麼對她、對洛家？」

江河聽到這個名字，眼裡有些恍惚，好久後，他才道：「我不想的。」

「其實我和她，」江河垂下眼眸，「本來不該開始。」

「洛家摻和了大舅的事，是嗎？」顧九思靠著牆。

江河低聲道：「當年給惠帝出主意對付太子的，是洛太傅。後來送惠帝登基的，也是他。」

「惠帝登基後，我去揚州，本來是想去找他們家麻煩，探個底。」

「然後你遇見了洛依水。」顧九思肯定地開口。

江河沒說話，他腦海裡浮現他和洛依水第一次見面，花燈節上，所有人擠擠攘攘，人擠著人，旁邊都是尖叫聲。

而那個女子一襲白衣，在城樓之上，有節奏地擊鼓出聲，指引著人流的方向。

十六歲的他在人群中抬頭仰望，似如見到月下飛仙。

「其實我不知道她是誰，」江河慢慢開口，「她也不認識我是誰。她女扮男裝到處招搖，還和我打擂臺，打了十幾次，沒一次贏的。」

江河說起過往，慢慢笑起來，「我頭一次遇見這種姑娘，張揚得很，她總覺得自己不一樣，覺得自己能掌握自己的人生。我們天天混在一起，後來一次醉酒，我們私定了終身。當時我很高興，我回來和所有人說，我看上了一個姑娘，要去提親了。我讓你娘親替我備好了聘禮，準備上她家提親。然後我才知道她的真名，洛依水。」

「我娶不了她。」江河靠著牆，有些茫然，「我也不想將她牽扯進這些事來，我不能原諒她父親，洛太傅，我是一定要殺了他的。最後我離開了她。」

「你騙她你是我父親。」

「我沒有。」江河平靜開口，「我只是離開了揚州。」

「她找不到我，四處打聽，我在外化名姓顧，她便以為我是你父親。而我離開揚州的時候，我告訴自己，只要她活著一日，我便容洛家一天。只是我沒想到，那時候，她懷了孩子。我一直不知道，我只知道她離開揚州，嫁給了秦楠。後來她臨死前，秦楠讓人到顧家找你父親，你父親看到信物是我的東西，便來問我，我去看了她。」

「她和我說，當年她以為我是你父親，氣憤了好久，後來她才發現，我是江河。她說所有事她都知道，她都明瞭，她只求我，能不能放過她家人。」

「我已經放過洛家太久了。」江河平淡道：「我不忍讓病中的她難過，便答應了她。」

「等她死後，范軒要玉璽，我便去洛家替范軒取了玉璽，那日我遇到了洛子商，我一眼就看出來，他長得像依水。可他和依水一點都不像，他像我，」江河低笑，「那時候他才十二歲，就已經會用玉璽要求我殺人，還算計著我，拖延到章懷禮來，自己跳進井裡逃了命。」

「那時候我就能毀了他，」江河淡道：「可我最後還是放過了他。」

「為什麼？」顧九思有些疑惑。

江河沉默了很久，才慢慢道：「或許是因為他長得像依水。而且他已經到了章懷禮手裡，也不好下手。我犯不著那麼大力氣去為難一個孩子。」

「我想著他在章懷禮那裡會好的。」江河看著天花板，「章懷禮是個不錯的人。可是誰能想呢？」

江河笑出聲來：「可能我這個人，從骨血裡就是壞的吧。」

「他一點都不像依水。」江河轉頭看顧九思，認真道：「真的，一點都不像。」

顧九思沉默著，好久後，他才道：「如果當年您將他領回來，好好教導，或許他就不是這樣了。」

「不可能的。」江河輕嘆，「九思，我其實很懦弱，那時的我根本不敢面對，依水為我做過這麼多。在東都遇見洛子商後，我就知道不能放任他不管，我去查了他，確認了他的身分，走到這個地步，我從來沒教導過他，也沒對他好過，未來或許還會殺了他，那他不知道他是誰，不知道我是誰，最好不過。」

「本來也不該有什麼干係。」江河輕飄飄開口：「何必再說出來傷人？」

「這就是你今日，不肯開口的理由？」顧九思平靜出聲：「今日你若說出他不是真正的洛子商的實情，那他就會當場滴血驗親，你為了證明他不是真正的洛子商，自然得說出當年之事，將他認回來。」

江河不說話了，他靜靜看著牆壁：「依水已經走了，我何必玷汙她的名節。當年沒有娶她，後來屠她族人，如今還要再擾她安寧，我又何必呢？」

「反正，該做的我已經做到了。我如今的日子，也不過就是等死罷了，早一點去，晚一點去，也沒什麼差別。」

這話說完之後，是長久的寂靜。顧九思看著江河，好久後，他才道：「母親還在等我們回去吃飯，我先回去了。」

說著，顧九思起身，江河垂著眼眸，聽顧九思往外走去的腳步聲。

顧九思走了幾步後，江河叫住他，「九思。」

顧九思沒說話，江河慢慢道：「我很希望你大舅舅生在這個時候，如果他活在這個時候，他應當和你一樣。」

「我也好，范軒也好，洛子商也好，我們都是過去了。你所在的時代，一個官員，應當光明磊落，憑著政績和能力往上走。」江河頓了頓，慢慢道：「我希望你能活得不一樣。」

顧九思閉著眼，許久後，他深吸一口氣，終於道：「我回去了。」

說完，他提步往外走去。走到門口時，看見李玉昌站在門口。

顧九思頓住腳步，片刻後，他笑了笑，「你在這兒做什麼？」

李玉昌沒說話，他轉過身，有些僵硬道：「我送你一程。」

顧九思點點頭。

李玉昌提著燈，領著顧九思，他們走了幾步後，李玉昌才道：「我，不會徇私。」

「我知道。」

「抱歉。」

「無妨，」顧九思搖搖頭，「律法不會因為他是我舅舅就改變，我明瞭，你查吧。」

李玉昌送他上了馬車，顧九思坐在馬車裡，低著頭，一直沒有說話。

等他回到家裡，一家子人正熱熱鬧鬧吃飯，顧九思走進門時，江柔抬起頭來，笑著道：

「你舅舅呢？」

顧九思愣了愣，猶豫片刻後，他才道：「他有些事，這段時間都不會回來了。」

江柔愣住了，她和顧朗華對視一眼，柳玉茹抱著孩子，似是什麼都知道了，她平和道：

「先吃飯吧。」

顧九思點點頭，沒什麼胃口，匆匆吃了東西後，便起身道：「我先去休息了。」

蘇婉見了這場景，有些猶豫道：「九思這是怎麼了？」

「我去看看吧。」柳玉茹將孩子交給蘇婉，同江柔顧朗華告別，隨後起身回了屋子。

進屋之後，顧九思正擺了棋盤，同自己下著棋。

他一貫是不喜歡這些的，此刻卻是靜靜看著棋盤，頭髮散落下來，遮住他的面容，柳玉茹進門，便聽顧九思道：「今夜收拾一下，帶著家裡人出去吧。」

柳玉茹愣了愣，隨後反應過來，她心裡有些發慌，面上卻仍舊鎮定道：「出了什麼事？」

「今日秦楠狀告舅舅是滅洛家滿門的凶手，已經將舅舅收押，」顧九思把棋子落在棋盤上，平淡道：「這麼一個案子不可能扳倒舅舅，洛子商也不可能想不到這件事，他如今將舅舅困入牢獄之中，不過是有其他更多的打算罷了。我們需得早做圖謀。」

知道發生了什麼，柳玉茹反而鎮定了下來，她冷靜道：「我明瞭了，今晚我便將家人送出去，我如常在外活動，突然離開怕引人注目，我陪你在城裡。花圃那邊的暗道也已經挖好了，等真出了事，我們從那邊走。」

顧九思應了一聲，沒有說話。柳玉茹知道他心裡不僅僅只有這些事，她往前去，坐到顧九思面前，拿了另一邊的棋。

顧九思抬眼看她，柳玉茹什麼話都沒說，她把棋子落在棋盤上，平靜道：「我陪你走一局。」

顧九思沒說話，他打量著她，許久後，慢慢笑了。

「玉茹，」他溫和道：「妳真的，一點都沒變。」

柳玉茹聽到這話，也笑了。

「哪裡會有一點都不變的人呢？只是我同你性子不一樣，」柳玉茹低下頭，看著顧九思把棋子落在棋盤上，「我的喜怒都在心裡，你的喜怒都寫在臉上。」

「我不是說這個。」顧九思搖搖頭，他凝視著她，抬起手覆在她的面容上。

他的目光微微閃動，一直注視著她的眼睛，好久之後，慢慢笑了，「不管經歷多少，妳永遠是我的柳玉茹。」

柳玉茹聽到這話，低垂下眼，似是有些羞窘，她看著棋盤落了子，低聲道：「你落子吧。」

兩人下著棋，外面傳來了木南的通報聲，他走了進來，恭敬道：「公子，宮裡來人，說請您過去。」

顧九思應了一聲，站起身，讓柳玉茹去拿官服，淡道：「這麼晚了，宮裡讓我進去何事？」

「說是為了江大人的事。」木南說得也算合理，顧九思點點頭，又忍不住道：「這麼著急？現下已經這麼晚了……」

說完之後，他頓時有些不安起來。

當初他們在揚州，也是因為各種原因晚了幾日，最後才出了事。如今洛子商明顯要有什麼動作，他不能再把家人放在這裡。

顧九思想了想，立刻同柳玉茹道：「妳帶著人立刻出城。」

柳玉茹愣了愣，隨後立刻道：「我明白，那葉家那邊……」

「葉府周府我會找人通知。」顧九思低聲道：「你們快從後門出去，從密道直接走。」

「你……」

柳玉茹才出口，顧九思便知道柳玉茹要問什麼，他一把抱緊她，重重親了她一口，隨後道：「放心，我會回來。」

柳玉茹應了聲，沒有多問。

顧九思換上官服，朝外走了出去，他一面走，一面同木南吩咐：「你如今派人先把馬車輪子弄出裂痕，讓人立刻去找另外三位輔政大臣，告知他們小心一些，再通知葉府的人趕緊離開，然後拿我的指令去調南城第五、第七軍守在城門口，最後領一隊人去洛府，一旦我這邊有信號，便把洛府給我燒了！」

南城第五、第七軍的領隊都是他過去提上來的人，他做出這番布置，木南縱使不清楚怎麼回事，也知道事情不太一樣。

「那周府的人呢？」木南疑惑開口。

顧九思抿了抿唇，隨後道：「他們按律不得出東都，所以不能隨意妄動，你派人過去，如果今夜我給了信號，那他們就不計一切衝出東都。如果今夜我沒給信號，那就罷了。」

木南領了命，顧九思吩咐完後，走出門，來通報的是個小太監，他笑咪咪看著顧九思道：「顧大人梳洗好了？」

「勞公公久等了。」顧九思恭敬開口。

而這個時候，柳玉茹已經將府中人數清點出來，她挑選出與顧朗華、江柔、蘇婉和她體型相似的幾個人，組成了三隊，在顧九思出門之後，便讓這幾個人穿上他們的衣服，乘著夜色，帶上侍衛，從後門上了馬車。

而後又讓兩隊人從前門出門，她和顧朗華、江柔、蘇婉幾個人，便抱著顧錦，換上了奴僕的衣衫，混跡在其中一隊人馬當中。

這三隊人馬剛出門不久，便立刻被人攔住了去路。

「聖上有令，」為首的士兵攔在前方，喝道：「今夜宵禁，所有人等不得出府，違者以犯上罪論斬。」

聽到這話，柳玉茹大喊了一聲：「跑！」

說完，顧府的人立刻四處逃竄開去，柳玉茹抱著顧錦，帶著其他幾人，在混亂中一路朝著花舖狂奔。

顧家驚慌逃竄時，顧九思行在路上，他坐在馬車中，問著對面的太監道：「公公，敢問陛下今夜這麼著急，所為何事？」

「不就是江大人的事嗎？」太監笑著道：「江大人這樣的身分，今日早朝出了這種事，陛下很是苦惱，您說辦，自然是不能辦的，可是不辦，又要怎麼辦？」

「此事不可明日再作商量嗎？」顧九思笑著道：「您看已經這麼晚了，我出門時女兒還捨不得我呢。」

「這也是沒法子的事，」太監嘆了口氣，「咱們那位陛下說了，今晚就算是抬，也得給您請回去。」

顧九思沒說話，他定定盯著那位太監，許久後，突然道：「您認識劉公公嗎？」

「您是說劉善公公？」太監有些忐忑，顧九思點了點頭，太監笑起來，「那自然是認識的。」

「您和他熟悉嗎？」

「關係還不錯，」太監笑著道：「本來今晚是他來通知您的，但他臨時和我換了差，說來您這邊太遠，他不樂意，就去請張大人了。」

「哦，」顧九思轉著手上的玉扳指，漫不經心道：「劉公公脾氣倒是大得很。之前他來找我，我還賞了他兩錠金子呢。」

「哦，是了，」那太監立刻道：「劉公公說您大方得很，見了人，都要給二兩一錢的。」

「二兩一錢？」顧九思抬眼看向對面的太監，太監不明白顧九思為什麼這麼看他，顧九思笑了笑，取了荷包，交給對方道：「劉公公小看我了，我豈止會給二兩一錢。」

太監拿到荷包，掂了掂分量，笑了。

就是這個時候，馬車咔嚓一聲，竟停在路上，那太監皺了皺眉頭，探出頭去，著急道：「怎麼回事？」

「馬車壞了。」車夫有些慌張，隨後道：「我立刻修好！」

太監聽到這話，有些不滿，顧九思勸道：「壞了就壞了吧，找個人去通報一下。」

那太監點點頭，探出頭去，讓人去通報宮裡。

等他回過頭，還沒反應過來，就被顧九思一把捏住脖子，聲氣都沒出，就直接捏斷了脖子。

顧九思迅速同他換了衣服，趁著車夫還在換著車軲轆，跳下馬車，留了一聲陰陽怪氣的：「小解。」

然後直接竄進了巷子，他急急進了巷子之後，立刻點燃了信號彈，隨後便朝著城門外狂奔而去。

這時候，張鈺、葉青文兩人正往宮內走去。

這宮中他們走了無數次，可張鈺偏偏生出了幾分膽寒，他走在路上，有些不安道：「陛下這麼晚召我們進宮，你說會不會……」

「不必多想。」葉青文制止了張鈺的想法，冷靜道：「我等乃朝中重臣，就算要動手，也須有個罪名，不可能這麼魯莽。」

「而且，」葉青文壓低了聲，「宮中並無消息。」

兩人在宮中都有著自己的人，不可能一點消息都沒傳出來。

張鈺聽到這話，安心了幾分。他們走到御書房，還沒到門口，就聽見裡面歌舞昇平。兩人皺了皺眉頭，還是走了進去，跪在地上，恭敬道：「見過陛下。」

范玉坐在高坐上，懷裡抱著一個美人，身上靠著一個，腳上搭著一個。

原本用來議事的御書房，在他手裡被改成了玩樂之地。

不妥。」

葉青文皺了皺眉頭，不由得道：「陛下，如今還在國喪期間，陛下如此任性妄為，怕是

「國喪？」范玉轉過頭來，嗤笑出聲，「朕的老子都下土了，還要什麼國喪？他慣來希望我過得好，怎麼又忍心讓我為了他愁眉不展、素衣果食呢？二位大人也不要拘謹，來，進來坐。」

葉青文和張鈺身形不動，范玉看著他們的模樣，直起身，冷聲道：「朕讓你們進來坐下來。」

「陛下，」葉青文來了脾氣，耿直道：「臣等是來議事，不是來享樂的。陛下要是不想議事，那臣等告退便是了。」

「葉青文，你好大的架子！」

范玉怒喝，從高處疾步下來，舞女紛紛退讓，范玉來到葉青文面前：「朕讓你坐下！」

葉青文冷笑一聲，轉身便走，范玉一把拽住葉青文，猛地將他往後一扯。

葉青文年近五十，范玉這麼一扯，將他猛地扯在了地上，葉青文憤怒起身，迎面就是范玉的劍尖。范玉看著葉青文，冷聲道：「朕讓你坐下！」

御書房門外，洛子商站在臺階前方，看著天空升起的信號彈。

嗚一走到他身側，低聲道：「顧家人跑了，在抓。顧九思的馬車壞在半路。陛下等不及了，現下已經鬧起來了。」

洛子商聽到這話，點了點頭，淡定道：「顧九思不會來了，不過，也不重要了。」

洛子商轉頭往御書房走去，雙手負在身後，面上帶笑，柔和道：「關殿門，開席吧。」

顧九思朝著城門匆匆而去，等到了門口，便發現城門口的駐防已經換成了他的人，領隊的是柳生和陳昌，這兩人都是他提拔上來的人，看見顧九思，恭恭敬敬行了個禮。

顧九思穿著太監的衣服，兩人不由得有些奇怪，但也不敢多問，顧九思掃了他們一眼，隨後道：「今夜你們如何臨時調換位置的？」

「負責營防的人是我好友，」柳生立刻道：「我同他說了一聲，剛好也要換點了，他便將我們調了過來。」

「等會兒你去知會他一聲，此事不要讓任何人知曉，就當本該是你們值守。我出城一事嘴巴也要咬死，說絕對沒見過我。」

「大人，」柳生緊皺著眉頭，「宮內鎖城了，您知道嗎？」

顧九思聽到這話，立刻道：「宮中今晚負責防衛的是何人？」

「馬軍指揮使郭順。」王昌立刻接話，隨後又道：「就在方才，我聽聞侍衛步軍指揮使李弘被派往了葉家。」

顧九思聽到這話，沉默片刻，隨後道：「你此刻可願領兵同我去葉府？」

聽到這話，柳生和王昌愣了愣，顧九思俯下身，壓低了聲道：「你們是我的親信，明日之後，內閣便不復存在，東都大概會由陛下和洛子商執掌朝政，你們是跟我去找周大人，還是留在這裡？」

他們是他的親信，今日哪怕把顧九思斬了送給范玉，日後也會受猜忌。而且，周高朗本就位高權重，如果加上顧九思和內閣其他重臣，那大夏的核心其實就在周高朗手中。周高朗若是回來，東都根本不堪一擊。

兩人思索片刻後，柳生立刻道：「王昌，你去接我們家人，我這就帶人跟顧大人去葉府。」

「不必，我們兵分四路。你去葉府，救出葉家人後出城，城外三里大樹下，學杜鵑叫三聲，同我夫人接頭，」顧九思果斷道：「而後給我一隊人馬，我去周府。再多派一個人去天牢，找個可靠的人，將事情知會我舅舅一聲。」

「不必搭救江大人？」柳生有些擔心，顧九思搖搖頭，「他自有辦法，若無辦法再讓人來通報。」

江城在東都混跡多年，早是東都的地頭蛇，他要搞死范玉很難，但范玉想弄死他也不太容易。

三人分工好後，柳生和王昌立刻領著他們的人跟著顧九思分開前去。

柳昌帶著人到葉府時，葉世安和葉韻已經領著人先行一步和李弘的人打了起來，柳昌及時趕到，大喝一聲：「葉公子，顧大人派我等來接你們！」

柳昌的人湧上前，擋住李弘的人，柳昌一把抓住葉世安，忙道：「葉公子，我們人不多，趕緊出東都才是。」

「可我叔父……」

「出東都再說吧！」柳昌抓了葉世安。

葉世安咬咬牙，回頭看了葉家其他家眷一眼，一把扯過葉韻，急促道：「走！」

柳昌護著葉家人且戰且逃，顧九思領著人急急趕到周府，然而他們的人才到半路，顧九思就聽到一個虛弱的聲音道：「顧大人。」

顧九思聽到聲音，連忙勒住馬，翻身下馬，急急進了一個巷子，便看見一個丫鬟半躺在地上，她滿身是血，已經虛脫了一般，依靠在牆上。

顧九思認出她是秦婉之身邊的侍女，他忙道：「妳怎麼在這裡？妳家主子呢？」

「主子……主子……」

侍女喘息著，顫抖著拉開了身上的大衣，顧九思低下頭去，看見一個緊閉著眼正睡得香甜的孩子。孩子身上染了血，侍女看著顧九思，艱難道：「小公子，交給、交給……」

「我知道。」顧九思立刻打斷她，將孩子匆忙抱進懷中，「這是思歸對不對？」

侍女已經不行了，她艱難點頭，隨後抬手指了周府的方向，低啞道：「主子說，別去……快……走……」

話剛說完，侍女終於堅持不住，閉上眼睛，沒了氣息。

顧九思愣了愣，片刻後，他便明白，洛子商既然在今夜布置，最重要的必然是周高朗一家人，怕是重兵全在周府，而這個孩子，應該是周家舉家之力送出來的。如今他人馬不多，如果強行去救周家人，怕是一個都救不出來，連自己都折了。

然而他還是不甘心，將孩子抱在懷中，吩咐人藏起來後，自己帶了一小批人趕去周府。

他趕到周府不遠處的暗巷便停了下來，巷子往外看，可見周府門外密密麻麻全是士兵，周夫人和秦婉之提著劍，領著人站在周府門口，秦婉之臉上還帶著血，周夫人穿著誥命服，正立在前方，與士兵對峙著。

「豎子犯上作亂，違逆天綱，爾等不思勸阻，反而助紂為虐，為非作歹，不怕天打雷劈嗎！」

顧九思聽著周夫人的話，數了周府的人數，而他旁邊的士兵悄無聲息從旁取了箭，搭在弓弦上，就等顧九思一聲令下。

顧九思沒有發聲，環顧四周一圈，隨後皺了皺眉頭，拉了拉士兵的袖子，朝著遠處屋簷上揚了揚下巴，又搖了搖頭。士兵抬頭看了一眼，便見周邊屋簷上，露出幾個人影。

顧九思想了想，繞到另一邊，扔了一顆石子出去。

這麼小小的動靜，卻被人立刻注意到，領人站在前方的士兵首領突然提了聲音：「周夫人，妳別敬酒不吃吃罰酒，若不把兩位公子交出來，今日我等就踏平周府。」

聽到這話，秦婉之似是急了，她上前一步，揚聲道：「你們敢？你們還要拿周府威脅周大人，你想踏平周府，也看看有沒有這個本事！你們布下天羅地網，不過是虛張聲勢罷了！」

顧九思聽到這話，深吸一口氣，他看著遠處的秦婉之和周夫人，便明白了，洛子商怕是早猜到他會回來救人，特地在這裡準備人等著他。

此刻秦婉之是在提醒他，讓他立刻走。

顧九思猶疑片刻，若是只有他一個人，或許還會拚一拚，可如今帶著個孩子……

這個孩子是絕對不能出事的。

秦婉之拚死把這個孩子送了出來，就是要他護好這個孩子，

顧九思咬了咬牙，轉過身朝著所有人揮了揮手，悄無聲息退遠了去。

他們一退，箭雨急發，顧九思一行人尚未進入射程，頭也不回匆忙撤退，洛子商的士兵立刻緊追而去，周夫人見狀，厲喝了一聲：「攔住他們！」

周府的士兵傾巢而出，頓時與洛子商的人糾纏成一片，顧九思抱著孩子衝出暗巷，翻身上馬，立刻朝著城門狂奔而去。

而此時內宮之中，卻是一片歌舞昇平。

張鈺和葉青文坐在殿上，葉青文的髮冠已經歪了，頭髮散開，張鈺額頭上冒著冷汗，卻仍舊故作鎮定。

范玉坐在高處，一面同美人調笑，一面看著大殿上起舞的舞女。洛子商坐在一旁，笑著

喝著酒，一言不發。

外面是士兵急促的腳步聲，沒一會兒就吵鬧起來，隨後一個男人身著盔甲，提著人頭走了進來，單膝跪在范玉身前道：「啟稟陛下，今夜已按照陛下吩咐，分別將葉世明、張澄等人引入宮中，於巷中埋伏射殺。」

聽到這話，葉文青猛地站起身，怒喝道：「你說什麼！」

葉世明是葉青文如今唯一留下的子嗣，擔任南城軍總指揮使。而張澄則是張鈺張家子弟，擔任殿前諸班直。

葉文青這一聲怒喝並沒有讓任何人回答他，葉文青死死盯著跪在地上的人，顫聲道：「郭順，你可知你在做什麼？」

郭順不說話，張鈺顫抖著起身，看向殿上的范玉，低笑道：「陛下，臣明白了，今夜您是下了決心，要置臣等於死地了。」

歌舞仍在繼續，張鈺的話卻清楚傳到上方，范玉抬起手，讓人停了歌舞，握著杯子，笑著看著張鈺道：「張叔，您慣來是個會說話的，幾個叔叔裡，朕也就看你順眼些，要是你不進這個內閣，朕還能留你一條命。如今你還有什麼話，說了也好。」

「老臣自己的事，沒什麼好說，」張鈺苦笑，「只是老臣有幾個問題，還替陛下擔憂。」

「哦？什麼問題？」

「陛下今夜利用我和葉大人，將我們的直系引入宮中，領人設伏謀害，敢問陛下，這些人都是東都自己的軍隊嗎？」

范玉不說話，轉著杯子，張鈺便知道了答案，「怕是洛大人悄悄放入城中的揚州軍隊吧？如此不聲不響埋伏了這麼多人在東都，是一時半會兒的謀算嗎？」

「你要說什麼？」范玉有些不耐，張鈺看著范玉，加快了語速，「陛下，難道您還不明白嗎？洛子商如此徐徐圖謀，怎麼可能只是為了幫您，他心中一心一意，是在為他自己做打算啊！」

「你不也是為自己做打算嗎？」范玉嗤笑出聲，「你們一個個的，哪個不是為自己打算？」

「那您也得選一條好的路走！」張鈺厲喝：「您自個兒想想，今夜您就算將我和葉大人殺了，我們的殘黨呢？我們的舊部呢？我知道你們的打算，你們今夜不就是謀劃著困住江河之後，將我、葉大人、顧大人都哄入宮中，一舉殲滅，之後把持朝政，以洛家案之名審江河，再將江河和梁王扯上，按一個謀逆的名頭，然後開始清算江河的黨羽。沒了我們，江河在朝中孤掌難鳴，等你們徹底把控東都之後，再假借內閣之名傳消息到幽州誘周高朗和周燁入東都。等他們兩人徹底死後，內閣剩下的餘黨便是一盤散沙，哪怕組織起來，您也有揚州為您托底，是不是？」

「可如今呢？顧九思沒有來，那就是跑了。他既然跑出去，周高朗不可能不知道這邊的消息。您今日就算殺了我們，只要周高朗一舉事，我們的人必然會為了報仇紛紛響應，到時候你的兵力不及周高朗，朝中又有內鬼，洛子商成您唯一的依仗，您就真真正正成了一個傀儡皇帝，被人操縱一輩子……」

「我哪兒來的一輩子？」聽到這話，范玉大笑起來：「我在他手裡是傀儡皇帝，在你們手裡就不是了？以為我不知道你們打算？你們就打算養著我，等我生下太子，我焉有命在？」

「小玉！」張鈺聽到這話，急得往前一步，卻被士兵拔出劍抵在身前，他看著范玉，焦急道：「你是我們看著長大，再如何我們也不會置你於死地！」

「閉嘴！」范玉猛地拔出劍，指著張鈺道：「你休想騙我！你也好，我父親也好，你們都是說著冠冕堂皇的話把自己偽裝成正人君子。在你們心裡，我和天下相比算什麼？我一文不值。我今日就要你，要我父親，要你們所有人看著，你們拿命換的天下，我要怎麼毀掉！天下如今是我的，是我的！」

「你這個瘋子！」

哪怕張鈺一貫好脾氣，也不由得罵出聲，范玉聽到這話，卻是笑了，他拍著手，高興道：「好好好，好極了，我就喜歡聽你這麼罵。」

「陛下，」洛子商放下茶杯，平靜道：「天快亮了，該準備上殿見江大人了。」

范玉得了這話，神情懨懨，將劍往邊上一扔，隨後道：「無趣。」

說完，范玉轉過身便要離開，就是這一刻，葉青文猛地搶過侍衛的劍朝著范玉衝了過去，驚喝聲驟然而起，所有士兵朝著葉青文直衝而去，數十把羽箭貫穿了葉青文的身體，張鈺目眥盡裂，大喝：「清湛！」

說著，張鈺撲到葉青文身前，扶住葉青文，葉青文盯著范玉，口中全是汙血，含糊道：「畜生……」

「清湛……清湛你可還好……」

張鈺驚慌失措，突地，一把利刃猛地貫穿了他的身軀，張鈺艱難回頭，看見一個侍衛，侍衛面色平靜地看著他，恭恭敬敬說了聲：「得罪了。」

一切都安靜了，范玉盯著倒在地上的張鈺，看著血鋪滿了地。

「帝王之路都是這樣嗎？」范玉突然開口，盯著地上的鮮血，緊皺著眉頭。

洛子商站起身，神色從容道：「這世上所有權勢之路，都是如此。」

說著，洛子商微微彎了腰，朝范玉伸出手，恭敬道：「陛下，您該上朝了。」

范玉沒說話，他看著地上的血，好久後，越過洛子商，走下臺階，神色恍惚地踩在鮮血之上，呢喃出聲：「你說得對，朕該上朝了。」

洛子商和范玉一路朝外走去，而顧九思則衝出了城門。

他出城之後，沒有多久，就見到了前去接應葉家的柳生。葉世安見顧九思過來，立刻撲上來，焦急道：「我叔父怎麼樣了？」

「現在還不知道情況。」顧九思搖搖頭，隨後道：「我還有人在裡面，最遲天亮便知道情況了。」

葉世安聽到這話，定了定神，隨後發現顧九思懷裡抱著個孩子，他有些疑惑：「這是？」

「周大哥的孩子。」顧九思抿了抿唇：「我本想去周家將人都帶回來，但是……」

不必多說，所有人已明瞭，他說著，隨後道：「可見到我夫人了？」

「我在這裡。」柳玉茹從人群中出聲。

顧九思看過去，上下打量柳玉茹一圈，隨後道：「你們都沒事吧？」

「沒事。」柳玉茹搖了搖頭：「我們從暗道出來後便在這裡等你了。」

顧九思點點頭，葉世安看了周邊的人一圈，咬牙道：「九思，如今人都在，要不我們殺回去。」

「怕是不可，」柳玉茹在一旁說：「洛子商既然出手，就不會是一時莽撞之舉，他必然有所準備，如今城中怕是已有揚州兵馬，他又打了我們個措手不及，現下我們在城中的兵力怕都被他分散開來逐個擊破，如今再回城中，怕不是救人，而是送命了。」

「可我叔父還有我堂哥……」

話沒說完，就看一個人遠遠馳騁而來，他老遠就學著杜鵑叫，三聲為一組。顧九思聽到之後，同所有人道：「藏起來，我過去。」

眾人立刻隱匿起來，顧九思提了劍，走到路中央，靜靜看著前方的人駕馬而來。

顧九思一眼就認出那人是江河的侍從望萊，對方遠遠看見他，立刻翻身下馬，恭敬道：

「公子。」

「舅舅呢？」顧九思皺眉開口。

望萊立刻道：「如今城門換了人，大人不便出來，大人說他藏在城中，等你們回來，讓公子不必擔心。」

說著，望萊拿出一個匣子和一把劍，雙手捧到顧九思面前，恭敬道：「大人說，葉世明和張澄都被洛子商引入宮中斬了，內閣能調動的主力已經沒了，您必須儘快趕往幽州，通知周大人。天子劍和這個匣子您得一起帶過去，匣子公子要藏好，到關鍵時刻再拿出來。」

顧九思聽到這話，心頭一凜，便知道這個匣子裡是什麼東西。他取了劍懸在身上，隨後將匣子藏到袖中，而後道：「你回去保護舅舅，我會儘快到幽州通知消息給周大人，領人回來救他。」

「大人說，救不救他沒什麼關係，」望萊平靜開口，「重要的是，不能讓洛子商穩住東都。我如今回城也找不到大人，只能跟隨公子了。」

顧九思點了點頭，猶豫片刻後道：「葉大人和張大人……」

「我出城時得到的消息，」望萊語氣沒有半分波瀾，「已經去了。」

顧九思愣了愣，心中一震，片刻後，他張了張口，卻是什麼都沒說。

他轉過頭領著望萊回了人群中，葉世安一看見望萊，立刻衝上去，「你知不知道我叔父……」

「葉公子，」望萊打斷他，行了個禮，恭敬道：「節哀。」

聽到這話，葉世安的臉色猛地變得煞白，顧九思一把扶住他，才止住他搖晃的身子。葉韻聽到這個消息，捏緊了拳頭，顫抖著聲道：「那我堂哥……」

「一併去了。」

聽到這話，葉家人都不說話了。

顧九思掃了葉世安和葉韻一眼，猶豫道：「如今情況緊急……」

「我明白。」葉世安捏緊拳頭，他扭過頭，死死盯著東都。片刻後，他撕下一截衣擺，綁在額頭上，甕聲道：「走吧。」

顧九思沒說話，他似乎是在思索什麼。

所有人看著他，天漸漸亮起來，顧九思雙手攏在袖中，衣衫飄動，他轉過頭靜靜看著柳玉茹，「可否勞煩夫人為我去揚州一趟？」

柳玉茹聽到這話，愣了片刻後，她側過身挺直腰背，雙手交疊在身前，回視著顧九思，平靜道：「郎君所為何事？」

看到這樣認真回應的柳玉茹，顧九思不自覺揚起一抹極淺極淡的笑容，他看著面前撒著一身晨光的女子，上前一步，壓低了聲音，用極低的聲音道：「找到姬夫人——釜底抽薪。」

聽到這話，柳玉茹在短暫的詫異後，旋即冷靜下來。

洛子商之所以能有今日的位子，最重要的便是他代表著揚州，一旦他無法操控揚州，那麼他對於范玉而言，也就沒有多少價值。而他在東都耕耘已久，揚州必然早有了變化。

柳玉茹明白顧九思的意思，點了點頭道：「我明白。」

說著，她轉頭看向孩子，猶豫片刻後，慢慢道：「我帶著錦兒過去吧。」

顧錦如今還需要餵奶，是離不得柳玉茹的。顧九思聽到這話後，愣神片刻，沉默下去。

讓柳玉茹去，他是有自己的思量的。柳玉茹機警聰慧，她的生意這一年來也已經深入揚州，在揚州有諸多人手，她去揚州，比他們這裡任何一個人都方便。最重要的是，柳玉茹是個女人，更容易接觸到姬夫人，而且，她是他們這一群人中，唯一一個與洛子商有其他交流的人。

顧九思早已留意揚州，雖然洛子商把揚州守得固若金湯，他的人沒有太多消息帶過來，但有一點卻是能推測的，姬夫人之所以願意這麼安安穩穩當一個傀儡，無非是因為姬夫人心中對洛子商有另一份期盼，在姬夫人心中，揚州，或許便是她和洛子商兩人的揚州。所以要離間姬夫人和洛子商，還需從離間二人的關係下手，這樣的話，他們需要更多對洛子商的瞭解。以上種種，都指明了柳玉茹是他們這一群人中最好的人選。

然而柳玉茹提到了顧錦的名字，顧九思頓時便有了幾分猶豫。他想起之前柳玉茹去揚州收糧，那時候一路凶險，如今顧錦不足半歲，他沒有好好照顧妻兒便罷了，還要讓柳玉茹離了他身邊……

他是一定得趕去周高朗那裡穩住局勢的，而揚州也是要去的……

柳玉茹看著顧九思沉默，便知道顧九思的意思，她讓人將顧錦抱過來，有條不紊指揮著人去裝馬車，隨後同葉韻和芸芸道：「妳們同我一道吧。」

「玉茹……」

「洛子商很快便會解決完東都的事，然後來追擊你們，你們帶著我們，怕是凶險，」柳玉茹抬眼看向顧九思，冷靜道：「孩子我帶著，你們引了追兵，我們往南方走。」

「顧大人，」葉韻聲音疲憊，帶著低啞，「我陪玉茹過去，不會有事。」

聽到這話，葉世安也勸了，「九思，走吧。」

周邊的人都勸著顧九思，顧九思咬咬牙，終於伸手緊緊抱了柳玉茹一下，低啞道：「對不起。」

「沒關係。」柳玉茹溫和道：「回來多帶帶孩子。」

顧九思應了聲，放開柳玉茹後，他大聲指揮著人分成兩隊，將望萊留在柳玉茹身邊，馬車也留給柳玉茹，而後送柳玉茹上了馬車，目送著一群人離開。

這時候，周思歸終於醒了過來，之前應當是丫鬟怕他哭，特地餵了藥，如今醒了過來，大聲哭嚷著，木南抱著周思歸，手足無措道：「公子，他哭個不停怎麼辦？」

顧九思得了這話，回過神來，從木南手中接過孩子，他抱顧錦是抱習慣的，抱過來，拍了拍後，同旁邊人道：「弄點米漿來。」

柳玉茹走時特地留了米漿給周思歸，顧九思用米漿餵過周思歸，便用一個布帶將他繫在身前，然後翻身上馬，領著所有人一路疾馳向幽州。

兩隊人馬，一南一北，背道而馳。

顧九思和葉世安一批人駕馬馳騁，風雨如刀。

而柳玉茹和葉韻等人坐在馬車裡，朝著最近的河道行了過去。

柳玉茹抱著顧錦，輕輕拍打著她的背，給顧錦唱著小曲，哄她睡著。

葉韻坐在她對面，此刻已經沒了人，她坐在馬車上，一直沒動，只是轉頭看著外面的天空。這一日天色不是很好，黑壓壓的一片，柳玉茹哄睡了顧錦，抬頭看了她一眼，她沉默片刻，終於道：「想哭就哭吧。」

葉韻聽到這話，她沒出聲，一直盯著窗外沒有回頭，許久後，她才道：「父親母親死的時候，我已哭夠了。如今也不想再哭了。」

柳玉茹不知如何勸解，葉韻看著外面的天，過了一會兒，她慢慢道：「妳會想妳父親嗎？」

柳玉茹聽到這話，愣了愣，片刻後，她垂下眼眸，回道：「我父親他……妳也是知道的。妳說若澈底不想，也不見得，他這人算不上個好父親，但我的確是吃了柳家的，住了柳家的，生養之恩，我仍舊記著。只是他到底是讓我寒了心……」

柳玉茹輕嘆一聲：「我想著，如今我要找他，並不容易，他若要找我，卻是容易得很。這麼久了，他也沒找我。要麼是人沒了，要麼便是不願見我。我便當他不願見我吧。」

葉韻靜靜聽著，脫了鞋，靠在馬車的車壁上，蜷縮起來，抱住自己，低聲道：「我原以為到了東都，便是走到頭了。就算有什麼波瀾，也不會再見生離死別。」

「可我葉家是怕是上輩子沒有供奉好菩薩，」葉韻苦笑，「叔父如今一走，家中長輩，怕都沒了。」

葉韻說著，聲音裡帶了齆聲：「其實我想我父親得很，他待我很好，我總在想，若他還在，或許一切都會好了。」

柳玉茹出不了聲，就這麼片刻，她突然覺得，葉韻彷彿還是當年那個葉韻，那個無憂無慮的小姑娘。

她慣來是不會安慰人的，因為她這個人遇到什麼事，也是自己默默藏在心裡。她不知道安慰有什麼用，但卻明白，此刻她得說點什麼，她抿了抿唇，終於道：「妳哥還在。」

說著，她又道：「而且，沈明也還在。」

聽到沈明的名字，葉韻顫了顫睫毛，柳玉茹接著道：「人一輩子，總有不同的人陪著。妳的長輩離開了妳，可會有新的人陪妳走下去，等日後，或許妳也會同我一般，成為別人的長輩。」

柳玉茹說著，輕輕笑了，「這怕就是咱們這一輩子得走的路了。」

「這路也太苦了。」葉韻苦笑起來：「咱們運氣太不好，沒趕上大榮的盛世，盡情盡興的活一輩子。剛好趕上動亂，被逼著捲進來，這三年，我覺得比我前面十幾年，都苦得太多了。」

「這大約也是一番際遇吧，」柳玉茹溫和道：「經歷過，才覺得珍貴。」

葉韻笑了笑，沒有多說。柳玉茹也沒再說話，她與葉韻經歷不同，在這場動盪裡，她恰好遇到了顧九思，那個人陪著她，護著她，別人的亂世是生離死別，而對於柳玉茹來說，因為有顧九思，人生不過是從一場了無生趣的死水，切換為另一場傳奇。

但不是每個人都有她這樣的幸運，她若在此時多說，便是在人傷口上撒鹽，她想了想，抱著顧錦走到葉韻身邊坐下，抬了一隻手，讓葉韻靠在自己肩上，隨後溫和道：「妳睡吧，我陪著妳。」

葉韻沒有出聲，頭髮遮住了大半張臉，她閉著眼，靠著柳玉茹，彷彿睡了，然而過了一會兒，柳玉茹發現自己的肩膀濕透了。

柳玉茹從陸路換了水路，順流而下，不過三日，就到達了揚州。到揚州之後，她領著人先到花容，花容的老闆水香是柳玉茹挑出來送到揚州的，水香一見柳玉茹，立刻領著柳玉茹進了內間，柳玉茹安置好帶來的人，隨後詢問水香道：「妳在王府中有人嗎？」

水香聽到柳玉茹的話，疑惑道：「有是有的，夫人打算做什麼？」

「都在什麼位子上？」

水香聽柳玉茹問話，雖然有些奇怪，卻還是照常答了，水香的人都是些無關緊要的下人，位子最高的，也只是姬夫人內院中一個二等侍女，這樣的侍女，自然是接觸不到什麼祕辛的。柳玉茹想了想，又讓水香把揚州目前所有官員的名字以及姬夫人的生平全都調了過來。

姬夫人是當年王善泉府上一個舞女，因為貌美，曾備受寵愛，以舞女之身抬為姬妾，還為王善泉生下了最小的兒子。生下兒子後，王善泉便不再寵愛她，將她遺忘在後院，寵幸一個又一個新人。因她過去做事囂張跋扈，王善泉其他妻妾便落井下石，趁機報復，直到後來王善泉去時，洛子商在清理了王家其他公子後，才將她扶了出來。

因為感恩於洛子商，又或是她倚仗於洛子商，她便安安分分一直做著洛子商的傀儡。

「但有一點，是王府中所有人都清楚的。」水香站在柳玉茹身邊，低聲道：「姬夫人心中，是有著洛大人的，當年洛大人在揚州時，曾夜裡多次召洛大人入府議事，均被洛大人拒絕。洛大人從來都在白天見姬夫人，且身邊必須有其他人在場。」

「洛子商是怕她玷汙了他的清白不成？」芸芸在一旁笑出聲。

水香抿了唇，似也笑了，葉韻在旁邊聽著，冷著臉道：「這位姬夫人，是做得出這種事的人。」

柳玉茹得了話，轉頭看向葉韻：「妳識得她？」

「在王府見過。」葉韻僵著聲。

柳玉茹知道她是想起那一段極為不好的時光，柳玉茹不願多問，翻開揚州官員的名冊，一一看過去，看到王府客卿的名單時，突然注意到一個名字：陳尋。

她微微一愣，腦海裡極快閃過一個念頭。

當年顧九思的兩個好兄弟，楊文昌沒有了，陳尋早跑了，後來他們四處分散，顧九思也有意找過陳尋，但沒有下落，如今在這裡看見熟悉的名字，柳玉茹不由得心裡存了幾分幻想。

她忙同水香道：「妳去幫我找這個叫陳尋的客卿。」

水香應了聲，便下去找了人，柳玉茹繼續熟悉著揚州的官員。

如今揚州洛子商不在，主事的人便是洛子商手下第一幕僚蕭鳴。

這個蕭鳴據說是洛子商在章懷禮那裡的師弟，與洛子商情同手足，是個極有能力也極有野心的青年，如今年不過十九，已是揚州僅次於洛子商的人物。

柳玉茹在心裡將所有人的關係大致捋了一遍，隨後就聽水香道：「夫人，找到人了。」

柳玉茹聽到這話，應了一聲，起身吩咐印紅照看好顧錦之後，便帶上帷帽，跟著水香一起往外走去。

水香領著她，走了一段路後，柳玉茹便意識到他們要去哪裡。

她熟門熟路，一路走到了三德賭坊，她們兩個女子進入賭坊太過引人注目，柳玉茹便和水香一起在對面的茶坊坐下，兩人等了一會兒，便到了入夜時刻，外面下起小雨，一個男人帶著帷帽，撐著雨傘，手裡甩著錢包，哼著小曲從賭坊裡走了出來。

「就是他。」水香小聲開口。

柳玉茹靜靜看了那人一會兒後，點點頭，便起身帶著所有人走了出去。

他們跟著那男人走了一段路，那人走到巷子中間，似乎察覺了什麼，突然停住步子，將手搭在腰上的劍上，然後轉過頭。

柳玉茹撐著雨傘，靜靜注視著前方的人。前方的青年面上留著鬍子，頭上頂了帷帽，嘴角邊有一顆黑色的大痣，遮掩他原本清俊的面容，他看著柳玉茹，在短暫警惕後，隨即變成了錯愕。柳玉茹平靜地喚他，「陳公子。」

這一次，陳尋終於確定了，他驚訝出聲：「柳玉茹！」

柳玉茹找到陳尋時，顧九思一行人終於抵達了望都。

他們來得猝不及防，但顧九思原在望都頗有威望，他在城樓下一露面，望都城的人便認了出來。

「是顧大人！」

守城的將士即刻幫顧九思開了城門，顧九思領著人直奔周府，他們趕到周府時，周高朗得了消息，立刻到了正堂，只是顧九思速度更快，周高朗到的時候，顧九思已經在正堂等著周高朗。

周高朗一露面，顧九思立刻抱著周思歸跟周高朗行了禮，周高朗擺手道：「不用多說，你……」

「九思！」

話沒說完，外面就傳來周燁的聲音，周燁急急衝了進來，打斷周高朗的話，一把抓著顧九思，急促道：「婉之你帶出來沒？」

這話問得太大聲，嚇到了周思歸，周思歸當場大哭，周燁低頭看向周思歸，看見孩子那瞬間，他愣了愣，不由得道：「這是……」

「是思歸。」顧九思開口回答。

一路趕路，周思歸只能吃米湯，面色不太好看，好在他還算乖巧，並不算鬧騰，此刻見到了周燁，也不知是父子連心，還是當真被周燁嚇到了，在周燁面前哇哇大哭。

周燁愣愣看著周思歸，葉世安上前提醒道：「先找個奶媽給他吃飽吧，一個孩子，一路這麼跟著我們折騰，怕是要病了。」

周燁聞聲抬頭，看著葉世安頭上的白布，竟是說不出話來。周高朗看不下去，讓人上來將周思歸抱下去，隨後同顧九思道：「范玉做了什麼，讓你這麼千里迢迢帶著孩子趕了過來？」

聽到這話，顧九思轉頭看向周高朗，神色嚴肅道：「秦楠狀告江大人殺洛家滿門，范玉以此罪名將江河下獄，當日夜裡，范玉召我、張大人、葉大人一起入宮，又令人圍了我們三人府邸，我察覺不對提前逃脫，命人去救周夫人以及周少夫人時，卻發現對方已經提前設伏，少夫人命人拚死將孩子送來給我，我領著活下來的人出城，而張大人與葉大人，皆已於當夜遇害。」

顧九思說得平靜，周高朗靜靜聽著沒有說話，周燁眼中一片茫然，他呆呆看著前方，也不知是在想什麼。

過了片刻後，周高朗笑起來。

「我早知道……」他低笑著，抬手捂住自己的額頭，似悲似喜。

顧九思看著周高朗，微微躬身，恭敬道：「周大人，陛下意在廢內閣，下一步，怕就要召見大人了，大人還是早做決斷得好。」

「決斷……」周高朗笑了笑，「我能做什麼決斷？」

說著，他抬眼看著顧九思，「我的妻兒都在東都，而幽州的兵馬又不是都聽我的，你讓我做什麼決斷！」

顧九思聽著這話，神色冷靜：「若您不做下這個決定，您的妻兒怕是回不來了。」

聽到這話，周高朗神色一僵，周燁突然出聲：「起兵吧。」

所有人看向他，周燁面上一片平靜，他在震驚與痛苦後，呈現出意外的冷靜，他起身平靜道：「范玉今日敢如此，無非是覺得自己能拿我們怎麼樣。現下立刻舉事起兵，讓范玉交人。他交人，我們退兵，從此據守幽州，占地為王。」

「你這是謀反。」周高朗盯著周燁。

周燁靜靜看著周高朗：「您在意是不是謀反嗎？」

周高朗沒有說話，父子倆靜靜對視，周燁沒有退讓半分，顧九思站在一旁，想了片刻後，開口道：「周大人是不是怕幽州其他將領，不敢跟隨您一起舉事？」

所有人看向顧九思，顧九思平淡道：「這好辦，今日我會把陛下已殺害張大人與葉大人的消息傳出去，明日您讓人假扮東都來的太監，假傳一份聖旨，聖旨內容就是召您回東都，然後隨便給一個理由，讓您處死這些將領。然後您再將他們都召入營帳，後續的事情，」顧九思勾起嘴角，「這些將領，會幫您處理。」

聽到這話，所有人沉默了，顧九思見周高朗還是不動，接著道：「而且，我這裡還有一樣東西。」

周高朗看向他，顧九思從袖子裡拿出一個長盒，放在周高朗面前。

「這是什麼？」周高朗皺起眉頭。

顧九思冷靜道：「遺詔。」

周高朗神色一凜，顧九思抬手打開盒子，將遺詔拿了出來，遞給周高朗道：「先帝第二道遺詔，若新帝失德，可廢而再立。」

周高朗震驚地看著遺詔，一言不發。

葉世安見周高朗還在猶豫，冷聲道：「周大人，您就算不為權勢，也當想想您在東都的兄弟。我叔父與您是年少好友，張大人與您更是生死之交，如今他們枉死刀下，您就這麼眼睜睜看著嗎？」

周高朗沒有出聲，他定定看著遺詔，似是思索。葉世安上前一步，激動道：「如今還有什麼可猶豫？你們家人都在東都，還都是女眷，范玉荒淫無道，留她們在一日危險就多一分，如今即刻舉事圍困東都，逼著他們將人交出來，然後踏平東都活捉范玉洛子商，以死謝天下才是！你們一個個，還在猶豫什麼！」

「世安，」顧九思抬手搭在葉世安肩上，葉世安急促地呼吸著，捏著拳頭死死盯著所有人，顧九思輕輕拍了拍他，平和道：「冷靜些。」

葉世安聽到顧九思的話，平和了許多，顧九思看向周高朗，再次道：「周大人，如今還有什麼顧慮？」

周高朗沒有說話，就在此刻，一個青年提著長槍而入，他神色沉穩，面色凝重，銀白的盔甲上帶著血跡，手上提著個人頭。

所有人都愣了，周高朗站起身，震驚地看著面前的青年道：「沈明，這是誰？」

「東都來使，」沈明冷靜開口，他看著周高朗，注視著周高朗的眼睛，「他說范玉來請周大人誅殺逆賊顧九思，我便在院外將他斬了。」

聽到這話，顧九思迅速反應過來，當即上前一步，立刻道：「周大人，東都來使已斬，您如今已是退無可退。您現下舉事，而後我替您修書一封，將遺詔一事說明，要求范玉將人還回來，同時我已派人前往揚州，離間姬夫人與洛子商的關係，等洛子商失了依仗，周夫人也回到幽州，屆時您是打算進還是退，便都是您的意思，您看如何？」

周高朗沒說話，在這刻，周燁出聲道：「可。」

說著，周燁抬眼看向周高朗，神色平靜道：「父親，如今你已經沒有選擇。」

其實所有人都知道，此刻周高朗還有第二個選擇，那就是殺了顧九思，送還東都以表忠心，再與洛子商聯手。

可一來周燁和沈明護著顧九思，他做不到。二來，與洛子商合作，那簡直與虎謀皮。

周高朗在短暫思考後，終於道：「就這麼辦吧。」

得了周高朗的話，顧九思舒了口氣，他領了命後立刻退下去，帶著沈明將所有事布置下去。

他要確保今夜望都城的將士都知道皇帝在東都所做的一切，然後再找一個人去假扮東都來使。

第一個來使來得悄無聲息，才到門外就被沈明斬了，他們剛好扒了這人的衣服，抓了他旁邊的小太監，第二日重新入城。

這一次周高朗做的熱熱鬧鬧，帶著所有人迎接天使，小太監戰戰兢兢，念著顧九思的警告，勉強做出平常姿態，等周高朗領著他入了官署，小太監到了宣讀聖旨的時候，按著顧九思的吩咐，輕咳一聲，同周高朗道：「周大人，這聖旨得借一步說話。」

聽到這話，所有人都覺得奇怪，但沒有人敢詢問，只能都看著周高朗跟著太監走了進去。

等周高朗一進去，跪著的將領不安起來，他們竊竊私語，商議著此等局勢下，太監會同周高朗說些什麼。

然而他們還沒商量完，就聽見裡面傳來一聲慘叫，而後周高朗面色慘白從裡面走了出來。將領們看著周高朗和他手裡的血，有些心驚膽戰，一個將領大著膽子開口道：「周大人，您這是……」

「陛下，方才給我一道聖旨，」周高朗極為艱難地開口，「他召我入東都。」

聽到這話，所有人不奇怪，他們已知張玨和葉青文遇害，顧九思逃難到望都，那范玉對周高朗動手是必然的。

他們心中立刻盤算著周高朗接下來的打算，然而出乎意料的是，周高朗接著道：「他要我離開之前，將諸位，統統處斬……」

「什麼！」

這話讓眾人激動起來，其中一個立刻反應過來，急道：「大人不可，我等皆為大人羽翼，大人若將我等處斬，是自斷其臂，等大人入東都，便成那狗皇帝板上魚肉了啊！」

這話點醒了眾人，他們與周高朗如今已是一體，若是范玉想要殺周高朗，或許真的要從他們先下手。他們看著周高朗手上的血，大致猜出了周高朗的意思，有人立刻道：「周大人已為我們殺害天使，我等唯周大人馬首是瞻！」

「我等唯周大人馬首是瞻！」立刻有人應和，一時間，院子裡所有人相繼表起忠心來。

周高朗露出極為痛苦的表情，紅著眼道：「我與先帝，原是兄弟。陛下於我，親如子姪，但諸位皆為我手足同胞，我又如何忍心殘害諸位？今日我等，不求權勢高位，只為保全性命。諸位可明白？」

「明白！」

「先帝仁厚，早已料到今日，曾留遺詔於我，言及若新帝失德，可廢而再立。我等今日舉事，於私，是為保全我等性命，再效國家。於公，是為遵守先帝遺願，匡扶大夏江山。諸位可有異議？」

「我等全憑大人吩咐！」

得了這一聲應和，周高朗終於放鬆下來。而顧九思站在長廊暗處，靜靜端望著這一切，葉世安走上前，手中捧著一卷文紙，冷聲道：「九思，檄文和勸降信均已寫好。」

「寫好了？」顧九思轉過身，從葉世安手中拿起他寫好的文紙，淡道：「那就送出去吧。」

「通知周大哥，」他掃過檄文上慷慨激昂的字詞，聲音異常冷靜，「今日整軍出幽州，先拿下永州，控制滎陽。」

「有永州水道在，」顧九思抬起眼，慢慢道：「糧草運輸，才算無憂。」

「會打起來嗎？」葉世安冷漠出聲，顧九思轉眼看他，「你想不想打呢？」

「會打起來嗎？」葉世安又問了一遍，顧九思沉默片刻，終於道：「這取決於范玉，會不會把周家人還回來。」

葉世安點點頭，沒有多說，顧九思注視著他，「所以，你如何做想？」

「打與不打，與我沒什麼關係。」葉世安語調裡全是寒意：「我只想洛子商千刀萬剮，范玉死無全屍。」

聽到這樣戾氣滿滿的句子，顧九思沉默片刻，而後放下文紙，輕聲嘆息：「世安，別讓仇恨蒙住你的眼睛。」

「這些話，」葉世安抬眼看著顧九思，「等你走到我這樣的地步，再來同我說吧。」

顧九思沉默無言，葉世安也覺得說重了，沉默片刻後，終於道：「我家人教過我如何做一個君子，如何憂國憂民，可九思，這三年摧毀我所有信仰。」

「我信奉君子道，卻家破人亡。他洛子商以民為棋罔顧生死，卻身居高位楚楚衣冠。」葉世安紅了眼：「九思，我如今只希望他死，他一日不死，我便覺得，自己、葉家，我們所有的信仰和堅持，都可笑至極。」

「那你還在堅持嗎？」顧九思驟然出聲。

葉世安愣了愣：「什麼？」

「你的君子道。」

葉世安聽著這話，一時說不出話來。顧九思雙手攏在袖中，轉過身，似若閒庭漫步一般，往前道：「世安，一個人做任何事都當有底線。」

「越過底線之前的動搖是磨煉，越過底線之後，」顧九思頓住步子，轉頭看向天空，神色悠遠，「那便是萬劫不復了。」

「每個人都有各自的難處，可任何難處，都不該成為一個人作惡的理由。」

「願君永如天上月，」顧九思黑袍白衫，金色盛開秋菊暗紋，他轉過頭，一雙清明的眸注視著葉世安，而後抬手指向天空，輕輕一笑，溫和又堅定道：「皎皎千古不染塵。」

第二十一章　揚州計

葉世安看著顧九思，神色微動。

面前的青年早不復記憶中的模樣，而他自己，也已和年少時相去甚遠。

他深吸一口氣，扭過頭，啞聲道：「不說了，我還有其他事要忙。」

說完之後，葉世安拿著寫好的檄文和信件，匆匆離開。

顧九思靜靜看著他的背影，好久後，他收回手，垂下眼眸，輕嘆出聲。

幽州開始布兵加防，揚州纏綿細雨卻是下個不停。

柳玉茹和陳尋坐在茶樓雅間，水香和侍衛守在門外，柳玉茹親自給陳尋斟茶，頗為感慨道：「沒想到，一別多年，還能再見。」

陳尋苦笑，他早已不是當年那輕浮浪蕩的模樣，從柳玉茹手中接過茶時，神色恭敬謙卑，像是伏低做小慣了的模樣。

「之前九思尋過你，」柳玉茹看著他的樣子，嘆了口氣道：「但當時那世道，分別再見，太難了。」

「是啊。」陳尋喝了口茶，茶的暖意從他身上蔓延開，陳尋神色溫和，「不過好在九思當了大官，本來你們不來尋我，我也要抽空去找你們的。」

「為什麼不來呢？」柳玉茹有些奇怪，陳尋苦笑，「我在揚州不算位高，每日都得到官署點卯，自己脫不開身，若是告訴其他人，我又不大放心。我本可以不在揚州，這些年我也安置好了家人，可以安安穩穩過日子了。」

陳尋喝了口茶，轉過頭去，看著細雨，慢慢道：「可是終究有些不甘心，每每想到文昌，想到過去，就覺得，自個兒七尺男兒，得做點什麼。九思在東都當著大官，做著大事，我沒他這樣的能耐，思來想去，便回到揚州，想著待在揚州，看看能不能做點什麼。」

說著，陳尋抬眼看向柳玉茹，平靜道：「妳來，是有所圖謀吧？」

「東都范玉登基，先帝建立內閣以輔佐范玉，此事你知道吧？」柳玉茹徑直開口。

陳尋看著柳玉茹，他注意到柳玉茹的用詞，她叫范軒是先帝，對范玉卻直呼其名，不由得道：「此事已經傳到揚州，我已悉知，如今陛下又做了什麼？」

「洛子商慫恿他廢了內閣，殺了張丞相和葉御史。九思僥倖逃脫，如今大約已經到了幽州，他讓我到揚州來做一件事。」

「但說無妨。」

「洛子商之所以得到范玉器重，最重要的便是他有揚州的支持。」柳玉茹微微俯身，壓低了聲音，「我們希望揚州能夠公開表態，與洛子商斷絕關係。」

「這樣一來，一則讓洛子商與范玉自己內訌，二則，若九思兵用東都，也防止揚州支援。」

「我明瞭。」陳尋點點頭，柳玉茹見他思索，不由得道：「你在想什麼？」

「揚州如今，其實把持在兩個人手裡，」陳尋開口，同柳玉茹分析道：「一是王平章，此人是王家舊時客卿，原來跟隨洛子商做事，這人如今在幫著蕭鳴做事，但他本身是王家舊部，對我們這些客卿多有招攬，我看得出來，他雖然幫著蕭鳴，但其實自己也經營許久。」

柳玉茹點點頭，陳尋接著道：「其次便是蕭鳴，此人是洛子商的師弟，對洛子商忠心耿耿，揚州所有事，如今都是他說了算，你若要揚州表態與洛子商斷絕關係，首先便得過蕭鳴這關。」

「那姬夫人，」柳玉茹敲著桌子，「在揚州是什麼位子？」

「這得說到揚州第三股勢力，其實就是王家的舊部，」陳尋將自己在揚州的見聞一一說著，「之前跟著王善泉歸順了洛子商，後來王善泉死了，這批人就跟著王小公子，如今小公子年紀太小，所以說起來，這批人便是姬夫人的實際能依靠的一批人。但姬夫人這個人十分愚昧，她幾乎不管任何事，成日在後院待著，就等著洛子商回來。」

「洛子商與她有……」柳玉茹思忖一下，找了個合適的形容詞道：「其他逾越的關係？」

「我認為沒有。」陳尋搖搖頭，「洛子商這人十分高傲，怕是看不上姬夫人這樣的女人。

而且之前姬夫人幾次夜裡邀請，都被洛子商回絕，若真有什麼，怕是不會這樣。」

柳玉茹點點頭，覺得陳尋說得有道理。

洛子商這個人雖然不堪，但接觸下來，柳玉茹也看得出來，他這人在自己的感情上十分驕傲自持。

陳尋喝了口水，接著道：「但姬夫人對洛子商怕是有許多想法，畢竟當年她是洛子商選出來的，而洛子商這個人，出身名門，又生得俊朗，若是相處而非敵對，還覺得他風度翩翩，加上這麼英雄救美捧上富貴榮華一齣，女子怕是很難不動心。我有一位朋友，在蕭鳴身邊做事，同我說過幾次她，說姬夫人如今一心想著，等洛子商回來後，她嫁給他，他們共同撫養王小公子，一起當揚州的土皇帝。」

「那姬夫人如今就這麼等著洛子商？」柳玉茹皺了皺眉頭。

陳尋笑了笑，「大約是吧。也正是因為如此，她幾乎沒有和王家那些舊部接觸過。」

柳玉茹沒有說話，許久之後，出聲道：「你覺得王平章此人，會不會反洛子商？」

「嗯？」陳尋有些疑惑。

柳玉茹敲著桌子，接著道：「若我們許諾替王平章剷除蕭鳴，王平章與我們合作的幾率多大？」

「怕有九成。」陳尋肯定開口。

柳玉茹想了想，慢慢道：「那蕭鳴與姬夫人，關係如何？」

「表面恭敬是有的，」陳尋應聲道：「但蕭鳴向來不太看得上姬夫人。」

柳玉茹沒有說話，思索著什麼，陳尋見她不說話，有些奇怪道：「玉茹？」

「這樣，」柳玉茹敲打著桌面，慢慢道：「能否勞煩你替我引薦，讓我見見王平章？」

陳尋愣了愣，隨後點頭道：「好。」

兩人沒有猶豫，當下陳尋便去安排，等到了夜裡，陳尋將王平章帶到柳玉茹歇息的客棧。

柳玉茹讓人架了簾子，與王平章隔著屏風談話，王平章行禮之後，同柳玉茹恭敬道：「聽陳先生說，有貴客來訪，貴客自東都遠道而來，可是？」

「妾身聽聞過王先生，」柳玉茹沒接他的話，跪坐在屏風之後，慢慢道：「王先生原為鄉野一村民，後得王善泉大人賞識，帶到揚州來，成為王家客卿，平章二字，便是王善泉大人所取。王善泉大人對於先生而言，恩同再造。」

王平章聽著這些話，端起茶杯，吹著茶杯上的茶葉，抿了口茶道：「夫人是王大人舊識？」

「王大人如此恩德，如今他人死魂消，被人殺子辱妻，王先生這麼看著，不覺得心中有愧嗎？」柳玉茹不接王平章的話，繼續詢問。

王平章聽到這話，輕笑出聲：「原是來離間我與洛大人的。」

「王大人不覺得不甘心？」

柳玉茹直覺這是個極為難纏的人物，短暫試探後，她大概摸清了王平章的門路，慢慢道：「如今洛子商不在揚州，留了個十九歲小兒駐守揚州，王大人在一個孩子手下做事，不覺得委屈嗎？」

「那我該如何呢？」王平章看向屏風上長長的影子，勾起嘴角：「這位姑娘覺得，我能如何呢？」

柳玉茹不說話，她知曉王平章是在同她談條件了，柳玉茹思索著，開口道：「我能助您殺了蕭鳴。」

「然後等洛子商回來殺了我？」王平章低頭輕笑，「姑娘，我還沒這麼傻。」

「洛子商沒時間回來了。」柳玉茹平靜出聲，「如今他在東都慫恿范玉殺了葉青文和張鈺，顧九思前往幽州，不出半月，幽州必反，你以為洛子商還有時間回來收拾你嗎？」

「你是幽州的人？」王平章接著試探，柳玉茹慢慢道：「我是不是幽州的人，這不重要，我能助你成為揚州之主，這才是最重要的。」

王平章不說話，明顯是心動了，柳玉茹看著外面的人影，繼續道：「我可以為讓姬夫人站在你這邊，也可以借你人手和錢，等你和姬夫人聯手殺了蕭鳴，如果洛子商敢回來，幽州會出兵助你。」

「除此之外，我還會予你大量錢財，方便你做事。我們出錢出人出力，你來成為揚州之主，這樣的買賣，再划算不過了。」

「妳能給我多少錢？」王平章聽到錢，立刻來了興致。

柳玉茹笑了笑，抬手道：「一百萬。」

王平章聽到這話，正要拒絕，就聽柳玉茹道：「定金。」

「如若洛子商決議攻打你，所有軍需，我來負責。」

王平章沒有說話，他認認真真算了帳後，接著道：「那你們有什麼要求？」

「你成為揚州之主後，向天下發一封通緝令。」

「通緝誰？」王平章有些不理解。

柳玉茹低吟出一個名字：「洛子商。」

聽到這話，王平章略感詫異，他若取了揚州，和洛子商便是死敵，柳玉茹只有這一個要求，對於他來說實在是簡單至極。

王平章不由得道：「就這？」

「還有，」柳玉茹繼續道：「以後柳氏商行在揚州免稅賦，所有揚州官家採買，先選柳氏商行，柳氏商行做不了，才能選擇其他商行。當然，我不會虧待王先生，」說著，柳玉茹放輕了聲音，「到時候，凡是官家的活計，我與王先生按照利潤，三七分成。我七，王先生三。」

王平章不說話，他思索片刻，柳玉茹慢慢道：「王先生可以好好想想，我給王先生錢、給王先生兵，扶著王先生成為揚州的管事，日後還與王先生三七分成，王先生可謂空手套白狼，如果王先生不願意，我換一個人也未嘗不可。」

有錢有兵，王平章的確不是她唯一的選擇。王平章掂量片刻，點頭道：「成。」

「口說無憑，」柳玉茹冷靜道：「還是立下字據為好。」

一說立字據，王平章便有些猶豫，柳玉茹見他不說話，徑直道：「既然王先生不願意，不如送客吧。」

「好。」王平章終於開口，柳玉茹即刻讓人送了紙筆，和王平章把字據立下。

立好字據後，陳尋送王平章出了客棧，揚州小雨還沒停歇，王平章和陳尋告別後，上了馬車。等王平章一上馬車，下人立刻道：「先生，您立了字據，萬一他們拿著字據去蕭鳴那裡揭發了您，這可如何是好？」

「不會。」王平章搖搖頭，「如今幽州和東都對峙在際，你以為這位夫人這麼大老遠來揚州做什麼？扳倒洛子商，才是他們最重要的。」

「那……葉家與顧九思同氣連枝，王大人死於葉韻之手……」那下人說著，看了王平章一眼。

王平章笑了笑，「最重要的是什麼？」

「啊？」下人愣了愣。

王平章靠近他，小聲道：「是錢。」

說著，王平章便笑了起來。

陳尋送走王平章，回了客棧，柳玉茹和印紅望萊正在商量什麼，陳尋走進屋內，頗為不安道：「玉茹，妳說我們扶了王平章，他會不會是下一個洛子商？」

「不會。」柳玉茹喝了口茶，抬眼看他，「不還有你嗎？」

陳尋愣了愣，柳玉茹轉過頭，同望萊吩咐道：「去給九思消息，讓他撥一隊人馬過來。」

「您如今打算怎樣？」望萊試探著問。

柳玉茹聽著滴漏的聲音，慢慢道：「留些時間給王平章布置。水香，妳的人給姬夫人引薦一下陳先生。陳尋，你到了姬夫人面前，需刻意討好她，與她說說洛子商在東都的情況，然後告訴姬夫人，洛子商，」柳玉茹抿了抿唇，終於還是道：「愛慕於我。」

聽到這話，所有人看向柳玉茹，柳玉茹繼續道：「等九思兵馬到揚州，我們這邊仿造洛子商的信物，王平章與陳先生布置得差不多後，我便帶著錦兒，以洛子商妻女之名投奔蕭鳴。蕭鳴必然會去信到東都詢問洛子商，信件飛鴿傳書，來往約有兩日，便是這兩日，我會激怒姬夫人，王平章再說動姬夫人與她聯手，一起殺了蕭鳴。蕭鳴死後，揚州必亂，這時候顧九思的兵馬陳兵在外震懾，王平章和陳先生的人在內清理，不出一夜，是降是殺，揚州便有定奪。」

「明白。」望萊恭敬道，出門去給顧九思消息。

等望萊出去後，陳尋跪坐在一旁，忐忑道：「我怕王平章與我這邊沒有這麼多人馬。」

「你以為王平章和我要這麼多錢做什麼？」柳玉茹看向陳尋，似笑非笑，「有錢能使鬼推磨，就看你會不會花這錢。王平章必然是重金賄賂揚州將領去了，他會，你不會嗎？除了將領，那些貧苦百姓，山賊土匪，總有拿錢辦事的人吧。你要實在找不到人，不妨去三德賭坊問問？」

陳尋愣了愣，隨後醍醐灌頂一般道：「我明白了，我這就去想法子！」

柳玉茹的消息還沒到幽州，幽州舉事的消息已是傳遍天下了。

但周高朗並沒有宣告舉事的消息，他的舉動非常克制，只是集結了幽州的兵馬，以極快的速度拿下了冀州與幽州接壤的邊境四城，然後陳列在邊境上。

之後他沒有再往前一步，所有人都在揣摩著周高朗的意圖，天下觀望著局勢，都不清楚周高朗此舉是在圖謀什麼。

但東都之內，洛子商和范玉卻比所有人清楚周高朗的意思。周高朗的密信傳到了東都，上面清清楚楚寫明，只要范玉交還東都內所有周家家眷，他便即刻退兵，從此駐守幽州，以報君恩。

密信到了范玉手中，由洛子商念給范玉聽，范玉聽完密信後，冷笑出聲：「以報君恩……以報君恩，他怎麼敢違背聖令，殺朕使者，還當著天下的面兵發冀州！這亂臣賊子，哪裡是來求朕，分明是要反！」

「陛下息怒，」洛子商恭敬開口，「此事尚有轉機。」

「什麼轉機？」范玉冷眼看過去，洛子商溫和道：「如今我們唯一能牽掣周高朗的，便是周家人，今日我們把周家人給了周高朗，那周高朗必然立刻舉旗謀反，我們就再無還擊之力了。」

「朕知道，」范玉有些不耐煩道：「別說廢話。」

「陛下，劉行知如今還在益州。」

「所以呢？」

「如今大夏內亂，劉行知不會坐視不理，他必然會兵發大夏，咱們把周高朗調到前線如何？」

聽到這話，范玉抬眼，看著洛子商，皺眉道：「你什麼意思？」

「如今大夏與南國交界處，都是當年先帝精銳，他們對東都局勢大多只瞭解個大概，陛下不如此時將前線兵馬全部調回東都，這樣一來，周高朗若打算強取東都，陛下也算有所應對。」

「那前線怎麼辦？」范玉有些猶豫，洛子商笑了，「讓周高朗去呀。」

「他要周家人，咱們不是不給，讓周高朗去前線，擊退外敵之後，我們就還人。」

「還人之後他還不是要反！」范玉怒喝：「你這什麼餿主意！」

「還人之後，周高朗的兵馬還剩多少呢？」洛子商眼神意味深長，「陛下，到時候，陛下兵馬在東都，揚州在旁側，周高朗前方是劉行知，他和劉行知兩敗俱傷，我們再從背後圍攻，周高朗三面環敵，周家人還不還，還重要嗎？」

聽到這話，范玉愣了愣，片刻後，不由得道：「他若是不去呢？」

「不去前線，陛下不更該召集諸侯，回東都與周高朗決一死戰嗎？」洛子商理所當然道：「難道陛下以為，前線諸侯不幫忙，以如今東都兵力，還能和幽州一戰不成？而且，江河還不知去向，如今的東都，怕也並不安穩。」

洛子商這些話，讓范玉憂慮起來，他心中惶惶不安，洛子商繼續道：「陛下，前線抽回來，也就損失幾城而已，到時候我們屯兵東都，我讓揚州從後協助東都，前後夾擊周高朗，再派人與劉行知議和，劃一州給劉行知，陛下收拾了周高朗，坐穩了皇位，修生養息，再圖大事。陛下仁德，顧全大局，可萬萬不能為了大局，送了自己的性命啊。」

聽到這話，范玉慢慢穩下心神。

洛子商說得不錯，把他父親的舊部都召回來，丟到前線，比讓他用東都兵馬直接面對周高朗要好得多。

他想了想，點頭道：「就按你說的辦，把南邊前線將領楊輝、韋達誠、司馬南都領兵召回東都，再把周家人送到冀州去，給周高朗看一眼，讓他乖乖到前線。」

「陛下英明。」

洛子商得了范玉首肯後，便退了下去，他走出殿外，吩咐人將消息逐一往外送出去，隨後同鳴一低聲道：「我們的打算，你找個人，私下透漏給周家人，尤其是周燁的夫人，那個秦氏。」

聽到這話，鳴一有些不解：「您這是做什麼。」

「再給南帝一個消息，」洛子商慢悠悠道：「一切已按計劃行事。等東都與周高朗對峙，他即刻攻打豫州。」

鳴一點點頭，退了下去。

洛子商站在宮欄邊，眺望宮城。

相比劉行知和范軒，揚州不過彈丸之地，無論他們誰贏了，他都無法立足。

范軒兵強馬壯，又有賢臣輔佐，假以時日，劉行知必敗，一旦打破這個平衡，揚州也就完了。

他得有一個時機。

從入東都，修黃河，毀內閣，到如今收網……

雖有差池，也無大礙。

洛子商盤算著，慢慢閉上眼睛。

風夾雜著雨後水潤撲面而來，洛子商聞著雨水的氣息，便想起揚州碼頭那場細雨。

顧九思在幽州，柳玉茹呢？

他想——在顧九思身邊，真是埋沒了她。

如果她能活下來，如果她願意活下來……

洛子商思緒戛然而止，他睜開眼睛。

如今的時局，他不能再想這些了。

大雨洗刷而過，各地靜候消息。鴿子一隻一隻飛入鴿棚，僕人從鴿子上取了消息，一一送往書房。

書房之中，顧九思翻著書卷，正看著地圖，沈明坐在他身旁，靜靜看著地圖，顧九思看了他一眼，笑道：「你在看什麼？」

「我在想，」沈明皺著眉頭，「大夏這麼大動靜，周邊各國，尤其是劉行知，沒有想法嗎？」

「幽州緊靠北梁，你和周大哥在這一年，已經將北梁打垮，他們暫時無力行軍，加上如今兩邊也算安穩，暫時不必憂慮。」

沈明點點頭，顧九思接著道：「而劉行知，他向來謹慎膽小，南境是大夏三員大將，又有天險所守，我們這邊不亂到澈底，劉行知不敢動。若我們這邊真打起來了，他也很難立刻破開前線防守，就算他真的破開了前線防守，我們應當已平定東都，屆時，便是兩國正式交戰了。」

「若兩國當真交戰，」沈明湊上前，認真道：「我們有幾成把握？」

顧九思聽著，沉默片刻後，慢慢道：「先帝南伐之心一直都在，軍備士兵都有準備，黃河修好之後，水運暢通，無論糧草、士兵、補給都十分及時，我們的士兵將領，都在幽州戰場與北梁打磨過，與劉行知這樣的土霸王相比，可說是兵強馬壯，當真要打，大夏並無畏懼。」

聽到這話，沈明舒了口氣，顧九思低著頭，看著桌上的地圖，聽沈明道：「那便還好了。」

「但還有一種最壞的可能。」顧九思慢慢出聲，沈明抬頭看向顧九思，有些緊張道：「什麼？」

顧九思沒有說話，便就在這時，侍衛匆匆拿了一卷信紙過來，送到顧九思面前道：「東都來的消息。」

「呈上。」顧九思伸出手，拿了那一卷信紙，匆匆掃過後，皺起眉頭，沈明在旁邊打量著他，「九哥，信上怎麼說？」

「周家家眷，已從東都出發，被送往冀州。」

「他們打算還人了？」沈明高興地開口，顧九思沒有出聲，他想了想，卻道：「讓人去查，不惜一切代價，營救周家家眷。」

得了這話，侍衛恭敬下去。沈明立刻道：「我去吧。」

顧九思抬眼看著高興的沈明，他抿了抿唇，隨後道：「你有其他要做的事。」

「什麼？」

顧九思放下手裡的信，站起身，慢慢往外走去。

長廊之外，天空烏雲密布，似是風起雲湧，顧九思站在長廊外，看向東都的方向。

他心中有一條脈絡逐漸清晰起來，似乎看見了范軒曾經描繪下的一切。

留洛子商在揚州，整理國庫，修黃河，平永州，讓柳玉茹發展柳氏商行，將周家安置在幽州……

他不知道范軒是有意，還是無意，但是他所做下的一切，似乎都在解決今日他們所面臨的問題。但范軒畢竟是人，有太多變數，他始終沒有猜到，他的兒子，竟然是這樣一位帝王。

顧九思閉著眼，好久後，他慢慢張開了眼，終於出聲：「你準備一下，明日，你就去揚州。」

「明日？」沈明有些意外，顧九思點點頭，隨後什麼都沒解釋，只是道：「去休息吧，我去找周大哥。」

顧九思說完，便往周燁的房中走去。

周燁正在房裡帶著孩子，周思歸在床上爬來爬去。周燁面無表情地看著他，似是有些疲憊。

顧九思通報後步入房中，看見周燁坐在床上，他叫了一聲：「大哥。」

周燁恍惚中回神，轉頭看向顧九思，苦笑了一會兒道：「九思。」

「今日我得了消息，說嫂子和周夫人、周小公子已經被押送往冀州路上，按著時間推算，再過兩日，他們就會到達臨汾。」

聽到這話，周燁明顯有了幾分精神，不敢置信道：「范玉答應放人了？」

「怕是有條件。」顧九思徑直開口。

周燁僵了僵，片刻後，他鎮定下來，轉頭看見周思歸道：「那也無妨，只要能談，便是好的。」

「若我沒猜錯，」顧九思平靜道：「劉行知或許會在此時進犯，他們會將豫州前線抽調回東都駐防，然後以夫人作為要脅，讓我們前往豫州。」

「他們想讓我們和劉行知兩敗俱傷？」周燁立刻反應過來。

顧九思點頭道：「是。」

「洛子商的意思，大約是想讓我們在前線與劉行知對敵，然後他們在後方聯合揚州兵力動手。」

周燁不說話了，顧九思打量著他的神色，接著道：「但是揚州這次不會出手，而東都的人馬，主要是要看豫州三位大將的態度。」

「你如何篤定揚州不會出手？」周燁有些奇怪。

顧九思隨後道：「這是我今日來的原因，我想同周大哥借三萬人。」

「做什麼？」

「揚州或許將有內亂，我想借三萬人，借機拿下揚州。」

周燁聽到這話，猶豫片刻，隨後道：「三萬人不是小數目。」

「周大哥還想救回夫人嗎？」顧九思定定看著他，「我已經派人過去儘量營救夫人等人，可他們必然重兵把守，怕不會那麼容易營救，若是救不成，我們唯一的法子，便是答應他們，前往豫州。」

「這樣一來，我們豈不是腹背受敵？」周燁不贊同地皺起眉頭。

顧九思立刻道：「這個時候，范玉不會攻打我們，他不僅不會攻打我們，還會給我們支援，讓我們解決劉行知。等到我們和劉行知兩敗俱傷後，他們再來攻打。而等到那時候，若范玉真來攻打我們，我們便讓揚州反過頭來攻打他們。」

「如此，我們才可以既救下夫人，又不丟國土。」

聽到這話，周燁思索一番，點頭道：「好。」

「我今日便讓沈明點三萬人出發。」顧九思立刻說。

周燁有些詫異：「這麼急？」

顧九思點了點頭，「玉茹布局在即，怕是十萬火急。」

「那……」周燁猶豫片刻，最終還是道：「去吧。」

顧九思應了聲，從周燁這裡取了權杖，拿著權杖告退後，便走了出去，他找到沈明，將權杖交給沈明，同沈明道：「你帶三萬兵馬前往揚州，協助玉茹，拿下揚州。」

沈明接過權杖，點頭道：「好，你放心。」

說著，沈明將權杖拴在腰帶上，抬眼看向顧九思，笑道：「有什麼話要我幫你帶給嫂子的嗎？」

顧九思聽到這話，愣了愣，張了張口，似是要說什麼，但許久後，只是道：「讓她別擔心，我一切好好的。」

「行，」沈明點點頭，轉身道：「那我走了。」

「沈明！」顧九思驟然提聲，沈明疑惑回頭，顧九思上前一步，壓低了聲，用只有他們兩人能聽到的聲音道：「拿下揚州之後，你便立刻趕往豫州，不要管這邊任何命令，除了我的命令，誰都不要聽，做得到嗎？」

「九哥……」沈明有些震驚。

顧九思抓緊他的手腕，認真地看著他，「做得到嗎？」

沈明沒有說話，他靜靜看著顧九思，顧九思的聲音又低又急，「劉行知必定是要攻打豫州了，而明日，如果做得好，我和周大哥會一起增援你，但如果有其他變故，周大哥或許要做其他事。你一定得保住豫州不丟，明白嗎？」

豫州是大夏最有利的天險，丟了豫州，對於大夏來說，要再反擊，那就難了。

「我只有三萬人馬。」沈明提醒他，三萬人馬，如果應對劉行知舉國之力，這近乎是不可能的。

「我知道，」顧九思繼續道：「揚州還有五萬兵力。你領著八萬人，只要守住豫州一個月，我必增援。」

沈明沒說話，顧九思抬眼看他，「還有什麼要問的？」

「九哥，」沈明抿了抿唇，「你是不是有什麼瞞著我？」

顧九思愣了愣，他沒想到沈明敏銳至此，他垂下眼眸，好久後，才慢慢道：「這一場仗，或許有個最壞的可能性。」

「什麼？」

「那就是，洛子商，從頭到尾，都是劉行知的人。」

聽到這話，沈明怔住了，顧九思飛快分析道：「我一直在想，他到底為什麼要來東都，來了東都，一直與我們小打小鬧的糾纏，他修黃河，說是跟隨太子東巡時候勘察了水利，可是我如今想，他前去也就那麼一點時間，怎麼能拿出一套如此完善的修繕方案，那明明是早有所圖。而他後來慫恿范玉在周高朗還在幽州的情況下以如此激進手段廢除內閣，完全不是明智之舉，可如果他是劉行知的人呢？」

「或者說，一開始他就是和劉行知結盟，來到東都，成為太子太傅，然後製造太子與周高朗的矛盾，等太子登基，與周高朗兵戎相見，這時他再串通劉行知，讓劉行知攻打豫州，而後他從中作亂，讓大夏內鬥。大夏內鬥之後，再與劉行知交戰，這時候洛子商作壁上觀，等到關鍵時刻，直接出手，坐收漁翁之利。待到那時候，這天下，便全是洛子商的了。」

沈明聽著顧九思的話，不由得有些急了，「那如今怎麼辦？」

「所以，你去豫州。」顧九思冷靜道：「如果洛子商真如我所料，那麼，」聲音有些低沉，「他怕是不會讓周家家眷活著了。」

「為什麼？」沈明震驚，「這關周家家眷什麼事？」

「只有周家家眷都沒了，周家才會和范玉澈底撕破臉。洛子商要的就是大夏不管邊境一味內鬥。如今他怕是已經將前線兵力全部撤回，固守東都。他之所以把周家家眷送到邊境來，打的怕也不是要放人的主意。」

「那……那他要做什麼？」沈明的聲音有些結巴，他其實已經明白了，可是他不敢相信，還要再確認一遍。

顧九思聲音發沉：「他不過是要周家父子，親眼看到自己親人慘死，激怒他們的血性罷了。」

「所以你讓我去揚州，然後折往豫州。」沈明喃喃出聲，「這事你告訴周大哥了嗎？」

「我不能說。」顧九思冷靜道：「若是說了，這三萬兵馬你帶不走。」

「那等事發之後，周大哥很快就會想明白，你怎麼辦？」沈明有些著急道：「要不你跟我走吧！」

「事情還沒走到這一步，」顧九思抬手道：「這是最壞的結果，洛子商或許並不是我所猜想這樣。而且我已經有所部署，端看明日，」顧九思抬頭看向天空方向，聲音裡帶了幾分沉凝，「能不能救下周夫人。」

「若是能救下來，萬事大吉。救不下來，只要周夫人不死，我便能說服周大人和周大哥同我們一起去豫州對敵，也是條生路。若真走到了最差的一步，你只管守好豫州，我自有我的辦法。」

「我明白了。」沈明點點頭，立刻道：「我這就出發。」

「還有，」顧九思抿了抿唇，隨後道：「我同你說這些話，」他猶豫片刻，終於道：「你別同玉茹說。等玉茹穩住揚州，你讓她到黃河去，告訴她，洛子商修黃河的原因絕不簡單，怕是在黃河做了什麼手腳。豫州最難的一道天險守南關正是黃河下游，讓玉茹想辦法。」

「好。」沈明應聲道：「我明白，你怕嫂子擔心你。」

顧九思低低應了一聲，見再無其他事交代，沈明便離開了，當夜點了三萬人馬，朝著揚州趕了過去。

而顧九思坐在房間裡，提著筆，寫了一夜的信，信寫了揉，揉了寫，開頭「玉茹」二字寫了無數遍，始終落不下筆。

等他好不容易寫完信，天終於亮了。

這時候，周家女眷，也終於步入了冀州的土地。

馬車搖搖晃晃，秦婉之在馬車上照顧著周夫人和周二公子，周夫人神色疲倦，一言不發，周二公子發著低燒，依靠著周夫人。

秦婉之給周二公子餵過水，低聲道：「不知還有多久，才會見到郎君。」

周夫人不說話，秦婉之嘆息一聲，轉過頭去，看著周夫人道：「婆婆，妳可還好？」

「死不了。」周夫人乾澀地開口，秦婉之聽她嗓子乾啞，便遞水過去，柔聲道：「婆婆，喝點水吧，明日就能到臨汾，我們便能見到郎君了。」

周夫人不說話，片刻後，她慢慢道：「妳喝吧，妳好久沒喝了。」

秦婉之愣了愣，她沒想到周夫人會主動讓她喝水，她們婆媳關係一貫不好，然而這樣的患難時刻，周夫人卻是頭一遭，對她好了那麼一些。她的眼眶不由得有些濕潤，甕聲應了一聲，低下頭去，小抿了一口水。

周夫人看了她一眼，想了想後，慢慢道：「妳是不是以為我很討厭妳？」

秦婉之聽到這話，神色有些僵硬，她垂下眼眸，低低應了一聲，也沒否認。

周夫人轉過頭，淡道：「我的確是討厭妳的。」

「我不喜歡燁兒。」周夫人聲音平淡，「我與他父親感情並不好，他父親在世時總是打我，我懷他的時候，便幾次想殺了他，卻都下不了手，後來生他，卻差點讓自己去了。」

周夫人從未與她提及過這些，秦婉之靜靜聽著，也沒多說。周夫人接著道：「後來有一日，我忍不住，將那男人殺了，逃了出來，被高朗遇到，他收留我們母子，那時候我才第一次覺得活了過來。」

「燁兒長得很像那個人，」周夫人轉頭看向秦婉之，秦婉之聽到這話，忍不住道：「可他並不是那人。」

周夫人神色頓了頓，隨後她垂下眼眸，應聲道：「是，他不是。小時候，我怕高朗不喜歡他，所以不太敢親近他。而且看著他，總覺得他在提醒我，我有那麼一段不堪的過去。高朗說過我好多次，讓我多照顧他，起初我怕高朗說的是氣話，後來便發現，我不去照顧他，高朗便會主動照顧他。」

「他小時候很招人疼。」周夫人似是回憶起什麼，「他從小就乖，做什麼都規規矩矩，凡事都為別人著想。有一次我的衣裙落在地上，他就小跑過來，幫我拉著衣裙，那時候他才四五歲，便會同我說，母親衣裙髒了，我替母親提。我問他能提多久，他說，他能給我提一輩子的裙子。」

秦婉之聽著，想著那時候的周燁，心裡有些心酸，想叱責周夫人，卻又礙著長輩的情面，只能委婉道：「若不是吃了苦，哪裡有這樣天生就會照顧人的孩子？」

周夫人沒說話，片刻後，她應聲道：「妳說得對，他的確吃了苦。一開始我想保著他，想讓高朗和他感情深一些，別介意我以前的事，於是我故意不照顧他，讓高朗去照顧。他們感情越來越深，這時候我也生了平兒。生了平兒之後，我的日子很順當，而燁兒也離我越來越遠，很少同我說話了，每日與我，都是恭敬請個安便沒了。可平兒不一樣，他在我身邊長大，他是我所有心血的凝聚，我希望這世上所有好的都是平兒的，可這時候我發現，熚兒太好了。他太優秀，年紀也比平兒大太多，我很怕。」

「怕他搶了二公子的位子，日後繼承周家，是嗎？」秦婉之聽到這話，不由得笑了，笑裡帶了幾分悲哀，「可他是沒有這樣的想法的。」

「誰知道呢？」周夫人神色懨懨，「若真的沒這些想法，又在他父親面前做那些表現做什麼？」

「後來他也的確得逞了，高朗早知道周家會有這一日，所以他早早讓他去了幽州。那時候我就問過，為什麼去幽州的不是平兒，而是熚兒？他告訴我，因為熚兒更合適。」

「太荒唐了。」周夫人疲倦道：「自個兒親生兒子不顧，去管一個外人的兒子。甚至還將他當成繼承人來養，自己的親生兒子放在東都為質，倒把周熚送到幽州去快活。」

周夫人說著，嘲諷道：「何等胸襟啊？」

秦婉之聽著周夫人的話，心裡又酸又澀，許久後，她慢慢道：「您同我說這些，又是做什麼呢？」

「妳說范玉會白白放我們回去嗎？」周夫人抬眼看向秦婉之，秦婉之愣了愣，她凝視她的眼眸，認真道：「不會的，一切都會有代價，所以當初我就同高朗說過，如果有一日我成為人質，我不會讓他為難。」

「我如此、平兒如此，妳呢？」

秦婉之沒說話，她呆呆看著周夫人，周夫人低頭抱著周平，聲音平緩，「高朗讓我知道怎麼活得像個人，我不能讓他後悔救了我，也不能讓他為了我，將自己置於險境。」

「至於妳的去留——」周夫人低喃：「妳自己定吧。」

秦婉之沒有說話，馬車搖搖晃晃，從白天到黑夜，終於到了臨汾。她們入了臨汾城，被關入地牢。秦婉之一夜沒睡，她抱著自己，看著外面的天空。

到半夜時，外面突然鬧了起來，秦婉之猛地站起來，周夫人抱著周平起身，茫然道：「怎的了？」

秦婉之認真聽了片刻，隨後激動道：「有人、有人來救我們了！」

周夫人聽到這話，急急站起身，抱著周平走到牢房門前。

外面的聲音越來越鬧，片刻後，一個男人猛地衝進牢房中，領著人抓住了秦婉之、周夫人、周平三人，粗暴地將三人按著跪了下去，直接拿刀架在三人脖子上，朝著外面吼道：「再往前一步，我就砍了他們的腦袋！」

前來劫囚的人聽到這話，當下頓住了步子，似是猶豫。

而周夫人卻是突然發了狠，抱著周平猛地朝著前方撲了過去，就在這一刻，那人毫不猶豫，手起刀落，砍下了周夫人的腦袋。

血飛濺而出，灑在周平和秦婉之的臉上，兩人驚恐地看著倒在面前的周夫人，周平坐在血泊裡，眼裡滿是震驚。持刀之人將刀劍指向周平，抬眼看著前來劫囚的人道：「再跑試試？」

見到這樣的場面，所有人震驚了。

大家都知道周家女眷是用來威脅周高朗的，任何人都沒想到，這人居然有如此氣魄，當真殺了周夫人！

在短暫震驚後，劫囚的人立刻做出決定，當即退開。守著監獄的士兵趕緊追了上去，不一會兒，牢房裡只剩下秦婉之、周平，還有那砍殺了周夫人的青年。

秦婉之還跪在地上，失去所有力氣，而周平坐在血泊裡，好久後，他慢慢緩了過來，尖叫出聲，手腳並用爬到牆角處，死死抱住自己，拚命顫抖著。

「我叫問一。」殺人的青年慢條斯理用白色的絹布擦乾淨刀上的血，他用刀尖挑起秦婉之的下巴，笑了笑道：「明日若是周燁不答應陛下的條件，我也會這麼送妳和那位小公子上路。」

「你們……」秦婉之顫抖著，「你們要讓他答應什麼條件？」

「告訴妳也無妨，反正他也沒得選。」問一彎下身子，靠在秦婉之耳邊，低聲道：「劉行知打過來了，陛下要周家軍到豫州對敵。等他們打完劉行知，陛下會帶人，親自送他們歸天。」

聽到這話，秦婉之猛地睜大了眼。

她明白，劉行知舉國打來，范玉一定調走了前線的軍隊，讓周燁去抗敵，等周家兵力消耗夠了，范玉兵強馬壯，聯合洛子商揚州再打過來，那便澈底完了。

「妳覺得他們會換你們嗎？」問一歪了歪頭，似乎有些好奇，片刻後他將刀往刀鞘裡一插，從旁邊提了個陶罐，遞給秦婉之道：「少夫人，喝點水潤潤嗓子，明日城樓上，同大公子多說幾句話吧。」

說完，他便大笑著走了出去。

周夫人的血蔓延了過來，秦婉之坐在周夫人的血裡，片刻後，她顫抖著身子往前，替周夫人整理了衣衫。

一夜喧鬧過後，顧九思也得了消息，他拿著告知周夫人已經被斬的信，心裡有些發沉。

片刻後，下人同顧九思道：「顧大人，一切都已經準備妥當，周大人叫您準備出發了。」

顧九思點點頭，捏著紙條，一時不知這消息是該說還是不說。

他駕馬到了城門口，周高朗和周燁領著人在正前方，顧九思上前恭敬行了個禮，周高朗點頭道：「走吧。」

說罷，便以周高朗為首，周燁緊隨其後，而後顧九思、葉世安隨在後面，其他大將領著士兵在他們身後一字排開，往臨汾趕去。

到了臨汾城樓下，臨汾城上響起了戰鼓，所有士兵架起羽箭，周高朗朝顧九思揚了揚下巴，顧九思立刻駕馬上前，立在城樓前，朝著城樓上朗聲道：「聽聞我周氏家眷已盡到臨汾，不知可是陛下想明白了，打算還周氏家眷，與我等冰釋前嫌，重修君臣舊情啊？」

「顧氏逆賊，天使之前，安敢如此倡狂？」城樓上一聲喝罵，顧九思聽出來，是臨汾原本的守將韋林。

顧九思笑了笑，「韋大人，您年事已高，說話費力，」說著，顧九思抬手，「還請東都來臣上前與我說話！」

「你叫我？」

問一從旁邊走出來，顧九思看著他，辨認片刻，覺得自己似乎在洛子商身邊見過，問一知道顧九思不一定認識自己，抬手恭敬道：「在下殿前司問一，見過顧大人。」

「殿前司的大人來了，想必陛下也拿下主意了吧？」

「陛下說了，」問一笑了笑，「婦孺老幼，都是無辜之人，牽扯進來，畢竟不妥，周大人要交還家人，也可以理解。可周大人如今無論如何都是謀反之身，就這樣放人，實在是說不過去。」

「那他要如何？」周燁忍不住出聲，掃視著四周，頗為著急。

問一的目光落在顧九思身上，高聲道：「如今益州劉行知犯境，周大人不如去前線擊退劉行知，到時候將功抵過，陛下也好放人。」

聽到這話，所有人都沒有出聲，周燁看了顧九思一眼，問一所言果然如顧九思所料，他心裡想了一圈顧九思說的，上前一步，同周高朗低語道：「父親，先應下來吧。」

周高朗抬眼看了周燁一眼，這事他們昨夜商量過了，他想了想，抬頭看向問一道：「保衛大夏，本就是我等職責。只是若陛下出爾反爾怎麼辦？」

「放心，」問一高聲道：「你們往豫州去，只要你們到了豫州，我們這邊就放人，你們接到消息，再戰不遲。」

聽到這話，葉世安冷笑一聲。

他們大軍到了豫州，劉行知必然認為是援兵，哪裡容得他們戰不戰，怕劉行知就直接撲上來了。

周高朗聽到問一的說法，稍稍安心了些，點頭道：「至少讓老朽見見家眷，確認他們無恙才好。」

得了這話，顧九思心裡一緊。不由得將手放在劍上，往前一步。

問一得了話，絲毫不懼，抬手道：「將人帶上來。」

說著，所有人便看見秦婉之和周平被壓著上來。

秦婉之嘴裡被綁了布條，身上被繩子綁著，頭髮散亂，被人推攘著，走得踉蹌。周平跟在她身後，低著頭，瑟瑟發抖。

看見他們，周燁立刻上前一步，被葉世安一把抓住，朝他搖頭道：「再往前，就進入羽箭範圍了。」

周燁強行忍住衝動，死死盯著城樓上的秦婉之。

秦婉之看見周燁，原本絕望又慌亂，然而在觸及那個人堅定的眼神那一瞬間，不由自主挺直了脊梁。

她突然就不怕了。

她捏緊手中的瓦片，靜靜看著遠處的周燁，她看得貪婪又認真，彷彿要將這個人刻畫進眼裡。

「周大人，」問一站在秦婉之旁邊，高聲道：「如今人已經見到了，您即刻啟程去豫州吧。」

周高朗不說話，他盯著城樓，好久後，他才道：「我夫人呢？」

「昨夜有賊子闖入，」問一漫不經心道：「周夫人不幸身亡了。」

聽到這話，周高朗臉色劇變，他捏緊了韁繩，怒喝一聲：「豎子小兒，你還我夫人命來！」

說罷便想要打馬往前，周燁連忙一把抓住周高朗，著急又惶恐道：「二弟還在！」

周高朗聞言，僵住身子，將目光落在城頭那個顫顫巍巍的孩子身上，他的雙眼瞪得血紅，手握在刀柄上，一時竟不知是退還是進。

若是退，他不甘心。若是進，他又不忍心。

顧九思見狀，連忙上前，低聲道：「大人，我們先將剩下的人贖回來，等日後，再做打算也不遲。」

「九思說得對，」周燁急忙道：「父親，如今保住活著的人要緊。」

周高朗不說話，他顫了顫唇，幾次要張口，都說不出話來。

周燁見他已悲不成聲，忙道：「問一，我們答應陛下的條件，可我們守在豫州，若是收不到放人的消息，你告訴陛下，後果自負！」

「好。」問一笑著道：「您上路吧。」

這話帶著諷刺，周燁來不及與他打嘴仗，上前拉著周高朗的馬，小心翼翼道：「父親，我們回去吧。」

說著，他又看了城樓一眼，張了張口，說了一句無聲的：「等我。」

說完之後，他轉過頭，不敢再回頭了。

城樓之上，秦婉之靜靜看著他離開的背影，整個人微微顫抖著，雙眼盈滿了眼淚，問一看了秦婉之一眼，笑了起來：「是不是還有什麼要同你家郎君說的？我也不是不通情理的人，要說什麼，好好道別吧。」

說著，問一解開塞著她嘴的布條，好心道：「說吧，多說些。」

秦婉之不說話，她往前走了一步，似乎要將那人看得更清晰些。

她用目光勾勒著周燁的背影，那人和第一次相見時沒有什麼差別，仍舊是那個溫和的、甚至木訥的青年。她看著他駕馬行去，彷彿是成婚以來，一次次看著他離開，她終於大喝出聲：「周燁！」

這麼久以來，她從未阻攔過他的腳步，卻獨獨這一次，叫住了他。

周燁回過頭來，便看見女子立於城牆之上，一襲橘色衣衫獵獵作響，他疑惑地看著高樓，隨後便聽那女子嘶喊了一聲：「別去豫州！」

聽到這話，所有人臉色大變，問一一把朝著她抓過去，誰知道秦婉之動作更快，她不知何時割斷了繩子，猛地將繩子一掙，一把抱住周平，便從城樓之下縱身躍了下去。

周燁看見一襲橘衣如蝶而下，他目眥盡裂，而後毫不猶豫，駕馬衝了過去。

葉世安想要阻攔，卻只來得及喊了一聲：「不……」

而顧九思比葉世安更快，他持劍跟在周燁身後，幾乎同時就跟著周燁衝了過去，大喝一聲：「立盾，進攻！」

這刻，箭如雨而下，顧九思替周燁揮砍著身邊的流矢，緊緊跟著周燁。而周燁全然忘記周邊的一切，只看得見前方從城樓上落下的女子。

秦婉之重重落在地上，似乎能聽到骨頭碎裂的聲音，周平被她護在身前，已經完全不會說話，他顫抖著，愣愣看著天空，一時竟是完全不會動了。

顧九思護著周燁衝到秦婉之前，第一波箭雨結束，臨汾城開了城門，士兵持著兵器衝出來，顧九思一人擋在周燁身前，面對著衝過來的兵馬，大喝一聲：「退下！」

這一聲大喝震住了衝出來的人，然而也不過是頃刻的時間，戰鼓再響，士兵又衝向前，顧九思守在周燁身前，擋住所有衝向他們的兵馬，而這個時候葉世安也領著第一波侍衛衝到，護在周燁身前。

周邊砍殺聲成了一片，而周燁卻什麼都顧不得了，他一把將周平推開，跪在秦婉之身前。顧九思將周平一拉，護在身後。

秦婉之身下全是血，她蒼白著臉，笑著看著周燁。

周燁說不出話，他又急又怕，手顫抖著想去碰她，卻不知如何下手，他慌亂地看著她，眼裡大顆大顆落著淚。他有什麼話想說，卻又說不出口，只能「啊、啊」的發著極短的音節。

秦婉之看著他的模樣，卻是格外從容，她顫抖著抬起手，握住周燁的手。

當她的手碰到他的手的瞬間，周燁定住了動作，呆呆看著秦婉之，秦婉之微笑起來，沙啞又艱難道：「我是不是……不好看了……」

周燁沒說話，他看著她，眼淚如雨而落。

顧九思拚死揮砍著試圖靠近他們的士兵，鮮血濺在四周，但他沒說一句讓周燁站起來的話，他只是擋在他身前，護著他、保著他，讓他安安穩穩，做最後一場告別。

秦婉之覺得眼前開始黑了，她輕輕喘息著：「你別難過……這輩子……我很高興……」

「他們想……騙你……去豫州……你會死……會死的……」

「我不會……」周燁終於開口，他顫抖著聲，「我會有辦法的。」

「真……真的啊？」秦婉之艱難地笑起來，她放開他的手，向他伸出手，周燁知道她的意思，他彎下身，將她抱進懷裡。

她的骨頭斷了許多，他一碰她，她就疼，可她太貪戀這個懷抱了。

亂世之初，她家破人亡，一人獨上幽州。她以為周家大公子不會認這門親事，不會娶她這樣一個孤女，可他卻認了，還娶了。

他八抬大轎，明媒正娶，把她抬進了周府，成親那晚，他挑起她的蓋頭，還會結巴著和她說：「妳……妳別害怕，我……我會對妳好的。」

那是獨屬於他的溫暖，也是獨屬於她的光。

這光照亮了她的人生，讓她覺得，人生所有苦難都不是苦難，而是為了換來這一生，與他這一場相遇。

她抓著他胸口的衣襟，低喃出聲：「阿燁，別辜負我……」

「好好……」她口中湧出血來，「好好活著……」

如你所願的活。

如她最初見到那個會意氣風發同她說「我願以此生心血，求清平盛世，得百姓安康」的青年那樣，張揚熱血的活。

讓他永不磨其稜角，永不冷其熱血，永遠心頭有一片天地，光明燦爛，照耀四方。

這是她的周燁，她的郎君。

可這些話她都說不出口了，她失了力氣，閉上眼睛，便沒了聲息。

她的手從他胸口滑落下去，他一把將她的手壓在自己胸前，他顫動著身子，壓抑著低泣。似是怕自己的哭聲驚到她，又似是不願承認這份分別，故而不願讓悲傷聲張。

周邊的兵荒馬亂，城門大開，箭矢如雨，天崩地裂，似乎都與他們沒有關係。

周高朗一馬當先，帶著葉世安等人衝在前方，葉世安有條不紊指揮著跟著來的隊伍，配合著周高朗用撞城柱撞開了城門。

周高朗正值哀傷之際，他不顧一切，追擊著前面的問一，大喝出聲：「問一，你站住！」

這一聲厲喝驚醒了周燁，他顫動著睫毛抬起頭，看向城門內追擊著問一而去的周高朗，慢慢放下秦婉之，同旁邊士兵低啞道：「護好她。」

說完，便猛地朝著城門內衝了進去。

顧九思見緊隨而上，周燁彷彿蓄滿了所有力氣，一路不管不顧往前狂奔，抬手橫刀割開一個士兵喉管，奪走了對方的箭匣，隨後一面往前追，一面抬手舉箭，對著問一連發三箭。

問一側身躲過周燁的箭矢，腳步慢了下來，便是此時，顧九思也抓了一人的箭匣，從牆上過去，抬手彎弓，一路追射著問一。

顧九思從牆簷上走，問一在人群中狂奔，周燁緊隨在後，周高朗見他們追去，乾脆回過頭，殺上了城池。

顧九思站在高處，看了問一逃跑的方向一眼，瞬間折了個方向。

問一跑進一個巷子，剛衝進去，便看顧九思站在巷子裡，手持長劍，靜靜看著他。

問一轉過頭，便見周燁堵在巷口。

周燁逼近問一，問一喘息著，笑著退後道：「兩位大人物如此紆尊降貴追殺我這麼一個小小侍衛，這真是在下的榮幸啊。」

話剛說完，顧九思便直接出手，一把鎖住他的喉嚨，按在牆上，冷聲道：「是洛子商讓你殺她們的？」

「不是……」問一拚命掙扎著。

周燁拔劍就將他試圖偷襲的一隻手釘在牆上，冷道：「說實話。」

問一喘息著不肯說話，周燁抬手又削去他的膝蓋，問一慘叫出聲，顧九思扣著他的咽喉不放，繼續道：「洛子商讓你殺他們，是不想讓周大人去豫州，對不對？」

問一還不肯說，咬著牙奮力掙扎，只是道：「你殺了我吧。」

「洛子商不肯讓周大人去豫州，是因為他希望周大人進攻東都，然後和范玉打個兩敗俱傷，所以，洛子商和劉行知約好的，是不是！」

「不……」問一眼中閃過一絲慌亂，然而他掩飾得極快，繼續道：「您開什麼玩笑？」

「還不說實話！」顧九思抓著問一的腦袋朝著牆上一撞，而後將他一把扔在地上，抬劍指著他，「所以，洛子商修黃河，到底什麼圖謀？」

「圖謀？」問一笑起來：「我家大人為國為民，你卻說他有什麼圖謀？」

話剛說完，周燁便一巴掌抽了過去，隨後抓著他的頭髮，冷聲道：「他對黃河動了什麼手腳？」

問一不說話，緊盯著周燁。

他從這個男人眼神裡明白，自己今日是不會有活路了。他看著周燁，慢慢笑起來：「可憐。」

周燁不說話，死死盯著問一，問一笑著道：「你夫人為了天下丟了性命，日後坐在金座上，怕……」

話沒說完，顧九思便從問一身後一劍貫穿過去。問一扭過頭，看向顧九思，正要開口，顧九思又果斷給了第二劍。

周燁抬眼看向顧九思，顧九思平靜解釋：「他應當是不知道。」

「你怕他說出口。」周燁笑起來，眼裡帶著嘲諷，「你怕他說的話，我受不了。」

顧九思沉默不言，周燁靜靜注視他，「你也覺得我可憐。」

「周大哥……」

「別叫我。」

周燁低著頭，轉過身去，他踩在血水裡，挺直了腰背，大步往前。顧九思說不出話，只能跟在他身後，什麼都沒說。

這時候周高朗已經取下臨汾，周燁問了士兵，徑直去官署找周高朗。

官署之中人到處都是人，顧九思跟著周燁走進去，才走到門口，就聽見裡面都是哭聲，周燁步子頓了頓，他不敢再上前一步，然而片刻後，還是決定走上前。

他每一步都走得極為艱難，每一步都離哭聲更近了些。

等他走進官署之後，就看見了地上躺著兩具屍體，周高朗正趴伏在周夫人身上，毫無儀態地痛哭著。

旁人見周燁進來，紛紛看向他，他手中提著劍，目光落在躺在另一側的秦婉之身上。

他靜靜看著秦婉之，深吸一口氣後，看向旁邊痛哭著的周高朗道：「父親，先裝棺吧。」

周高朗哭著點頭，旁人去找棺材，所有人看著周高朗和周燁親手將她們裝棺，周高朗哭得不成樣子，周燁卻呈現出一種意外的冷峻，他將秦婉之放進棺木，靜靜注視著秦婉之，好久後，他握住秦婉之的手，輕輕吻了下去。

「我會為妳報仇。」他沙啞出聲。

他一定會為她報仇。

說完之後，他親手關上了棺木，棺木蓋上那一瞬間，周燁抬眼，看向對面的周高朗，周高朗哭夠了，似是一下子蒼老下去，他招了招手，周燁走過去，扶住周高朗，周高朗低啞道：「裝好靈堂，所有人先去休息吧。世安、九思，」他喚了兩人一聲，顧九思和葉世安立刻應聲，周高朗低聲道：「你們一個人布置靈堂，一個人去看一看平兒。」

兩人應是，周高朗和周燁便走遠了。

等兩人消失，葉世安才道：「我布置靈堂，你去看看二公子吧。」

顧九思應了一聲，神色有些沉重，葉世安看了他一眼，隨後道：「你別多想了，最後決定都不是咱們做，周大人如何說，我們如何做就是了。」

「要是他做錯了呢？」顧九思皺起眉頭。

葉世安迎上他的目光，平靜道：「你可以不做。」

顧九思抿了抿唇，終是沒有說話，他同葉世安道別，轉頭去了周平房間。

周平從城樓上掉下來時被秦婉之護著，加上他個子又小，筋骨軟，落下來後，竟只是些擦傷。顧九思進門時，周平躺在床上，他不過八九歲，卻像個大人一般，怔怔地看著床頂。

顧九思走到他身旁，溫和道：「二公子，您感覺如何了？」

周平沒說話，他盯著床頂，一言不發。顧九思想著他受了驚嚇，也沒多說，上前替他拿了被子，掖了被角。周平的目光落在他身上，好久後，他才道：「她們都死了。」

顧九思動作頓了頓，周平說的是陳述句，他雖然年紀小，卻什麼都明白的。顧九思想了想，隨後道：「二公子不必擔心，日後你父兄會保護你的。」

「他們會死嗎？」周平的聲音有些發顫。

顧九思抬眼看向周平，認真道：「不會的。」

「他們會替母親、嫂嫂報仇嗎？」

這話讓顧九思皺起眉頭，他斟酌片刻後，慢慢道：「二公子，你還小……」

「若他們去報仇，」周平緊接著問：「我能上戰場嗎？」

「您要去做什麼？」

顧九思看著周平，頗為不解，周平抓著顧九思袖子，認認真真開口道：「報仇。」

顧九思愣了，他看著周平，那一瞬間，他突然明白。

當仇恨連一個孩子都籠罩，不以血洗，便絕不會消除。

周家軍隊停在臨汾，替周夫人和秦婉之設了七日靈堂。

做下決定那晚，周燁開始替秦婉之守夜，靈堂裡點了七星燈，傳說中這盞有七個燈芯的燈會照亮逝者的黃泉路途，讓逝者能夠看得清前路離開。

所以周燁一直不肯睡，不眠不休守著，就怕這盞燈滅了。

顧九思沒有勸阻，便陪著他，臨汾城裡哀歌聲、哭聲交織，周燁跪在靈堂前，守著一盞燈，一言不發。

顧九思低著頭燒著紙錢，好久後，周燁慢慢道：「其實你都是知道的。」

顧九思燒紙錢的動作微微一頓，低著頭，看著跳動的火焰，好半天，才應了一聲：

「嗯。」

「她們為什麼會死？」周燁垂著眼眸，「我們不是已經答應去豫州了嗎？」

「因為洛子商，並不希望你們去豫州。」顧九思低聲道：「他只是用一個名義，將豫州前線的士兵調走，方便劉行知攻打豫州，而後再用周夫人和嫂子的死激怒你們，讓你們攻打東都，之後你們在東都與本該在前線的軍隊兩敗俱傷，洛子商再出手。他所求，是這個天下。」

「所以，」周燁睫毛顫了顫，「你做了什麼呢？」

顧九思聽出他言語中的不甘，抿了抿唇，終於道：「我試著救過嫂子。」

「可你沒有救出來。」周燁抬眼看他，「我能怪你嗎？」

顧九思說不出話，他捏緊了衣衫，低啞道：「大哥，你們要做什麼，我攔不住……」

「你讓沈明帶走三萬人馬，其實不是去揚州的。」風吹進來，周燁轉過頭，抬手護住一盞在風中搖晃著的七星燈，低著頭，慢慢道：「你是猜想著，如果婉之真的死了，我與父親便不會去豫州，一定會攻打東都，因此你提前調走人馬，是讓沈明去前線，擋住劉行知。」

顧九思低著頭，深吸一口氣：「大哥……」

「為什麼你如此無動於衷？」周燁看向他，「為什麼你明知婉之要死了，明知道我將走投無路，你卻還能如此冷靜盤算著，如何調動手中兵馬，如何穩住大局？」

「因為我知道，」顧九思艱澀開口，「嫂子是為了所有人好好活著死的，我不能讓她白白死了。」

這話讓周燁不再言語，他低垂著眼眸，看著手下護著的、躍動著的燈火，好半天，終於開口道：「你出去吧。」

「我想一個人，和婉之待一待。」

秦婉之的靈堂設起第三日，沈明便領著三萬軍隊，趕到了揚州邊境。他還在路上就給了柳玉茹消息，到了揚州邊境，柳玉茹這邊也準備好。她找到了楊龍思，藉著楊龍思的手聯繫上諸多過往揚州貴族子弟，陳尋接近姬夫人，已經同姬夫人鋪墊好柳玉茹與洛子商的「感情」，王平章也拿著錢四處打點，買通了一大批人。

她接到沈明消息當晚，便將王平章和陳尋叫了過來，同兩人道：「幽州已派三萬兵馬過來，消息最遲後日就會到揚州，我們明日一早動手，而後拿了子商的印章，立刻讓各城開路，將幽州兵馬迎進來助我們平亂。」

「三萬？」王平章頗為震驚，「為何來這樣多人？」

「揚州只是路過，」柳玉茹立刻解釋道：「他最主要是要去豫州。」

聽到這話，王平章冷靜了許多，點頭道：「明白了。」

所有人籌備著一切，王平章已經打點好蕭鳴的親軍，蕭鳴最得力的軍隊是東營的人，王平章買通了其中幾個將領，又在廚房夥計中安排了他們的人。王平章原是想直接將這些士兵毒死，卻被柳玉茹攔下，只是道：「蒙汗藥效果好些，他們暈了之後，全都捆起來就是了。」

王平章在柳玉茹勸阻之下放棄這個念頭，而後他們按著柳玉茹的話，偽造了一把小扇、一塊玉佩。這兩樣東西都是洛子商貼身之物，柳玉茹早先見過，她將這兩樣東西仿造出來後，便在第二日抱著孩子，前往洛府。

她到了洛府前，坦坦蕩蕩往門口一站，大聲道：「去通報蕭鳴一聲，說柳氏商行柳玉茹，前來求見。」

柳氏商行在揚州也算頗有分量，最重要的是所有人都知道，洛子商在柳氏商行那條商道上投了不少錢，下人不敢怠慢，趕緊去通報蕭鳴。蕭鳴聽聞柳玉茹來了，愣神片刻，隨後忙道：「快請。」

當初這位柳夫人在揚州收糧，搞得揚州後來糧價動盪，這事蕭鳴還記憶猶新。更何況後來洛子商與柳玉茹關係密切，蕭鳴更是不敢怠慢。

蕭鳴是洛子商師弟，比其他人更親上幾分，他經常見到洛子商放在書房裡的一把雨傘，那把傘只是揚州碼頭隨意一把傘，可洛子商卻珍而重之放著。蕭鳴知道這把傘非同一般，便特地去打聽過，才知是柳玉茹給的。

因著這層關係，他知道師兄對這位夫人心中非同一般的感情，他到了大堂，便看見柳玉茹已經坐在大堂之中了。

她抱著一個孩子，正低頭逗弄著孩子，神色從容溫和，全然不像是來談事情的。蕭鳴在短暫躊躇後，恭敬行禮道：「蕭鳴見過柳夫人。」

「是阿鳴來了，」柳玉茹聽到蕭鳴的話，笑著抬起頭，彷彿一個溫和的長者一般，柔聲道：「可方便進一步說話？」

蕭鳴看著柳玉茹的樣子，心裡有些忐忑，柳玉茹這一連串動作太過於反常，但他還是應聲，讓人全都下去，等所有人都走後，蕭鳴坐在柳玉茹旁邊的座位上，小心翼翼道：「柳夫人今日前來，可是有要事？」

柳玉茹在外經商多年，許多人都以她的姓氏作為尊稱。而蕭鳴固執叫著柳玉茹柳夫人，自然是有他的私心。

他始終希望洛子商能有一個家。

這樣，洛子商或許能過得更幸福些，這也是他作為師弟，對於師兄的祝願。

柳玉茹雖然嫁了顧九思，可蕭鳴心中，顧九思既然是他們的敵人，早晚是要死的，一個要死的人的妻子，自然等於沒有丈夫。於是從一開始，蕭鳴便將柳玉茹當寡婦看待了。

柳玉茹並不清楚這少年的種種心思，抱著顧錦，嘆了口氣道：「的確是有事，這事我也不知道怎麼說……你師兄他在東都的事，你也聽說了吧？」

「聽說了。」蕭鳴點點頭，隨後道：「這與柳夫人今日來有關？」

「我……」柳玉茹抿了抿唇，似是有些尷尬，「我本不該說這些，可是我也是沒法子。我與你師兄在東都……」

柳玉茹說著，臉上帶了幾分羞紅。

蕭鳴茫然道：「啊？」

這一聲「啊」完之後，蕭鳴猛地反應過來，隨後不可思議道：「妳……妳與我師兄……」

「這個孩子便是他的。」柳玉茹低著頭，小聲道：「我原不想說，可他與我夫君鬧成那樣子，我總得有個立場。再加上這事也被我夫君發現了，東都亂了，我流亡出來，也回不去，只能來揚州。」

柳玉茹說著，聲音裡帶了幾分哀切：「他當初同我說過，等日後天下平定，便會娶我，我也不知道這當不當得真。可如今我已經走投無路，他就算不娶我，也得給孩子一條生路啊。」

柳玉茹說得情真意切，一面說一面紅了眼眶，竟是低低哭了起來。

美人哭得梨花帶雨，柳玉茹正等著蕭鳴跟她要信物，可蕭鳴在愣愣盯著顧錦半天之後，拍手道：「我說，這孩子的眼睛，怎麼長得這麼像師兄！」

柳玉茹，「……」

顧錦長得像顧九思，而顧九思又與江河長得相似，洛子商雖然其他地方長得不像江河，但單論眼睛，卻是同個模子印出來的。

蕭鳴突然有些激動，他忙道：「這事師兄可知道？」

柳玉茹搖搖頭：「我……我沒讓他知道。我本打算就這麼算了，可走到如今，顧九思又發現了，唉……」

柳玉茹嘆了口氣，蕭鳴點頭道：「我懂我懂。」說著，他往顧錦面前湊了湊，有些高興道：「我能抱抱她嗎？是個女孩兒？」

柳玉茹點點頭，高興道：「這算您半個姪女兒，您抱抱她，也是應當的。」

蕭鳴趕緊伸出手，抱起顧錦。

蕭鳴生得俊朗，還是少年郎模樣，顧錦慣來喜歡好看的人，立刻咿咿呀呀朝著蕭鳴伸手，蕭鳴被她逗笑，眉眼間都是笑意。

柳玉茹看著這樣生動的人，心裡一時有些不忍，可如今一切布置好，箭在弦上，也容不得她多想，她怕與蕭鳴相處，疲憊道：「多日趕路，您能否先安排個房間，讓我和錦兒歇息一下？」

蕭鳴聽到這話，才想起來，忙道：「是我的不是，這就替嫂子安排。」

說著，蕭鳴招呼人過來，迅速讓人打掃了洛子商的院子，然後領著柳玉茹道：「嫂子跟我來吧，師兄已經許久沒回來了，先打掃了他院子裡的客房給您，」他一面說，一面看向柳玉茹，觀察著柳玉茹的神情，似是提醒道：「等安置好您，我便將您到揚州的消息傳給師兄。」

柳玉茹聽出話語中的試探。

若她與洛子商並無這些事情，蕭鳴與洛子商一通信，她便會露底。但柳玉茹本就不打算給他收信的時間，於是她笑著道：「那你得同他說，讓他早些回揚州，我在這等他。」

她的神色坦坦蕩蕩，毫無懼意，眼中帶了幾分思念著情郎的溫柔，蕭鳴見著她這樣子，便放心了不少。他抱著顧錦，一面逗弄著顧錦，一面同柳玉茹說話。

這一日風光極好，春暖花開，柳玉茹走在揚州特有的園林長廊之中，聽著少年帶了幾分歡喜的聲音，沐浴著陽光，一時竟有幾分恍惚。她有些奇怪於蕭鳴的歡喜，不由得道：「你似乎很喜歡阿錦。」

「是呀，」蕭鳴回頭，笑著道：「這是師兄的孩子呀。」

「你對你師兄，」柳玉茹有些疑惑，「為何這樣維護？」

「因為我的命是師兄救的。」蕭鳴的聲音有些悠遠，他似是想起什麼，回頭同柳玉茹道：「哦，嫂子，妳別覺得師兄平日太算計人太壞，他對自己人都很好的。師兄他這個人啊，」蕭鳴笑起來，「其實特別溫柔。」

柳玉茹有些恍惚，忍不住道：「我以為他……」

說著，她停住聲音，抿了抿唇，沒有再說下去。蕭鳴卻瞭解了，溫和道：「妳以為，他陰狠毒辣是嗎？其實不是的，」蕭鳴苦笑，「他狠，不過是因為這世間對他更狠罷了。若是可以，」蕭鳴送柳玉茹到院子裡，有些無奈道：「誰不想乾乾淨淨的活呢？」

柳玉茹沒說話，蕭鳴送她到門口，顧錦在他懷裡有些睏了，他將顧錦交給柳玉茹，隨後道：「師兄一輩子過得不容易，我是陪不了他一輩子的，您來了，給他一個家，我很高興。」

這話讓柳玉茹有些詫異了，見她詫異，蕭鳴放溫和了語調，柔聲道：「他是真的喜歡您，以後會對您好的。」

「謝……謝謝……」柳玉茹低下頭，有些接不下話了。

蕭鳴以為她是累了，便勸她去休息，而後告辭離去。

柳玉茹一入洛府，陳尋便去尋了姬夫人。

這幾日由王平章打點，柳玉茹的人鋪陳引薦，他在姬夫人身邊已經能說上幾句話。他知道諸多關於洛子商在東都的消息，姬夫人十分關注，姬夫人已知柳玉茹的消息，而近日陳尋進了屋，告訴姬夫人道：「柳玉茹今日來了揚州，帶著個孩子，進了洛府。」

「孩子？」姬夫人震驚，「蕭鳴怎麼會讓她進洛府？」

「這……」陳尋硬著頭皮開口：「在下聽聞，這個孩子，可能是……」

聽到這話，姬夫人的臉色頓時極為難看。

她曾經因貌美被王善泉捧到雲端，又因新的姬妾來到而跌入塵泥。她如今的一切，都是洛子商一手捧出來的，在她心中，洛子商就如王善泉一般，是她要爭取的。如今柳玉茹突然來到這裡，讓姬夫人又妒又怒，陳尋見她的模樣，提醒道：「柳玉茹是有夫君的，這次過來，怕是打算長住。夫人，您不能放縱如此。」

「那你覺得要怎麼樣？」姬夫人立刻回頭，怒道：「我難道還能殺了她不成？」

「有何不可呢？」陳尋抬眼看著姬夫人，姬夫人聽到這話，怔怔地看著陳尋，陳尋低聲道：「夫人當務之急，是不要讓柳玉茹住在洛府。您現下過去，先讓她搬出洛府，最好住到您這兒來，之後再派殺手……」

陳尋抬手，用手在脖子上做了一個「割」的姿勢，「再殺不遲。」

「殺了她……」姬夫人有些害怕，「萬一子商不喜……」

「夫人還有公子，洛大人不是分不清輕重的人。比起洛大人心中不喜，讓柳夫人住在洛府，成為洛夫人……」

「不可能！」姬夫人果斷開口，她想起之前在王府的日子，咬了咬牙，立刻道：「按著你說的辦，我這就過去，她現下還是顧夫人，在洛府住著算怎麼回事？」

說著，姬夫人立刻召集了人馬，領著人氣勢洶洶往洛府衝去。

她到了洛府門口，立刻道：「我聽說顧夫人駕臨洛府，特地上門求見。」

侍從聽到這話，想起蕭鳴不允許任何打擾柳玉茹的吩咐，皺眉道：「府上並無顧夫人。」

「你還想騙我？」

姬夫人聽到這話，便知是蕭鳴護著柳玉茹，頓時怒火中燒，一把推開侍衛，領著人往內院衝。

陳尋跟在她旁邊，一把抓了個丫鬟，喝問道：「柳夫人住在哪裡？」

「大人……大人院中。」丫鬟顫顫巍巍。

陳尋回頭，同姬夫人道：「在洛大人屋中。」

「賤人！」這話激得姬夫人怒意更盛，心中又慌又妒，領著人衝到洛子商院中，怒道：「柳玉茹，妳給我出來！」

柳玉茹正哄著顧錦睡覺，她坐在屋中，也不說話，知道蕭鳴會來處理這件事。

姬夫人見柳玉茹不出來，喝了一聲：「找。」

說著，姬夫人的侍衛就往裡衝去，這時蕭鳴的聲音從外院傳來，喝道：「姬夫人！」

聽到蕭鳴的聲音，姬夫人僵了僵。她還是有些怕蕭鳴的，儘管蕭鳴只有十九歲，卻是和洛子商一脈相承的果斷狠辣。

她艱難地轉過頭去，蕭鳴藍袍金冠，雙手籠在衣袖之間，冷冷地看著姬夫人道：「領著這麼多人闖入洛府，姬夫人有何貴幹啊？」

姬夫人不敢說話，陳尋上前一步，恭敬道：「夫人聽聞顧少夫人今日來揚州做客，想著洛府沒有適合女眷休息的地方，特來迎顧少夫人去王府招待。」

「王府？」蕭鳴語調中帶著嘲諷，將陳尋上下一打量，似是有了點印象，嗤笑道：「吃女人飯的軟骨頭，掌嘴！」

話剛說完，蕭鳴旁邊的侍衛衝上來，一巴掌抽在陳尋臉上。

陳尋被打翻在地，姬夫人驚叫一聲，怒道：「蕭鳴你什麼意思？」

「我什麼意思？」蕭鳴上前一步，「姬夫人還望認清楚自己的身分，洛府的客人便是洛府的客人，輪不到妳來管。」

「蕭鳴，」姬夫人被澈底激怒了，咬牙道：「柳玉茹算什麼東西，你要為她和我作對？你可想好了，是小公子重要，還是柳玉茹重要。」

聽到威脅，蕭鳴笑了，「小公子固然重要，可夫人乃我洛家未來的大夫人，姬夫人還望清醒一點，不要找麻煩事才好。」

這話把姬夫人說懵了，姬夫人愣愣地看著蕭鳴，片刻後，她驚叫出聲：「洛子商瘋了？她是顧九思的夫人！」

「她來了揚州，」蕭鳴放低了聲音，「便不是顧九思的夫人了，還望姬夫人慎言。」

「你騙誰呢？」姬夫人喘著粗氣，指著內院道：「誰不知道她現下還是顧九思的夫人，自己有男人還來外面找男……」

「姬夫人！」蕭鳴提高聲音，打斷了姬夫人的話。

姬夫人嘲諷笑開：「怎麼，做得出來還不讓我說了？我偏生就要說，這招蜂引蝶……」

話沒說完，蕭鳴一巴掌抽了過去，姬夫人被他打得一個踉蹌，侍女上前扶住姬夫人，忙道：「夫人！」

蕭鳴嫌棄一般甩了甩手，冷冷瞧著姬夫人道：「別當了兩天夫人就忘了自個兒的身分，要是沒有小公子，妳以為妳算個什麼東西？舞姬出身的卑賤妓子，還肖想我師兄？也不照照看自個兒的樣子，我師兄的人也是妳隨便說得的？」

姬夫人被蕭鳴徹底打懵了，蕭鳴轉頭看了旁邊的陳尋一眼，嘲諷道：「怎麼，還不把夫人扶下去？非要我鬧得更難看才是？」

聽到這話，陳尋忙上前，低聲道：「夫人，走吧。」

姬夫人捂著臉，眼裡蓄了眼淚，陳尋露出不忍的姿態，小聲道：「夫人，人家一心護著，咱們走吧。」

姬夫人不說話，她一把推開侍女，低頭衝了出去。

陳尋趕忙跟著，剛入馬車，姬夫人便一巴掌抽了過去，又哭又鬧道：「都是你！都是你讓我來！如今所有人都瞧見他打我，我日後在揚州怎麼待下去？他怎麼敢打我？怎麼能打我？他打我，便是打小公子的臉，他們就不怕小公子日後報復嗎？」

陳尋挨了這一巴掌，心頭火起，但他記得自己的目的，只能嘆了口氣，有些無奈道：「夫人覺得，他們是打算讓小公子有日後嗎？」

姬夫人僵住動作，她心裡慌亂起來，抬頭看著陳尋道：「你……你什麼意思？」

「夫人認真想一想，」陳尋認真道：「洛子商要小公子，不過是因為他一時無法完全把控揚州，有許多人還是王大人的舊部，他需要用小公子安撫這些人。等洛子商在東都站穩腳跟，到時候他權大勢大，你認為他還需要小公子嗎？」

「以往夫人還可以念想，洛子商對您有幾分情誼，您與他成天作之合，可如今柳玉茹來了，看蕭鳴的態度您也明白，洛子商心裡是向著誰，柳玉茹如今已經有個女兒，還是在顧九思在的情況下，日後洛子商若是當真與柳玉茹成親，有個兒子不是遲早的事嗎？等洛子商有了子嗣，您認為，他還甘心當小公子的幕僚？」

姬夫人被陳尋越說越慌，她一把抓住陳尋，焦急道：「那我怎麼辦？」

姬夫人看著陳尋：「他如今身邊有了其他女人，蕭鳴這樣護著她，我拿她沒有辦法，我……我……」

「夫人，」陳尋抬手，放在姬夫人的手上，認真道：「您不是一定要依靠洛子商的。」

陳夫人愣了，她呆呆看著陳尋，陳尋生得俊秀，一雙清俊的眼看著姬夫人，柔聲道：「如果夫人願意，陳尋願為夫人效犬馬之勞。」

「你的意思是……」姬夫人有些不敢出聲。

陳尋在她手上用了力，堅定道：「柳玉茹到揚州的消息，蕭鳴今晚應該已經傳給洛子商，咱們在洛子商回來之前，儘快接管揚州。」

「不行。」姬夫人害怕道：「蕭鳴手上有兵有權，大家都聽他的……」

「誰說大家都聽他的？」陳尋笑起來，「之前只是洛子商隔絕了您和其他人的聯繫，夫人要知道，這揚州有許多人，都還是王家舊部，並不是真正效忠洛子商。只要夫人一聲令下，這些人便立刻會倒戈於夫人，夫人可知道王平章？」

「這自然是知道的。」

王平章是蕭鳴手下得力的人，姬夫人就算再不管事，也知道王平章是誰。

陳尋壓低了聲：「王平章，便是王家的舊部。」

姬夫人睜大眼，片刻後，她慢慢緩過神來。如果王平章是王家的舊部，那證明她在揚州，還是有其他依仗的！

意識到這一點，姬夫人的心思活絡起來，她猶豫片刻，轉頭看向陳尋：「你……你為何對我這樣好？」

這話出乎陳尋意料之外，但他很快調整狀態，溫柔道：「在下始終是夫人的人。」

陳尋意在表忠，然而姬夫人卻在聽到這話後，露出了詫異的神色，許久後，她有些愧疚道：「是我遲鈍了，沒能珍惜眼前人。」

聽到姬夫人這自以為是的理解，陳尋額頭青筋跳了跳，但他不敢在這時候提醒姬夫人，便順水推舟道：「夫人要動手的話，便得快些了。若是洛子商接到信，難保他不會回揚州來，到時我們再動蕭鳴就難了。如今我們先動蕭鳴，然後給洛子商設下天羅地網，只要他一回來，我們立刻將他擒住，屆時，在下同夫人一起，好好將小公子撫養長大，等未來公子執掌揚州，在下也會為公子赴湯蹈火，幫公子一統天下！」

「陳尋，」姬夫人聽著陳尋許諾，握住陳尋的手，情真意切道：「你放心，我不會辜負你的。」

「為夫人做事，」陳尋忍住掙脫的衝動，強行扮演著癡心人道：「陳尋百思而不悔！」

兩人在馬車裡將大事定下，等到了王府之後，陳尋便匆匆去找早已準備好的王平章道：「姬夫人這邊成了，準備動手吧。」

王平章應了聲，陳尋便藉著姬夫人的名義，開始招集王家的舊部。

所有人在忙的時候，蕭鳴剛給洛子商寫了信，然後去院子裡逗顧錦。

「她叫什麼？」

蕭鳴搖動著撥浪鼓，逗著躺在地上的顧錦，漫不經心詢問柳玉茹。

「錦兒。」

柳玉茹回了聲，她靜靜注視著夕陽下的少年，有些無法理解。

這個人和洛子商一樣，他們做起事來，都是讓人膽寒的狠絕，人命在他們心裡似乎一文不值，為了結果不擇手斷。然而當他們遠離了權勢的硝煙戰場，又像極了普通人。會笑會鬧，會想著要有一個家，會拚盡所有力氣保護自己想保護的人，甚至在陽光下搖著撥浪鼓時，還有那麼幾分天真可愛。

柳玉茹不明白為什麼這麼多矛盾會集結於一個人身上，她靜靜注視著他，蕭鳴發現她在看他，轉過頭有些疑惑道：「嫂子在看什麼？」

「你……」柳玉茹抿了抿唇，有些小心道：「你與我所想的，似乎有那麼些，不大一樣。」

「嗯？」蕭鳴看著顧錦，漫不經心道：「有什麼不一樣呢？」

柳玉茹一時不知如何描述，她想了想，終於道：「你和子商很像。」

「像在哪裡？」蕭鳴聽到這話，有些高興，他抬起頭，有些激動道：「快，同我說說。」

「都不像外面傳聞，也不像別人眼裡的人。」柳玉茹低下頭，給顧錦轉著小風車道：「我初初見子商的時候，原以為他是個心裡什麼都沒有，狠毒又殘忍的人。但後來我發現，其實並不是。」

他會感念十幾年前一塊糕點，為此於危難之時，努力報答這份恩情。

「我以為，」柳玉茹小心道：「你們這些身居高位，能狠得下心做事的人，應當是……」

「寡情寡義，不知人間感情？」蕭鳴笑起來，並沒有半分不悅，他靠在柱子上，手裡拿了個撥浪鼓，看著遠方的希望，溫和道：「妳不是第一個這樣說的了。」

柳玉茹沒說話，她靜靜聽著。蕭鳴或許是因為年少，又或許被洛子商護得太好，沒有半點讓人不悅的狠邪之氣，氣質疏朗，令人難以產生惡感。他手中的撥浪鼓在風的吹拂下隨著簷下風鈴一起產生有節奏的聲響，他看著天空，慢慢道：「嫂子，其實只要是人，活在這個世界上，便有他的感情。都會有在意的，都會有愛的，都會有恨的。只是我們如何處理這份感情，有所差別。可為什麼有差別呢？那是因為我們打從睜眼看到這個世界，世界給予我們的就不同。」

「嫂子是個狠得下來的人，當年幽州征戰，兵糧不夠，妳為幽州謀算，便到青州滄州揚州三州收糧，致使糧價哄抬，青州滄州距離幽州近，大部分流民都趕往了幽州，自此幽州兵多糧多，可揚州就不一樣了，揚州路途遙遠，走在路上就怕餓死了。好在揚州富庶，師兄強行從富商手中徵糧救濟，才阻止了千萬百姓無辜受難。那個時候，嫂子心裡沒有數嗎？」

「嫂子有，」蕭鳴轉過頭，看向柳玉茹，「所以收糧的時候，您就是算著的，糧食收取之數，都在各州官府承受範圍之內。這是妳的惡，也是妳的善。妳惡在為了自己的立場，不惜出如此手段驚擾百姓，又善在始終留了一條生路給他們，並不把人逼到絕境。這是妳的善惡，可妳的善惡怎麼來的呢？無非就是妳認識這個世界時候，有人對妳好，有人對妳不好，最後妳在這好與不好之間，摸索出一條路來。妳清醒又冷靜，有自己的底線，卻也不是全然乾乾淨淨。不會隨意給自己增加責任，亦不會妄造殺孽。」

「顧九思亦是如此，他為什麼一路走來，如此乾淨順暢？妳看他年幼時，父母恩愛，舅舅身居高位，不曾知半點疾苦。後來雖然落難，又有妳和他家人相伴相隨，這世上半點骯髒都不曾觸碰，哪怕他家道中落，可他的心是滿的。他永遠似朝陽照耀四方，這是因為他所在之處，永遠明亮。但我與師兄不一樣，我們從出生開始，目之所及，皆為絕望。我們很少接觸這個世界的善意，又怎麼會如顧九思一樣，憐憫眾生？」

柳玉茹看著蕭鳴，一時無法言語。有一種酸澀在她心裡蔓延，她看著這麼美好的少年，忍不住道：「如果，在你和子商小一點的時候，有人對你們很好，教會你們和這個世界相處，你們是不是就不會……」

「不會活成今日這個樣子。」蕭鳴接過話，他實在太過聰慧。他說完，有些遺憾道：「可是，也沒有如果啊。我和師兄都已經長大了，我們很難再改變對這個世界的看法，我們習慣了猜忌和冷漠，改不了了。不過，嫂子妳別害怕，」蕭鳴笑了笑，「我們對自己人很好的。」

「那你為什麼不猜忌我呢？」柳玉茹疑惑開口，蕭鳴愣了片刻，隨後大笑起來，「我師兄喜歡妳，他這麼好的人，妳怎麼會不喜歡呢？」

說著，蕭鳴撐著下巴：「妳不知道吧，妳送師兄那把傘，他一直放在屋裡。和我寫信，也提了妳的名字好幾次。他不把妳放心上，哪兒會說這麼多？雖然他沒和我說過同妳的事，可我知道他這個人吧，本就悶得很。嫂子，」蕭鳴笑咪咪道：「妳同我說說妳和他的事吧。」

柳玉茹聽到這話，低下頭去，似是有些不好意思道：「也……也沒什麼好說的。」

「看來是他是用強了！」蕭鳴高興道：「嫂子最開始是不是不願意？」

「他……他也沒有。」

柳玉茹結結巴巴，彷彿對這個話題窘迫極了，蕭鳴以為她害羞，擺了擺手道：「罷了罷了，我不問了，我去問師兄。他慣來疼我，我多纏纏他，他便會說了。」

說著，外面一個侍從匆匆走了進來，侍從覆在蕭鳴耳邊，低聲說了幾句，蕭鳴嗤笑，頗為不屑道：「她的腦子終於清醒些了。」

「嫂子，」蕭鳴轉過頭看她，「我還有些事，晚飯您先吃，明個兒我再陪您吃飯。」

柳玉茹點了點頭，蕭鳴抱了抱顧錦，高興道：「小錦兒，叔父去處理點事，回來再陪妳玩，錦兒要想叔父知不知道？」

顧錦咯咯伸手抓他，蕭鳴高興地親了親顧錦，這才告辭離開。

他將買給顧錦的撥浪鼓放在一旁，柳玉茹看著顧錦在地上伸手去抓撥浪鼓，低頭不語，好久後，她低下頭，給對面桌上的杯子，斟了一杯茶。

蕭鳴走後沒多久，一個下人便送了一份糕點上來，柳玉茹拿起糕點，看見糕點下方壓著的紙條，是陳尋的字跡：開局。

柳玉茹握著糕點的手微微一顫，許久之後，終是一言不發。她伸手抱起顧錦，拿了身旁的撥浪鼓，起身往院外走去。

陳尋已經安排好人接應，她也得走了。

姬夫人以小公子之名約了蕭鳴赴宴，說是要對今日之事表達歉意。而在開宴之前，姬夫人便在陳尋和王平章的協助下，一一接見了王家的舊人，而過去揚州貴族青年子弟，也以王家舊部的名頭混進來，面見了姬夫人。

隨後他們便部署下去，準備好暗殺的計畫。

蕭鳴向來不太看得起姬夫人，她請他赴宴，他以為是姬夫人清醒過來，知道要緩和關係，看在王小公子的面上，這份情面他還是要給姬夫人，於是他便領著人去了王府。

但方踏入王府，便覺得氣氛不對，多年暗殺爭奪培養出來的敏銳度，讓蕭鳴頃刻間便知道發生了什麼。他大喝一聲：「退！」

那刻羽箭飛射而出，蕭鳴一把抓過身前的人擋住羽箭，隨後立刻吩咐道：「去東營調兵兩千，馬上來洛府！」

說完之後，他且戰且退，已經到了門邊，他這一刻也意識到柳玉茹的不對勁，早上來，晚上姬夫人就出了這種昏招，柳玉茹來得也太巧了。

但是想著顧錦與洛子商相似的眼睛、想著洛子商對柳玉茹的情誼，以及今日他試探著說要報告洛子商時柳玉茹毫無畏懼的神態，和他過去得到的資料裡寫明了柳玉茹對名節的看重，他一時又無法確定。只能咬了咬牙，冷靜道：「派人去洛府，看管好柳夫人！」

此刻他早已無暇顧及這麼多，這是一場準備太過於充足的刺殺，他所有的退出路線都被堵死，殺手密密麻麻將他圍住，他放過信號彈後，援兵久久不到。

蕭鳴心知揚州城中出了內鬼，他一一排算到底是誰，可身邊的人越來越少，他逐漸意識到，這一次可能真的要折在這裡了。

侍衛護著他一路往城外衝去，而這個時候，他的親軍東營之中，所有士兵早已倒在地上，昏昏睡去。

王平章買通的將領立刻將東營的人綁起來，而蕭鳴一路砍殺著往外衝去，他如今沒有其他念想，知道揚州是出不去了，但是他得給洛子商報個信。

無論如何，他得告訴洛子商，揚州不行了，讓洛子商不要回來。

他抱著這個念頭，一路砍殺著想要衝出巷子，城中還有他們的暗樁，他還能把消息傳出去。

然而刺殺的人太多太密，他身邊的侍衛沒了，他身上也中了刀劍，他一步一步艱難的往外走，這時候殺手似乎是憐憫了，終於散開，站在他身邊，靜靜看著他。

蕭鳴用劍撐著自己往前，腦海裡只有一個念頭——再走幾步，讓暗樁看見，讓暗樁告訴洛子商，不要回來了。

一步、兩步、三步……

他身後驟然傳來一聲大喊：「蕭鳴！」

蕭鳴聽見這一聲喊，轉過頭，便看見陳尋立在長巷盡頭，靜靜看著他，神色平靜：「當年在揚州造下累累殺孽時，可想過有今日？」

「今日？」聽到這話，蕭鳴清醒過來，他看了前路一眼，意識到自己走不出去了，用最後一點力氣直起身軀，笑道：「自是想過的。」

「可曾後悔？」

陳尋捏緊了劍，他看著蕭鳴，看著這個十九歲的青年，那一瞬間，他腦海中閃過楊文昌，閃過他的諸多好友，閃過曾經風流繁盛，讓他醉酒當歌的揚州。

他期望從蕭鳴眼裡看到一絲歉意，然而蕭鳴卻大笑起來：「後悔？」

他笑著低頭，「這不本就是我蕭鳴的歸宿嗎？你莫不是以為，我會想著，我有一日能安安穩穩到老？」

說著，他抬起頭，看向陳尋，就在那一瞬間，萬箭齊發，箭貫穿了蕭鳴的身軀，少年滿身染血，面上帶笑，「我從來……也……沒這麼……想過啊……」

音落那刻，他慢慢倒了下去。

倒下去的時候，他仰頭看著天，正值夕陽西下，陰陽交錯的時刻，天邊殘陽如血，彩霞緩緩移動著，他一生從未如此安寧過。

從未。

他澈底倒下後，柳玉茹站在人群中，靜靜看了許久，終於抱著顧錦轉身離開。

王府內院傳來砍殺聲，柳玉茹看了王府一眼，對陳尋使了個眼色，陳尋點了點頭，匆匆往王府趕去。

一進門去，便看見王府內院四處是士兵，等陳尋衝入內院，抬手斬殺了幾人後，踏入臥室。

臥室之中血跡斑斑，姬夫人倒在地上，幾個侍衛護著身後的王小公子，見陳尋進來，侍衛慌忙道：「陳先生，方才有人……」

「我知曉了。」陳尋抬手止住對方的話，聲音沉重道：「方才蕭鳴的人奮力殺入內院，姬夫人不幸遇害，幸得有各位保住了小公子。姬夫人雖然去了，但小公子還在，」說著，陳尋往前去，朝王小公子伸出手，悲痛道：「小公子，來。」

王念純呆呆地看著眼前一切，他本不算個聰明孩子，時常木木呆呆的，陳尋過往也只是聽說，如今見著了，不由得有些奇怪。他往前幾步，抱住王念純，疑惑道：「小公子？」

王念純彷若未覺，陳尋心裡有些發沉，但他來不及多想，抱住小公子，同眾人沉痛道：「蕭鳴今日殺姬夫人，犯上作亂，罪無可赦。洛蕭二人過去在揚州，作惡多端，犯下累累罪行，今日，我等讓揚州重見天日，還揚州一片青天！」

說完之後，陳尋抱著王念純出去，他找到王平章，一起衝上城樓。與此同時，派人將允許沈明進入揚州的詔書頒布了下去。

而後，他們將蕭鳴的屍體懸掛在城樓，蕭鳴的人終於意識到發生了什麼，有逃亡者，有抵抗者，一夜廝殺未眠。

那一夜，柳玉茹像揚州城再普通的一個百姓，她坐在屋中，抱著顧錦，低低唱著曲子。燭火燃盡時，便是天明，等天亮之後，陳尋和王平章終於暫時解決了揚州的動亂，而後陳尋和王平章提著帶血的劍來了柳玉茹屋中，陳尋恭敬道：「夫人，接下來怎麼處理東營那些人？」

東營是蕭鳴的人馬，算下來將近四千人，如今都被收押起來，這四千人留下來，若是反了，陳尋王平章怕是沒有招架之力。但若是殺了……

柳玉茹沉默片刻後，終於道：「等明日，幽州軍隊入城，再做決定。」

王平章和陳尋對看了一眼，王平章終於道：「這麼多人，今夜若是反了……」

「若是你現在要殺，」柳玉茹抬頭看向王平章，「他們現在就要反。」

王平章和柳玉茹對視，柳玉茹的神色不容置疑，王平章思索片刻，如今的錢都是柳玉茹拿出來的，未來他還想和柳玉茹合作下去，柳玉茹不會一直待在揚州，日後揚州就是他和陳尋的天下。而陳尋不過稚子小兒，等柳玉茹走了，他有的是辦法收拾他。

王平章稍作打算後，便笑著應是。

「今日打掃了城裡各處之後，開縣衙，凡事過往有冤情的，均可上訴。」

柳玉茹抱著顧錦，慢慢道：「從此以後，揚州不能再無法紀了。」

聽到這話，陳尋眼眶一熱，拱手道：「是。」

王平章心中頗為感慨，卻也道：「是。」

兩人走了下去，柳玉茹想了想，抱著顧錦，帶著侍衛一起去了城門。

蕭鳴高懸在城門上，柳玉茹靜靜看著這個少年，那一瞬間，她有些恍惚，突然發現人世間的事太過複雜，每一個人立場不同，對錯便有了不一樣。

只是抱著顧錦的時候，她清醒地認知到，再不同的立場，她卻知道一件事。

她希望顧錦活著的世間，不要有蕭鳴，也不要有洛子商這樣的人。

她在城樓下看了一會兒。

懸掛蕭鳴的屍體，便是要同揚州的人說清楚，如今揚州再也不是蕭洛二人主事了，因此柳玉茹不能在這時候就把蕭鳴的屍首取下來，她只能吩咐望萊道：「你同陳尋說一聲吧，三日後，替蕭鳴好好下葬。」

「葬在哪裡？」望萊有些疑惑。

柳玉茹猶豫片刻後道：「我買一塊地，他也好，洛子商也好，日後，都葬在那裡吧。」

望萊沉默片刻，終於道：「其實大人在揚州有一塊地，他本打算自己用，多加兩個人，也無妨。」

柳玉茹聽到這話，回頭看向望萊，她注視著望萊，許久後，終於道：「洛子商是舅舅的兒子。」

望萊抿唇，最後也沒遮掩，應聲道：「是。」

柳玉茹苦澀地笑了笑，抱著顧錦，嘆息道：「舅舅啊……」

說完，她搖了搖頭，轉身離開。

等到第二日，沈明便帶著三萬人馬疾馳來到揚州。沈明和柳玉茹匯合後，柳玉茹跟沈明介紹了王平章和陳尋。

沈明點了點頭，隨後道：「揚州的事要快些處理，我還要趕著去豫州。」

「豫州？」柳玉茹頗為震驚。

沈明沉下聲：「劉行知打過來了。」

聽到這話，所有人對視一眼，沈明繼續道：「我要從揚州帶走至少四萬兵馬，所以明日開壇點兵，後日即刻出發。」

「等等！」王平章有些按耐不住了，他朝柳玉茹急切道：「柳夫人，妳我商議的並無此條。」

柳玉茹點了點頭，「的確。」

王平章見柳玉茹並不站在沈明這邊，舒了口氣，隨後道：「沈將軍是過來協助揚州平亂的，還望沈將軍牢記自己的身分。」

「可是……」沈明著急出聲。

柳玉茹便道：「王先生說得有道理。」

王平章笑起來，朝著柳玉茹道：「還是柳夫人明理。」

柳玉茹點點頭，隨後道：「此事也不必再商議了，沈將軍做好自己的事就行。顧大人吩咐您什麼，就做什麼，不要多出無謂的事來。」

這些話說得沈明有些發懵，但他也不是以前的毛頭小子，不會貿貿然就質問出聲，他憋了口氣不說話，柳玉茹抬頭看向王平章道：「王先生，您先去忙明日嘉賞宴吧，我開導開導沈將軍。」

「那勞煩柳夫人了。」

王平章笑著躬身，而後轉身離開，但在他轉身那一瞬間，柳玉茹給了陳尋一個眼神，沈明看到這眼神，還沒明白過來，就看陳尋猛地拔劍，一劍斬下了王平章的腦袋！

王平章的侍衛同時出手，然而沈明反應更快，抬手就扭斷了侍衛的脖子。

王平章頸間鮮血噴灑著倒地，陳尋的手有些發顫，他提著王平章的腦袋，喘息著轉身看向柳玉茹，唇齒打著顫道：「接下來怎麼辦？」

「說侍衛是蕭鳴的人趁機行刺被你拿下，後日開壇點兵。」柳玉茹抬眼看向陳尋，「即刻從各城抽調人馬，備足五萬之數，交給沈明。王平章的黨羽以及東營的人，全數交給他，到時候全部編為衝鋒隊，送上前線。」

衝鋒隊是死傷率最大的隊伍，通常都是死囚或者流放的人組成，活下來就算立功。

沈明當初就是從這個隊裡活下來，聽到這話，不由得側目，柳玉茹便提醒了一句：「一開始別說，到了豫州再說。」

沈明應了一聲，柳玉茹朝陳尋揮了揮手：「去準備吧，我同沈明聊一聊。」

陳尋知道柳玉茹和沈明要說些什麼，加上揚州的確有很多事需要他處理，於是他點了點頭後，抓了地上了侍衛便衝了出去，急道：「大夫！叫大夫過來！」

隨後他站在門外，將屍體一扔，同旁邊侍衛道：「去查他，將他祖宗十八代查出來！」

「大人，」守在門外的侍衛有些詫異，「這是怎麼了？」

「王大人……」陳尋露出悲切的神色，顫抖著聲道：「遇刺了！」

外面鬧哄哄起來，柳玉茹看了地上一眼，隨後同沈明道：「我們換個地方聊。」

沈明應了一聲，一起進了這房間的暗門之中。

進了密室後，頓時安靜起來，柳玉茹點了燈，給沈明倒了茶，猶豫許久後，她才道：

「九思他……怎麼樣了？」

第二十二章　江水滔滔

秦婉之和周夫人的靈堂設了七日，這七天周燁一句話也沒說，他就跪在靈堂前，默默護著兩盞七星燈。

周燁一直不肯睡，不眠不休守著，就怕這盞燈滅了。

顧九思不能勸他，只能每日出去布置其他事宜。

如今的情況，周高朗是一定要反的了，那麼他必須要讓周高朗有一個更好的造反理由。

於是那幾日，臨汾附近各地，開始有了異相，有人在山中遇到了口吐人語的鳳凰，說：天子無德，白虎代之。

而周高朗出身虎年，軍旗標誌便是白虎，因此很快便流傳出來，上天要求周高朗做天子。

又有人曾在午市看見兩個太陽，還有人開出寫了「周氏伐范」的玉石……

諸如此類傳說，在那幾日四處流傳，而後飛快朝著各地奔去。

這一切都出自葉世安和顧九思的手筆，葉世安甚至還準備了皇袍，暗中放在自己臥室之中。而周高朗和周燁對此似乎一無所知，他們沉浸於親人逝去的悲痛之中，對外界不管不問。只是每日清晨，葉世安會到周高朗屋中，固定彙報一下每一日發生的事情。

這時候顧九思不在，因為他被安排著每日要陪伴周平一會兒。他白日要辦事，只能挑選這個時間來陪周平。

第七日，因為行軍，秦婉之和周夫人只能暫時葬在臨汾山上。

上山那日，周高朗和周燁都去抬棺，顧九思和葉世安跟在一旁，葉世安跟在周高朗身邊，顧九思跟在周燁身邊。周燁那日沒哭，他只是扛著承著棺材的木樁，一步一步往山上行去。

這幾日他吃得不多，也幾乎沒睡，走到半路時，眼前一暈，便直直跪了下去。

他覺得肩頭有千斤重，在黑暗和恍惚之中，感覺有人幫他抬起了木樁，回過頭，看見顧九思站在他身後，他單膝跪著，靜靜看著他，什麼都沒說，只是扛著原本該在周燁身上的木樁，無聲支撐在周燁身後。

周燁緩了片刻，搖搖頭，撐起自己道：「我得送她最後一程。」

「我替你。」

顧九思沒有退開，而周燁也的確沒了力氣，葉世安過來，扶起周燁，顧九思單膝跪著，喝了一聲：「起！」

他再次將棺木抬起來，葉世安扶著周燁跟在他身邊，他們一起上了山，等到下葬的時候，本該是周燁來領著人鏟黃土葬了秦婉之，可他卻久久不動。

他看著棺木，顫抖著唇，握著鏟子的手，卻是半點力氣都沒有。

顧九思見著了，他伸出手拿過周燁手邊的鏟子，低聲道：「你沒力氣，我來吧。」

說著，他鏟了第一鏟土，傾倒了下去。當黃土遮掩棺木時，周燁看著棺木，眼淚落了下來。

黃土和眼淚交錯而落，直到最後，最後一抔黃土掩蓋了棺木，周燁猛地跪在地上，痛哭出聲。

這一聲哭彷彿點燃了火油的引子，所有人低低嗚咽起來，周家侍從一個接一個跪了一地，直到最後，只有顧九思一個人站著。

他看著跪了一地的人，彷彿把所有情緒都遮掩了起來，他觸碰不到其他情緒，與這裡格格不入，好久後，他才慢慢跪下去，深深對秦婉之和周夫人叩首。而後起身朝周燁伸出手道：「大哥，起身吧。」

「還有許多事，需要我們去做。」

葉世安也上前，同顧九思一起扶起周燁，平靜道：「大公子，少夫人血仇未報，還望振作。」

聽到這話，周燁抬起頭來，看著葉世安，葉世安還穿著成服，頭上戴著孝布，周燁靜靜盯著他，好久後，卻是問了句：「你為什麼不哭呢？」

葉世安聽到這話，便明白周燁的意思，他握著周燁的手有力又沉穩，淡道：「第一次的時候，哭夠了。」

周燁和顧九思看向葉世安，葉世安垂著頭，平靜道：「走吧。」

得了這話，周燁總算有了幾分力氣，所有人一起下山之後，周高朗和周燁便去熟悉。顧九思和葉世安叫來所有將領，等候在大堂。

人已經送上山了，活著的人卻還要往前走。

他們在大堂等了一會兒，周燁和周高朗也出來了，他們換了一身素衣，臉色看上去算不得好，周高朗坐下來，有些疲憊道：「諸位是來問，接下來做什麼的吧？」

所有人對視了一眼，俱不敢答話，葉世安走上前，恭敬道：「大人，如今事已至此，天子無德昏庸，又受奸臣洛子商蒙蔽，於情於理，我等都不能坐以待斃了。」

「那你覺得，要如何呢？」周高朗抬眼看著葉世安。

葉世安加重了語氣，克制著情緒道：「卑職以為，如今當新立天子，直取東都，以伐昏君。」

「混帳！」聽到這話，周高朗舉杯砸向了葉世安，怒道：「天子是想立就立的嗎？先帝於我有恩，如今陛下乃他唯一血脈，天命所歸，你要新立天子，那就是謀逆犯上！」

「可先帝也曾有遺詔，」葉世安被杯子砸得頭破血流，卻是面色不動，依舊維持著姿勢道：「若陛下廢內閣，可廢而再立，況且，顧大人手握天子劍，本就有上打昏君下斬奸臣之責，如今日子喪德廢內閣、引動盪，難道不該廢嗎？」

「先帝……」周高朗頗為感慨地提起，他嘆息了一聲，隨後道：「那諸位以為，立誰合適呢？」

眾人面面相覷。

立誰？

這個答案所有人心知肚明，如今提誰，周高朗都不同意，唯一能立的，只有周高朗。於是一個將士大著膽子上前道：「大人，如今市井盛傳，有人曾在山中遇到鳳凰，口吐人語，言及『天子無德，白虎代之』，大人一生征戰英勇，以白虎為旗，人稱白虎將軍，百姓都說，鳳凰此言，便是預示，這皇位非大人不可！」

「胡說八道！」周高朗瞪大了眼，「你休要胡說八道，我明白了，你們這些人，今日都是想害我！我周高朗忠義一世，怎可能有這樣犯上作亂的想法，都退下吧！」

說完，周高朗站起身，氣喘吁吁走開了。

周燁朝著所有人點了點頭，面無表情地離開。

等周高朗和周燁走了，所有人有些急了，他們冒著謀逆的罪跟了周高朗舉事，如今周高朗卻不肯稱帝，他們怎麼辦？

所有人圍住葉世安和顧九思，著急道：「顧大人、葉大人，如今周大人是什麼意思？他若不想稱帝，早先為什麼要舉事。」

「周大人說要向陛下求條生路，」顧九思悠悠道：「有說過，自己要做皇帝嗎？」

這話將所有人問住了，顧九思低下頭，慢慢道：「如今這世道，皇帝三五年一換，周大人原本只是想保住家人，如今家人保不住，他去搶這個位子做什麼？不如向陛下投個誠，好好回東都去。東都那些被殺的大臣都是太不聽話，以陛下和周大人叔姪的關係，周高朗只要向陛下認錯，好好聽陛下吩咐，陛下應當不會怎麼樣。」

說著，顧九思伸了個懶腰道：「諸位大人散了吧，回去休息一下，說不定明日就回幽州去。」

周高朗向范玉投誠，自然是要送上一些誠意的。之前范玉就讓周高朗斬了他們入東都，如今周高朗若真有心要和范玉和好，那他們便是周高朗最好的禮物，他們一群人，必死無疑。

眾將士對看了一眼，見顧九思往前行去，一位將士忙叫住他，「顧大人！」

顧九思頓住步子，挑眉回頭，那將士立刻道：「顧大人，您既然說這些，必然是有辦法。您給我們一個法子，日後我等便全聽顧大人吩咐了。」

顧九思似乎早在等這一句，他輕咳了一聲，有些不好意思道：「說笑了，諸位想的，顧某明白。其實這事好辦，周大人想和陛下和好，就讓他和陛下沒法和好，不就行了嗎？」

說著，顧九思轉過頭看著葉世安道：「世安，我記得前些時日你收了件皇袍戲服？」

葉世安笑了笑，恭敬道：「是了，這些戲子為著唱戲，竟敢偽造皇袍，我便將它收了，本要處理，但前些時日太過繁忙……」

「葉大人！」聽到這話，所有將士明白了，他們上前一步，激動道：「這皇袍，可否借我等一用？」

葉世安得了這話，笑著道：「自是可以。」

「其實……我與葉大人，都站在諸位這邊。」顧九思踱步回來，停在葉世安旁邊，笑著同眾人道：「諸位以為，就趁著今夜周大人睡下，我們擁立新君，如何？」

「就當如此！」先前同顧九思對話的人道：「就趁今夜。」

當日夜裡，周高朗早早睡下，周燁在房中，一個人坐在書桌前，靜靜畫著秦婉之。等到夜深時分，外面鬧了起來，侍衛急急忙忙衝進周燁房中，焦急道：「大公子，顧九思和葉世安帶著人衝進府中，往大人房間去了，我們……」

「不必管。」周燁冷靜回覆，淡道：「由他們去。」

周高朗近來頗疲憊，睡得模模糊糊時，便聽外面喧囂，而後有人一腳踹開了房門，他驚慌中起身，迎頭便是一件黃色的衣服蓋了過來。他來不及反應，就聽顧九思道：「大人，得罪了。」

說罷，所有人一擁而上，架著周高朗就將衣服套了上去。

周高朗慌忙掙扎道：「你們做什麼？這是做什麼！」

沒有人回話，顧九思、葉世安還有一干人等，將衣服隨意一裹，便拉扯著周高朗走出房門，等走出院子之後，顧九思立刻放開周高朗，旋即跪在地上，朗聲道：「陛下萬歲萬歲萬萬歲！」

他一頷頭，院子裡所有人立刻放下兵器，跪了下去，大喊：「陛下萬歲萬歲萬萬歲。」

周高朗愣愣地看著所有人，顫抖著聲道：「你們……你們……」

「陛下仁德敦厚，身負天恩，前些時日，雙陽共列於白日，石中開玉寫明『周氏伐范』，又有鳳凰言語白虎代天子，這些都是上天預示，降陛下於世，救蒼生於水火啊！」

顧九思不待周高朗說完，便慷慨激昂一番陳述，周高朗沉默無言，許久後，他嘆息道：「你們是要置我於死地啊。」

「陛下，」顧九思見他語氣軟下來，便繼續道：「如今夫人剛喪，我等心心念念為夫人報仇，所謂哀軍必勝。陛下便該在此時，順應天命，為夫人、為百姓自立為王，而後南抵劉賊，西取東都，守護大夏江山百姓，才是真正對得起先帝恩德，不負百姓期望。」

「南抵劉賊，西取東都？」周高朗重複了一遍，語氣中似是玩味。

顧九思心頭一凜。

他十分明白，周高朗並不是不想當皇帝，只是事到如今，他要讓自己的皇位坐得穩，亂臣賊子的名頭便不能由他來擔。否則今日他若舉事說自己要當皇帝，難保這些跟隨他舉事的將領日後不會仗著從龍之功，提太過分的要求。所以今日他這個皇帝，必須是別人求著他當，逼著他當。

周高朗既然想要當皇帝，自然有自己一番謀算，顧九思本想趁著人多，將抵禦劉行知進攻一事說得冠冕堂皇些，以試探周高朗口風。可如今一試，顧九思便知，周高朗心中怕是已經放棄了豫州。

顧九思心裡沉了沉，但這一切還在他預料之內，他已經安排了沈明在豫州，就算今日周高朗不按照他的計畫，先去豫州解決劉行知，再同揚州聯手回頭收拾洛子商，周高朗打算直取東都，那只要在一月之內拿下東都，也無大礙。

他舒了口氣，正要開口，旁邊葉世安道：「如今劉行知並未出兵，當務之急，還是拿下東都。所謂哀軍必勝，我等如今一心為夫人報仇，大人只要兵發東都，必定戰無不勝，攻無不克。」

周高朗還是不說話，他還在斟酌。顧九思皺起眉頭，有些捉摸不透。

已經到了這一步，周高朗還在斟酌什麼？

顧九思細細揣摩著，然而就在那一刻，葉世安繼續道：「如今糧草不濟，為儘快平定戰亂，收復東都，我建議陛下，」葉世安抬頭，神色鎮定，「許諾三軍，東都城破之後，可劫掠三日，以作嘉獎。」

聽到這話，顧九思猛地睜大了眼，他立刻道：「陛……」

「好！」

周高朗當場應下，在場聽到這話的人神色各異，然而大多數人卻露出了欣喜之色。

東都，那雲集了百年名門的富饒之地，若是許諾劫掠三日，許多人便能得到一生都得不到的財富。

得到這一句話，氣氛熱漲起來，有將士帶頭大喊：「謝陛下重賞，謝陛下隆恩！」

這一喊，院子裡頓時群情亢奮，所有人陷入一場美夢，彷彿看到東都金銀美女就在眼前，恨不得即刻出發，直取東都。

少有冷靜的幾個人，周高朗站在高處，神色平靜，葉世安跪在地上，毫不意外，顧九思愣愣看著這一切，好久後，才將目光落在葉世安身上。

葉世安知道他在看他，他挺直了腰背，神色冷靜，彷彿拋下一切，早已做下了決定。

顧九思恍然大悟。

這一切，都是周高朗算好的。

而葉世安，也早已與周高朗合謀，周高朗等著他們讓他「黃袍加身」，也等著葉世安在這時候說出這一句話。

劫掠三日，犒賞三軍。

顧九思渾身顫抖，他捏緊拳頭，忍不住笑出聲。

周高朗淡道：「世安，顧大人不舒服，你扶顧大人下去。」

葉世安冷靜應答，起身握住顧九思的手臂，所有人正激動地說著進入東都之後的事，沒有多少人注意到這邊，葉世安用了很大力氣，握著顧九思的手，平靜道：「走吧。」

顧九思用了極大力氣克制住自己的情緒，他被葉世安拖著從人群中走出去，等走到長廊，顧九思猛地推開他，怒道：「你瘋了！」

葉世安被他推得撞在柱子上，他低著頭，一言不發，顧九思急促道：「你們不能這樣，你們這樣做有什麼意義？拿劫掠東都做為獎賞犒賞三軍，東都百姓怎麼辦？你們想過日後會在青史上留下什麼名聲嗎？世安，你還有很長的路要走，」顧九思上前一步，抓住他的肩，激動道：「你不能這樣毀了你的前程你知不知道？」

「我不需要前程。」葉世安抬眼看向顧九思，神色堅定又冷靜，「我只需要一件事，我要到東都去，親眼看著洛子商和范玉死。」

「那你也不能拿百姓當嘉賞！」顧九思怒喝：「你這樣做，與洛子商又有什麼差別？」

「那又怎樣？」葉世安猛地提高了聲音，「我就算與洛子商沒有差別，那又怎樣？」

葉世安神色激動，一把推開顧九思，冷聲道：「我已經說得很清楚了，我現在不在意什麼底線，我也不想要什麼道義，我只知道一件事。周大人要稱帝，但是當初是他騙了這些將士，假傳聖旨讓他們跟著一起舉事的。等到了東都，他們發現事情真相，就有了周大人的把柄，到時候不知道他們會做出什麼。所以如今我們必須要讓他們也有把柄。劫掠了東都，從此他們就和周大人綁在一起，再也分不開了。」

「他們都一起謀反了……」

「那是周大人欺騙他們謀反。」葉世安糾正他，他看著顧九思，好久後，苦笑起來：

「你知道為什麼我們會走到這一步嗎？」

顧九思呆呆看著葉世安，葉世安走上前，「為什麼，我家破人亡，周燁和周大人妻離子散，你原本堂堂戶部尚書，在這裡猶如喪家之犬狼狽逃竄？那都是因為，」葉世安抬起手，指在顧九思心口，「你和先帝，都把人心想得太好，太善。做事不夠狠辣果決，凡事都留著一份餘地。要是當年你或者先帝夠狠，管他黃河不黃河，管他動亂不動亂，主動出手把洛子商殺了，還會留他到今日？當初范玉登基宮變，你們配合著直接把周大人把范玉殺了，天下亂就亂，至少我們身邊的人還好好活著，不是嗎？」

「我們身邊死的人，都是被我們的仁慈害死的。」葉世安靜靜看著顧九思，「你記住，都是我們害死的。」

顧九思呆呆看著他，葉世安收回手，冷漠道：「所以，收起你那點可憐的慈悲，東都百姓關你什麼事？豫州丟不丟關你什麼事？你只要知道，你安心讓周大人登基，他登基後，進入東都，殺了洛子商和范玉，我們兩有從龍之功，從此便是一人之上萬人之下，到時候，你有什麼抱負都可以實現。做大事者不拘小節，九思，你得明白。」

「明白……」顧九思不可思議地說，「我該明白什麼？我們身邊的人是因為我們仁慈而死？當年先帝不殺洛子商，是因為洛子商手握揚州，大夏初建，根本無力同時對抗揚州和劉行知，如果當時殺了洛子商，蕭鳴與劉行知勢必聯合對抗大夏，洛子商對大夏什麼都沒做，就因為懷疑他未來必定是個禍害所以不惜以大夏滅國之禍殺一個洛子商，先帝瘋了嗎？」

「我修黃河為什麼不殺洛子商？我怎麼殺？我有人洛子商沒有人？就算我僥倖殺了洛子

商，揚州為此反了，是陛下容得下我，還是揚州容得下我？況且，我再如何神機妙算，能預料洛子商會有今日？洛子商我早想殺了，不是我不殺洛子商，是我殺不了洛子商！」

「再說范玉，」顧九思沉下聲，「當初周大人不想殺范玉？你以為我舅舅為什麼站在先帝這邊？那是因為先帝早有謀劃，若當初舅舅站在先帝這邊，先帝考慮日後沒有制衡周高朗籌碼，你以為他會留下周高朗？葉世安你要知道，」顧九思往前一步，冷聲道：「先帝的確仁善，他的仁善，就是當初宮變明明可以當場射殺周高朗，可他沒有，他還把周高朗送到幽州來，給他兵給他權給他遺詔，先帝若是如你們一般，還有你們今日？」

這些話說得葉世安臉色泛白，顧九思見他似是醒悟，放緩了語調，「世安，這朝堂上的事，或許有許多事你想不明白，可你得知道一件事，走到如今從不是因為你我仁慈，而是你我無能。」

「無能就是因為仁慈！」葉世安聽到這話，大喝出聲。

這話讓顧九思睜大了眼，葉世安轉頭看著顧九思，語速極快道：「洛子商與你我不過相似年歲，為什麼他能成為揚州的土皇帝，有兵有權有錢？那是因為他下得去手狠得下心。」

「你走到如今，耗費了多少心血？你在幽州籌軍餉、安置流民、開墾荒田、抵禦外敵，一點一點把望都從貧瘠帶到如今富庶有治，你不過當個戶部侍郎；你修國庫、修黃河、審永州案、開科舉守門生，還有玉茹耗費千金為你養人鋪路，你也不過只是當穩了一個戶部尚書。而洛子商呢？攪動一個揚州，拿著累累白骨踩上去，便輕而易舉成為揚州之主，至此先帝也好、劉行知也好、你我也好，都奈何他不得。如今他挑撥兩國，烽火連天，作收漁翁之利，日後甚至可能問鼎天下，兩條路，哪一條更好走？」

「若你我能有他三分狠毒，」葉世安紅著眼，「也不至於走到今日！」

「若你我能有他三分狠毒……」顧九思有些不可思議，他笑起來，笑容又苦又諷刺，「葉世安，你這哪裡是不仁慈？這簡直就是惡毒！」

「那你就當我惡毒。」葉世安靜靜看著顧九思，「大丈夫當斷則斷。我如今輔佐陛下登基之後，會勸陛下減輕稅賦，清明治世。我們只是非常時期行非常之事，並不像范玉或者劉行知，生性歹毒。」

「底線一旦踩過就等於沒了！」顧九思提了聲音，「你今日為報仇、為權勢、為皇位以東都數十萬百姓鋪路，你又安敢說自己就能搖身一變，好好做人，好好做官？」

葉世安睫毛微微一顫，他低下頭，沒有出聲。

顧九思捏著拳頭，死死盯著他，葉世安不敢看他，雙手負在身後，故作鎮定，轉身開口：「我還有許多事要處理，你有你的路，我不勉強，只是我的路，你也別阻攔。」

「世安。」顧九思聲音有些疲憊，似是與他爭執不動，葉世安背對著他，風吹過，顧九思抬起頭，看見葉世安白衣玉冠，頭上戴著孝帶，在風中隨風翻飛。顧九思看著他，平靜道：「當年你我共在學堂，你曾教過我一句話。」

「你說，」顧九思聲音沙啞，「君子可欺之以方，難罔以非其道。我年少不喜你規矩古板，可這句話我一直記著。你說君子有道，那你的道呢？」

葉世安沒說話，看著長廊盡頭。

他腦海裡依稀想起，那是很多年前了。

那時候他和顧九思還在學堂，顧九思喜歡玩鬧，經常被夫子責罵，有一日顧九思和學堂裡一個學生起了衝突，那學生家中僅有一位母親，勢單力薄，顧九思身邊卻帶著陳尋楊文昌，顧九思嚇唬他要揍他，那學生被嚇得發抖，卻仍舊不肯退讓，最後便是葉世安站出來，看著顧九思，說了這一句：「顧大公子，君子可欺之以方，卻難罔以非其道。我信大公子，心中有道。」

那時候，年少的顧九思看著葉世安，好久後，他冷哼一聲：「聽不懂。算了，和你們這些窮酸小子計較什麼？」

而後他瀟灑離去，葉世安以為他真的聽不懂，卻不曾想，這句話，顧九思一記，竟是這麼多年。

葉世安說不出話來，他覺得喉如哽玉，疼得難以出聲。

那是他的年少，他最美好也最乾淨的少年。

他也曾以為自己會一生君子如玉，卻終究在世事磋磨中，走到了如今。

他深吸一口氣，閉上眼睛，終於問向身後的人：「你失去過親人嗎？」

顧九思沒說話，葉世安繼續道：「如果柳玉茹死了，你父母死了，顧錦死了，你還能站在這裡，同我說這些嗎？」

「九思，我也曾經以為，我一輩子，能堅守自己的道義。」葉世安聲音帶了啞意，「我也曾經以為，我能一輩子，堅守本心。」

「可後來才發現，太難了。」

「我沒有我想的這麼偉大，我終究只是個普通人而已。你同我說前程，說未來，說青史留名，說黎民蒼生，我都顧不上了，只知道一件事。」

葉世安睜開眼睛，聲音逐漸冷靜下來：「我再也不會讓我的家人陷入如今的局面，而欠我葉家的，我也要一一討還回來。」

「我知道你的打算，你希望陛下先行軍抵抗劉行知，再與揚州聯手抵抗東都。可是這樣一來，在豫州時，陛下便是三面受敵，你這個法子，出不得任何差池，勝算不過五五開。其實明明有一條更好的路走的。」

「先取東都，割讓一州，與劉行知議和，這樣一來，不是更穩妥？」

「那日後呢？」顧九思冷冷看著面前全然陌生的青年。

葉世安聽到這話，輕笑出聲：「日後，就看陛下怎麼做了。我哪顧得了日後？」

「你們簡直荒唐……」顧九思顫抖著道：「你知道先帝給大夏留下如今局面，費了多少心力？你們割讓了豫州，日後有豫州天險，再打劉行知，你們以為這麼容易？黃河通航、國庫充裕、各地恢復糧產、上下肅清官員……本來我們南伐，只需三年，便可功成。你們如今若將豫州讓給劉行知，那是百年滅國之禍，這樣的罪過，你們擔待得起嗎？」

「有什麼擔不起？」葉世安平靜道：「洛子商能擔的罪，我都擔得起。」

「那你是下一個洛子商嗎？」

這話問出來，兩人都不出聲了。

「我舅舅、秦楠、傅寶元、先帝……」顧九思一一數著，「他們用命，建立了大夏。他們希望建立的，是一個沒有洛子商那樣玩弄權術、罔顧百姓的政客的時代，葉世安，如果今日你要做洛子商，」顧九思拔出劍，指著葉世安，葉世安平靜地看著他的劍尖，聽他道：「我便容不下你。」

葉世安輕輕笑了。

「我想葬在揚州。」他抬眼看向顧九思，顧九思的手微微顫抖，葉世安轉過身去，平靜道：「我等你來取我性命。」

說罷，他從長廊上遠去。

顧九思深吸一口氣，將劍插入劍鞘，轉身打算往周燁的屋中走去，然而他才走出長廊，便看見士兵布滿了庭院，一個士兵走上前，恭敬道：「顧大人，夜深露寒，陛下怕顧大人夜裡邪氣侵體，特派卑職前來，領顧大人回屋。」

聽到這話，顧九思頓時明白過來，頗為震驚道：「周大人想軟禁我？」

「顧大人嚴重了。」對方既不承認，也不否認。

顧九思捏緊了劍，深深吸口氣，平了心中的情緒道：「勞您通報陛下，顧某今夜有要事求見。」

「陛下說了，」侍衛恭敬道：「您要說的，他都明白，他已經想好了，還望顧大人，識時務。」

「那顧某想見大公子。」顧九思見周高朗無望，立刻換了一個人要見。

侍衛立刻道：「陛下說了，您誰都不能見。」

「你……」

顧九思上前一步，整個院子裡的人立刻拔了劍。

顧九思看著滿院亮晃晃的兵刃，便明白過來。

周高朗已經做了決定，他不會讓任何人忤逆這個決定，今夜這些侍衛，甚至可能是領了死令前來，如果他膽敢違抗周高朗的意思，或許會被就地格殺。

侍衛緊張地看著顧九思，顧九思也看著侍衛，許久之後，侍衛開口道：「顧大人，請卸劍。」

顧九思沒說話，侍衛見他不懂，提高了聲音：「顧大人，請卸劍！」

顧九思咬了咬牙，蹲下身，慢慢將手中長劍放了下來。

侍衛一擁而上，將他用繩子綁住，而後押回房間，關在房屋之中。顧九思被關進屋中之後，聽著外頭侍衛的聲音，沉下心道：「你們這是什麼意思？是將我當犯人了嗎？」

「顧大人不必惱怒，」侍衛道：「大公子說，這是為您好。」

「放他娘的狗屁為我好！」顧九思扯著嗓子罵，「他要真為我好，去勸他爹別幹蠢事！」

外面的士兵不說話了，顧九思被綁著，蹦躂著跳下床，跑到床腳邊，找了個銳利的角，反過身來開始磨，一面磨一面罵周燁，罵葉世安。他罵了一會兒，有些罵累了，繩子磨斷了一半，便休息下來，他靠在床上，覺得有些疲憊。

他不知道怎麼辦。

他算好了如何阻攔劉行知，算好了周高朗稱帝，算好了周家要攻打東都。

可他沒有算到的卻是，周高朗為了鋪平稱帝之路，居然要葉世安諫言，劫掠東都。

他感覺自己一個人行在路上，每個人都與他逆道而馳，突然很想有一個人在他身邊，告訴他，他走這條路是對的。

「舅舅……陛下……」他低喃出所有讓他堅信自己所行之路的人，好久後，他才念出一個名字，「玉茹。」

「所以，九哥讓我從臨汾過來。」沈明同柳玉茹說完之前的一切，抬頭看向柳玉茹，慢慢道：「他不讓我告訴妳這些，說怕妳擔心。可我不放心，我總覺得這些事嫂子妳得知道。」

柳玉茹低著頭，心緒紛亂。

她比沈明瞭解人心得多，沈明不夠敏感，她心裡卻是清楚的。

顧九思刻意調了沈明離開，若秦婉之死了，周燁自然不難猜出顧九思早已猜想到一切，可顧九思卻沒有告訴周燁，周燁悲痛之下，難免遷怒。

葉世安已經失去了家人，周燁周高朗也痛失所愛，他們的心情自然是一致的，人在仇恨之下，做出什麼都不奇怪。可顧九思卻是個極有原則的人……

柳玉茹心中一思量，便覺得越發不安起來，她深吸一口氣，隨後道：「明日你與葉韻開壇點兵，我得回一趟臨汾。」

「妳回臨汾？」沈明有些詫異，「那黃河……」

「我會派人先過去。」柳玉茹立刻道：「揚州這邊，陳尋和葉韻會幫你。你帶著人馬，奔赴前線，按九思做的就是。」

沈明點了點頭，「我聽九哥的。」

柳玉茹應了一聲，她越想越不安，站起身抱著顧錦走了出去。

顧朗華和江柔等人被她安置在揚州不遠處的小院裡，她決定今晚把顧錦交過去，直接去臨汾。

柳玉茹走出去後，沈明也出了大門。走出門外，便看見葉韻在門口站著。

葉韻還和走的時候一樣，穿了一件淡青色繡花長裙，雙手攏在袖間，美豔的眉目間帶了幾許笑意。

沈明看見葉韻便愣了，葉韻等了一會兒後，笑出聲道：「許久不見，竟是話都不同我說一句嗎？」

「不……不是……我……」沈明慌慌張張，一時竟連話都不知道怎麼說了。

葉韻笑容越盛，走到沈明面前，溫和道：「走吧，我同你商議後日開壇點兵的流程。」

沈明聽到這話，內心稍稍安定，葉韻走在他身側，轉頭打量他，「沒想到，一轉眼，你都做將軍了呢。」

沈明有些不好意思，輕咳了一聲：「還好，畢竟有能力的人走哪兒都不會被埋沒。」

葉韻嗤笑，「給自個兒貼金。」

「妳能不能相信一下我？」沈明立刻道：「妳馬上就要把命交給我了，知不知道啊？」

「哦？」葉韻挑眉，「我怎的就要把命交給你了。」

沈明被這麼一問，僵了僵臉，這才發現，自己竟然下意識覺得，葉韻會隨著他去前線。他皺了皺眉，頓時察覺這個想法不甚妥當，他輕咳一聲，點頭道：「的確，是我胡說了。」

「不過你說得的確不錯，」葉韻走在他身側，挺直了腰背，聲音裡帶了幾分散漫道：「我想著你一個人去前線，後勤之事怕沒人操持，所以我隨你一同過去，到時候，我這小命就在你手裡了。」

說著，葉韻轉過頭，頗為矜驕地一低頭，行了個謝禮道：「過些時日，便要勞煩沈將軍了。」

沈明得了這話，呆愣片刻後，看著葉韻，卻是低低笑了起來。

葉韻聽到笑聲，抬眼瞪他，「你笑什麼？」

「沒。」沈明搖了搖頭，「我沒笑什麼。」

葉韻輕輕踹他一腳：「說話。」

沈明生生受了她這一腳，回頭看了一眼，認認真真打量著她，終於道：「妳還能同我這樣說話，我覺得很好。」

葉韻抬眼，有些不解，沈明溫和道：「我本以為，東都的事……」

聽到這話，葉韻頓住腳步，她抬起眼來，靜靜看著沈明。

沈明覺得奇怪，也停下腳步看她，葉韻的目光打量著他的眉眼，片刻後，笑起來道：「我這個人性子直得很。」

「巧了。」沈明笑起來，「我也是。」

葉韻抿唇不說話，只是靜靜端望著面前的人，沈明出奇的耐心，竟也是一句話不說，靜靜等著葉韻，許久後，葉韻才道：「本來覺得難過，可是難過的時候，我突然想到你。」

說著，不自覺歪過頭去，放低了聲音：「竟也覺得，人生這些坎兒，都走得過去了。」

沈明呆住了，看著葉韻美麗的側臉，一句話都說不出來，葉韻等了片刻，輕咳一聲，往前道：「走吧，還有許多事等著咱們。」

沈明見她提步，驟然急了，一把抓住葉韻的袖子，忙道：「我、我很高興。」

葉韻沒有回頭，沈明的話終於說順暢了，他急促道：「葉韻，妳能為我開心一點點，我便高興極了。」

葉韻抿唇沒瞧他，背對著他，「傻。」

說著，她輕輕拂開沈明的手，提步道：「走吧，我不同你玩笑，事真的多。」

當日夜裡，葉韻和陳尋找到楊思龍，又聯合了當年揚州一些貴族子弟，準備重新接管揚州之事。葉家在揚州圈中頗有名望，有沈明三萬精兵鎮守，楊思龍坐鎮，加上葉韻和陳尋兩人，他們很快便制定出一套揚州新規，將揚州人事重新洗牌。

而後沈明開壇點兵，點兵那日，揚州兒郎齊聚校場，陳尋持劍上前，看著校場上一個個青年，他恍惚間彷彿看到了舊日好友，一個個靜立在前方。

他們彷彿是來見證一場開始，又似無聲告別。

陳尋閉上眼睛，在葉韻催促下，終於拔出劍，驟然提聲：「今日揚州歸順於周氏，重回大夏。揚州之土乃大夏之國土，揚州之民乃大夏之臣民。天下安穩，方得揚州安穩，天下昌盛，方得揚州之昌盛。至此之後，揚州子弟願以血肉白骨永護大夏，」陳尋將劍倒立過來，用劍柄抵住眉心，做出了獨屬於揚州名門子弟宣誓的姿勢，鄭重出聲，「盛世永昌！」

陳尋和沈明開壇點兵柳玉茹夜裡將顧錦安排好，便帶著人一路疾馳回了臨汾。她沒了孩子拖累，日夜兼程，趕在兩日後到達臨汾。

她才到臨汾官道，便遠遠見到軍隊往外出行，柳玉茹擔心追不上顧九思，加快腳步，一路疾馳入城，而後到了官衙。她剛到門口，遞交了權杖給守門的人，急切道：「妾身顧柳氏，前來尋我夫君顧九思，敢問顧大人如今可在官衙？」

對方聽到這話，守門人立刻謹慎地抬頭她，柳玉茹一見這眼神便知道不對了，立刻改口道：「我與周大公子和葉世安葉大人也十分熟稔，若顧大人不在，可否替我通報這二位？」

「您稍等。」得了這話，那人態度立刻不一樣了，忙讓人照顧柳玉茹，進了府去。

沒一會兒，那人便折了回來，同柳玉茹道：「夫人請，殿下正在屋中等您。」

柳玉茹聽到「殿下」這個稱呼，還有幾分茫然，然而她很快反應過來，周高朗必定是稱帝了，因此周燁才叫「殿下」。

這樣一想，柳玉茹心中便沉下來，旋即知道，秦婉之和周夫人怕是已經不在了。

她點了點頭，領著人跟著侍從走入府中。她進了府邸，踏入書房，便見周燁和葉世安在書房裡，他們似乎在商量什麼，柳玉茹進去，他們便不再作聲，柳玉茹行了個禮道：「周大哥。」

周燁朝著柳玉茹點了點頭，隨後道：「玉茹坐吧。」

柳玉茹順著周燁指的方向坐下，她心中記掛著顧九思，又不敢問得太急，只能笑著道：「我方從揚州趕回來，想要找九思，但侍衛沒告訴我九思在哪兒，只能來找你們了。我入城時看見軍隊已經開始出城了，九思是不是已經先出城了？」

「沒有。」周燁搖了搖頭，徑直道：「他被關起來了。」

饒是已經知道出了事，可當這話真說出來，柳玉茹還是維持不住笑意，她坐在位子上，沉默許久，終於道：「是出了什麼事？」

「嫂子和周夫人死了。」葉世安平靜出聲，「周大人稱帝，我們準備放棄豫州，直接攻打東都，周大人為鼓舞士氣，許諾劫掠東都三日。」

聽到這話，柳玉茹猛地抬頭，震驚地看著他們。

然而面前兩個人都是面無表情，周燁不忍看到柳玉茹的目光，側過頭去，葉世安上前一步，擋在兩人中間，他給柳玉茹倒了茶，慢慢道：「玉茹，非常時刻，需得有些非常手段。」

「劫掠東都，」柳玉茹艱澀開口，「是什麼逼不得已的非常手段？」

「周大人身邊那些將領之所以舉事，是我們騙他們范玉要殺他們。等日後他們到東都發現真相，便可以自己是被騙之由洗清罪名，借此反叛，重立新帝。周大人若想安撫他們，只能受他們要脅，不斷給予很多東西。」葉世安分析道：「陛下不願意讓自己的帝王路留下這麼多禍根，因此他必須將這些將領一起拉下水，讓他們沒有回頭路。劫掠了東都，哪怕日後他們藉此要反，他們也是天下的罪人。」

柳玉茹不說話，緊緊捏著扶手，控制著自己的情緒。

不用多說，她已經知道顧九思被關的原由，她深吸一口氣，終於道：「九思不會同意的。」

「他同不同意不重要。」葉世安平靜道：「陛下已經做下決定，大哥將他關起來，是為他好。若他此刻去給陛下諫言，陛下為了立威，他必死無疑。」

柳玉茹沒說話，她低著頭，葉世安想了想，放緩了聲音，繼續道：「玉茹，我知道妳是個會權衡利弊的人，妳去勸勸他。他不願意，此事可以不參與，他有從龍之功，日後有我和周大哥，他在朝堂之上依舊會平步青雲。妳去帶他離東都遠點，」葉世安猶豫片刻，終於道：「讓他別管東都了。」

柳玉茹沉默不言，低著頭的身軀微微顫動，葉世安看著她的模樣，心知她應該是對他們失望極了。葉世安心裡有那麼幾分喘不過氣，他背過身軀，不敢看她，靜靜等候著她的答案。

許久後，柳玉茹終於不再顫抖了，眼淚也落了下來。

「周大哥、葉大哥，」她低啞出聲，「其實我從不怕洛子商，也不怕劉行知，更不怕范玉，這麼多年來，我從未害怕，也從未難過。」

她吸了吸鼻子，抬起頭，帶著眼淚笑著道：「可如今，我卻發現，我也是會害怕的。」

兩個人都沒說話，柳玉茹看著他們，起身道：「我會去勸九思，你們放心。可是我得告訴你們一件事。」

「我知道你們都在心中暗諷九思幼稚，都覺得他只是因為未曾經歷過苦痛，所以不懂你們的抉擇。可我告訴你們，哪怕是當年九思以為他家破人亡、在滄州被百姓圍攻，在最黑暗最苦痛的時候，他都從未打破底線，為了自己的恨、自己的權勢，害過任何一個不該害的人。」

「你們有你們的立場，我明白，」柳玉茹深吸一口氣，「我自認從不是什麼好人，也從未給過自己期待，可你們呢？」

「當年江河和先帝想求一個清明盛世，他們用了一輩子。永州案，傅寶元和秦楠，也苦費了二十年。他們一代一代人，用盡一生時光，才創建了大夏。然後他們推著你們走到高位，你們手握了權，拿到了兵，獲得了錢，你們以為是為什麼？」

「是因為如江河、如我這樣不堪的人，都以為你們能守住自己那一份底線，那一份風骨，那一份良心！」柳玉茹大喝，她看著周燁，怒道：「你以為婉之姐姐愛你什麼？愛你愛她？愛你願為她用千萬百姓性命報仇？我告訴你，婉之姐姐愛的，是你周燁！是那個說要讓所有人好好活，有尊嚴的活的周燁！」

「而你，葉世安，」柳玉茹指著葉世安，咬牙道：「你們葉家世代以君子聞名，你們葉家都以你為傲，你以為又是為什麼？是驕傲你手段了得，還是驕傲於你能為葉家報仇？你今日就算為葉家報了仇，九泉之下，」柳玉茹盯著他，「你敢去見葉家列祖列宗嗎？」

葉世安微微一顫，抬眼看向柳玉茹，顫顫地張了張口，卻是一句話都說不出。

柳玉茹閉上眼睛，深吸一口氣，平復了心境，隨後慢慢冷靜下來，「我曾以為你們不同，可今日看來，你們其實也沒什麼不一樣。這天下給范玉、給劉行知、給你們，又有什麼差別？」

「我唯一慶幸，」柳玉茹慢慢睜開眼睛，靜靜看著他們，「這世上，還有顧九思。」

然而，也唯有顧九思。

走過了漫漫長路，這世上唯一不變，永如朝陽烈日的，竟只剩下這麼一個曾被人嘲笑的揚州紈褲。

柳玉茹躬身行禮，隨後起身，冷靜道：「我去勸他，然後我會帶他走，你們放心吧。」說著，柳玉茹轉過身去，擦著眼淚走出房門。

侍從將她帶到關押顧九思的房間，顧九思正靠在柱子上，認真思考著法子。他要破局，就得解決周高朗的顧忌。可如何解決……

顧九思正思索著，就聽外面傳來熟悉的聲音：「開門。」

顧九思一怔，猛地回頭，便看見房門慢慢打開。女子藍衣玉簪，逆光立在門前。顧九思坐在地上，呆呆看著來人，柳玉茹看他呆滯的模樣，破涕而笑，緩步走到他身前，柔聲道：「起來吧。」

她低啞朝他伸出手：「我來接你了，九思。」

「妳怎麼來了？」

顧九思見柳玉茹出現，慌忙站了起來。柳玉茹見他還被繩子綁著，趕忙蹲下身，替他鬆了手上的繩子，低聲解釋道：「揚州那邊我處理完了，我擔心你，便回來瞧瞧。」

「妳不是當去黃河的嗎？」顧九思說不出是驚喜還是擔憂，情緒複雜道：「妳現下過來……」

「我安排了其他人先過去，如果洛子商對黃河動手腳，極大可能是設置在滿足兩個條件的地方，第一是在守南關的上游，第二則是在你不在的時間裡他監工的地方。」柳玉茹扶著顧九思起來，快速道：「我現下已經讓人先去滎陽，同傅寶元確認在你不在的時候洛子商監工的位置，等確認過你安全後，我再過去，按著這兩個條件逐一排查。」

說著，柳玉茹解開繩子，抬眼看著顧九思，顧九思靜靜注視她片刻後，笑起來道：「哭過了。」

他抬手輕輕觸碰在她臉上的淚痕上，有些苦澀道：「怎麼又哭了？」

「方才去見了葉大人和殿下，」柳玉茹換了稱呼，抽了抽鼻子道：「同他們爭執了一下。」

顧九思知道柳玉茹同他們爭執什麼，他一時說不出話，低垂著頭，好半天，終於道：「他們讓妳來找我？」

「嗯。」柳玉茹點點頭，「他們讓我來勸你，讓你別管這事了。」

顧九思低頭不語，柳玉茹替他拍了拍衣袖上的塵土，轉頭吩咐外面弄兩碗麵來，隨後道：「其他不說，先吃點東西吧。」

顧九思應了一聲，被柳玉茹拉著坐在桌邊，柳玉茹握著他的手，靜靜端詳著他，顧九思瘦了許多，看上去多了幾分風霜，顧九思注意到她的目光，抬起頭，看著她便笑了，「看著我幹什麼？是不是覺得我長得太好看了？」

聽到這樣的俏皮話，柳玉茹再也忍不住了，猛地撲到顧九思的懷裡，死死抱住他。

其實她知道的。

知道此刻人有多難過，也知道這個人如今應當有多茫然。他走在一條無人陪伴的道路上，每個人都告訴他，他是錯的。

他天真，他幼稚，他不知世事。

他內心的道義被全然踐踏，他的堅守一文不值。

相伴隨行的人漸行漸遠，只有他一個人還走在這條路上，堅持著所有人都說是無謂的堅持。

對於一個心懷信仰的人，最大的殘忍，便是毀掉他的信仰。然而哪怕在此刻，他卻沒同她說一句，還要偽作往日那般，想要逗她多笑笑。

顧九思被這麼一抱，便笑不出來了，察覺懷中微微顫抖的姑娘，好半天，他垂下眼眸，將手無力地搭在她的肩膀上。

「本不想讓妳擔心的，」他喃喃出聲，「可妳這個樣子，我也裝不出高興來了。」

柳玉茹沒說話，顧九思抱緊她，深吸一口氣：「我知道，妳向來是個會過日子的人。如今咱們有錦兒，有家裡人，就算是為著你們，這事我也不當管了。我不僅是這大夏的官員，我還是妳的丈夫、錦兒的父親、爹娘的兒子。我身上還有許多責任……」

顧九思聲音哽咽，他緊緊抱著柳玉茹，用頭抵著她的頭髮，似是極為痛苦道：「我當同妳回去的。」

「既然是應當，」柳玉茹低啞出聲，「為什麼，你還這麼難過呢？」

顧九思沒有說話，他垂著眼眸，並不言語，好久後，他才道：「東都還有近百萬人在那裡。」

百萬百姓，劫掠三日，那便是生靈塗炭。

「玉茹……」顧九思乾澀出聲。

柳玉茹抬起手，止住他的聲音。

「你別說話。」柳玉茹清明的眼看著他，溫柔道：「你別做決定，我來替你做，好不好？」

顧九思靜靜看著她。

這大概是她一生最美麗的年華，他們初見時，她太過青澀年少，眉眼所能觸及，不過是後院那被高牆圍著的天地。而如今她眉目張開，身形高挑，本為一等一的美人，更難得的是，她有一雙如寶石、如名畫、如天空一般的眼。

那眼裡落著青山秀水，芸芸眾生，讓它光彩非凡，熠熠生輝。

她如神佛，看得見世人之心；又似燭火，照得亮漫漫前程。

這是他一生所見，最美麗不過的女子。

顧九思眼珠輕轉，卻是一直盯著她，柳玉茹笑起來，柔聲道：「無論我做什麼決定，你都要聽我的，好不好？」

「好。」顧九思沙啞開口。

那一瞬間，他無條件信任著她，她欲他生，他便苟且偷生；她要他死，他便慨然赴死。

柳玉茹不說話，抬起手，靜靜臨摹起他的眉眼，珍重地看著他，冰涼的指尖慎重又溫柔。

「九思，」她認真地看著他，「你要知道，我愛你。」

「我知道。」

「我愛你的風骨，愛你的赤誠，我知道，我愛著的這個人，不可能眼睜睜看著生靈塗炭而無所作為，也不可能心安理得與我偏安一隅，過自己小日子。」

柳玉茹一開口，顧九思的眼淚便落了下來，他看著柳玉茹，不敢移開視線，像個孩子一般，哭得滿臉是淚。

柳玉茹撩開他臉上黏連的髮絲，含著眼淚，微笑地著看著他，柔聲道：「你去吧。」

顧九思不敢動，他顫抖著，聽這個人平和道：「你想做什麼，就去做。我從不覺得你錯了，只是你走這條路太難了，其他人走不下去。可是你能走，你便是我心裡的英雄。你缺錢，我散盡千金，你要幫忙，我竭盡所能。當然，若你要我赴湯蹈火，」柳玉茹勉強笑起來，「我就不陪你了。我自私得很，我要保護好錦兒。所以黃河啊，我能修，我就修，修不了，就不修了，好不好？」

「好。」顧九思哭著說。

他知道她是騙他的，可卻不能拆穿，他抓緊她的衣袖，死死盯著她，沙啞著聲道：「妳一定要說到做到。」

「我會的。」柳玉茹輕笑。

「妳一定要好好生活，妳一定要過得比誰都好。」

「我知道。」

「不管我做了什麼，我發生了什麼，妳和錦兒，都一定更要好好的。要是我讓你過得不好了，妳就不要喜歡我了。去喜歡另一個人，」顧九思哭著低下頭，「妳喜歡一個自私一點、對妳好一點的人，不要，不要……不要再喜歡我這種人了。」

顧九思說著，再也支撐不住，佝僂著身軀，哭著癱軟在地。柳玉茹靜靜看著他，哪怕在這個時候，她流淚的樣子，也是矜持的、克制的、優雅的。

她看著面前泣不成聲的人，吸了吸鼻子，低聲道：「我等會兒會將家裡的錢給你個單子，你若要用，全用了也無妨。我自己這邊已經留了夠一家老小用的錢，不會影響家裡人的。」

「我在揚州遇到了陳尋，家人我交給他了，等我解決了黃河的事，我會帶家人躲起來，等你沒事了，我帶著他們來找你。若你出了事，我便帶著他們離開。」

顧九思說不出話，只是抱緊她，抱緊一點，再一點。

他已經對她說過無數次對不起，許諾過無數次。

可他終於發現，他做不到。

他無法如他所想，讓她一輩子安安穩穩，從她遇到他開始，他帶給她的，始終是動盪不安，顛沛流離。

他算得了天下，護得住蒼生，救得了東都百萬百姓，修得了黃河滾滾江水，卻給不了這個姑娘一席安穩。

他配不上，從來都對不起她，可她如此美好，讓他始終放不了手。

他跪在她身前，哭得撕心裂肺，彷彿要將所有的痛苦宣洩在這一刻，彷彿這一刻便是訣別。

柳玉茹靜靜看著他，從擁抱裡察覺他的苦痛和無力，她抬手梳過他的頭髮，輕輕笑開。

「顧九思，」她叫著他的名字，溫柔又鄭重，「謝謝你。」

顧九思搖著頭，嗚咽著，拚命搖頭否認。柳玉茹抬起眼，看向院外飄動著的白雲，一望無際的藍天，慢慢道：「我小時候，很想嫁給一個好男人。我想過許多遍，好男人應當是什麼模樣，我以為他會保護我，他會讓我從此錦衣玉食，無憂無慮。從此我陪伴他，依附他，為他活著，也為他死去。直到後來，我嫁給了你。」

柳玉茹低下頭，看著他，忍不住笑起來，「我才知道，人活著，應當是為自己。」說著，她彎下腰，抱緊他，閉上眼睛，「我不覺得你對不起我，你也不必對我愧疚。我雖然是你的妻子，可我更是柳玉茹。」

她不依附他，也不屬於他。她要什麼生活，她自己會選，而不是他給。

他的人生動盪流離，從當年她下船折返揚州那一刻開始，便是她選了這份動盪流離。

他的人生承載萬民，從她領了誥命，陪他一起站在高處俯瞰百姓時，便是她選了這份責任。

他無需愧疚，而她也並不指責。

他們緊緊相擁，就在這一刻，顧九思終於確定，走在這條路上，他不惶恐，也不茫然。

他們沒有太多時間溫存，等顧九思情緒穩定後，送飯的人也來了，柳玉茹同他用過飯後，柳玉茹將家裡所有的錢列了個單子，交給顧九思，而後又將揚州的情況細細說給顧九思聽。說完之後，已到午時，柳玉茹同顧九思道：「我等會兒去找周大哥和葉大哥，我會同他們說你已經被我說服，但是不願意參與此事，我們留在這。等他們放鬆警惕，今日晚上，便偷偷離開。」

顧九思點了點頭，柳玉茹讓他休息一下，兩人梳洗之後，柳玉茹便領著他去見了周燁和葉世安。

周燁擺了一桌酒，三人見面，都不太說話，柳玉茹在中間，看著三個人一言不發，柳玉茹笑了笑道：「都過去了，你們也別拘著。等你們事定，我和九思就回揚州了。」

「回揚州……」葉世安躊躇片刻，終於道：「回去打算做什麼？」

「繼續經商。」柳玉茹舉起杯子，看了周燁和葉世安一眼道：「九思以後不在朝中，我們生意上若出了事，免不得還要勞煩你們。」

聽著這話，周燁和葉世安逐漸放下心來，周燁立刻道：「此事好說。」

說著，周燁拿著杯子，看向顧九思，猶豫片刻後，抬手道：「九思，喝一杯吧。」

顧九思應了聲，拿了杯子，同周燁碰了一杯後，抬眼看著周燁，平靜道：「大哥，」周燁聽到這一聲「大哥」，心中有些酸澀，正要說話，就聽顧九思道：「嫂子的事，我的確盡力了。」

「我明白。」周燁苦笑，他嘆了口氣，「我不過是心裡太難受，找個理由讓自己心裡舒服些罷了。望你見諒。」

顧九思點點頭，沒有多說，他和周燁一飲而盡，隨後又舉著杯子，轉頭看向葉世安。兩人對看了一會兒，葉世安舉起杯子，點了點頭，將酒喝了下去。

一頓飯吃得悶悶沉沉，三人話不多，周燁喝了不少酒，等散席的時候，葉世安扶著周燁回去，周燁走到一半，突然回過頭，朝著顧九思喊了一聲：「九思！」

顧九思拉著柳玉茹，回過頭看著周燁注視著他，周燁盯著他，也不知是在看誰，好久後，他才道：「對不住。」

顧九思得了這話，沉默片刻，隨後笑起來。

「衝著你這聲對不住，」他輕輕嘆息，「我且還將你當兄弟吧。」

說著，顧九思抬起手，拱手笑道：「後會有期。」

周燁喝得有些混沌了，柳玉茹忙同葉世安道：「葉大哥，你扶著周大哥回去吧。」

葉世安點點頭，送周燁回房中。等送走他們，柳玉茹和顧九思手把手回到房中，兩人關上大門，顧九思轉過頭同柳玉茹道：「等一下……」

話沒說完，柳玉茹便突然上前一步，猛地拉住他，吻了上去。

黑夜裡是他們的呼吸聲，兩人緊緊擁抱在一起，等一吻完畢，顧九思和她抵著額頭，聽她問：「喜歡嗎？」

顧九思低啞著嗓子：「喜歡。」

「記得你想要的，活著回來。」

「好。」顧九思沒有放開她，顫抖著道：「玉茹，我要是不想放開妳，妳會不會怨我？」

「不會。」柳玉茹抬眼看他，一雙眼明亮如星，「我高興得很。」

兩人說著話，就聽外面一聲悶哼，隨後，望萊挑開窗戶道：「行了，快走。」

柳玉茹和顧九思應聲，顧九思翻過窗戶，然後將柳玉茹一把抱了過去。

柳玉茹的人布置了一天，加上周燁和葉世安酒後疏於防範，三個人很快出了府衙，和柳玉茹的人重新碰頭。等碰頭之後，一行人駕馬衝到城門口，柳玉茹亮出了周燁以前給她的權杖，揚聲道：「奉殿下之令，急事出城，讓開！」

城門的人看見柳玉茹的權杖，又見柳玉茹脾氣不好，趕忙替他們一行人開了門，所有人疾馳出城門後，柳玉茹和顧九思到了官道上，而後柳玉茹看著顧九思，笑了笑道：「我得去黃河了。」

「我知道。」

「你打算去哪兒呢？」

「我？」顧九思想了想，抿了抿唇，終於道：「東都吧。」

「好。」柳玉茹點了點頭，轉頭看了望萊一眼，隨後同顧九思道：「望萊留給你，你去東都必然是要去尋舅舅的，他過去方便。」

「那木南跟妳走吧。」顧九思笑起來，抬手理了理柳玉茹披風上的衣領，瞧著她道：「諸事小心。」

「你也是。」

說完之後，兩人沉默著，誰都不忍開口分離。許久後，柳玉茹低頭笑了笑，擺手道：「我走了。」

說罷，柳玉茹轉過頭，她不敢回頭，打馬一路朝著永州的方向狂奔過去。

而顧九思目送她離開後，調轉了馬頭，奔向了東都的方向。

兩人先後時間到達永州和東都，而這個時候，天下傳遍了周高朗自立為帝，朝著東都勢如破竹而去的消息。

就在周高朗攻下第一個城池的當日，沈明正在邊境秦城城樓上和葉韻下著五子棋，他方落下棋子，便察覺地面微微震動。

葉韻捏著棋子，有些奇怪道：「這是怎麼了？」

沈明聽到這話，臉色大變，慌忙起身，急急走到城牆之上，便見遠處黃沙滾滾，沈明睜大了眼，大喝：「外敵來襲，整軍迎敵！」

當時正是康平元年八月十三。

東都宮中，歌舞昇平，范玉蒙著眼睛在殿內，同美人玩得開懷。

洛子商本在陪酒，一個太監急急走來，進了內殿，在洛子商耳邊說了幾句，洛子商神色微動，起身同范玉道：「陛下，臣……」

「去吧去吧，」范玉揮了揮手，有些不耐煩道：「整日這麼多事，你也不必同朕請示了，要滾趕緊滾。」

洛子商笑了笑，恭敬行禮告退後，走到大殿外。大殿外面，鳴一一個人站在門口，他的臉色十分難看，洛子商上下打量了站在鳴一身後的人一眼，對方紅著眼眶，洛子商心中暗覺不好，卻還是故作鎮定笑道：「怎的了？讓你去趟揚州，怎麼哭著回來了？」

「大人，」對方跪了下來，沙啞道：「蕭大人，去了！」

聽到這話，洛子商猛地睜大了眼，片刻後，他反應了過來，一把抓起地上人的領子，怒道：「你說什麼？」

他已經許久聯繫不上揚州，便知道揚州出了事，只是他沒想到，竟然是蕭鳴死了。

侍衛被洛子商的反應嚇到，但還是咬牙再次重複：「蕭大人，去了！」

洛子商沒說話，整個人愣住了，鳴一有些擔心地扶住他，皺眉道：「大人，您冷靜些。」

洛子商感覺自己的魂魄飄在外面，腦海中一片空白，好久後，他用盡所有力氣，才問了句：「是誰……」

「是陳尋。」侍衛立刻道：「如今揚州已是陳尋主事。」

洛子商在腦海中迅速搜索一圈這個名字，他覺得有幾分熟悉，卻又說不上來，皺起眉頭道：「陳尋是誰？」

「原是姬夫人手下的客卿。」侍衛立刻道：「與王平章搭上線後，不知道怎麼的就和姬夫人熱絡起來，後來柳玉茹到了揚州，住入洛府，姬夫人與柳玉茹起了衝突，蕭大人為此對姬夫人動了手，姬夫人憤怒之下召集王氏舊部，與王平章聯手，刺殺了蕭大人。」

「那東營的人呢？」洛子商捏起了拳頭。

侍衛低聲道：「王平章重金收買了軍隊裡的人，給東營的人下了藥，而後陳尋假藉蕭大人的令允許沈明令三萬大軍入揚州，沈明進來後，陳尋與王平章將我們的人都抓了，之後陳尋殺了王平章，將不服他的人都送進軍隊，由沈明帶去了豫州戰場。」

「豫州？」洛子商聽到這個詞，有些不可思議道：「你說沈明去豫州？」

「是。」侍衛立刻道：「帶了揚州軍隊，一共八萬人。」

洛子商覺得荒唐，他退了一步，想說什麼，說不出，手上無意識比劃什麼，最後卻是紅著眼說了句：「阿嗚怎麼會死呢？」

沒有人說話，洛子商猛地叱罵出聲：「一個柳玉茹，怎麼就能算計到他呢？」

他的師弟，他比誰都瞭解。他自幼聰慧穩重，做事都多著幾分心眼，是他一手培養出來的人，怎麼會被柳玉茹算計了呢？

侍衛低著頭，壓低了聲，小聲道：「柳玉茹說，顧錦是您的孩子。」

「她說他就信？」洛子商怒罵：「他這麼傻嗎？」

「蕭大人身邊的人說，」侍衛小心翼翼道：「那孩子的眼睛長得像您，而且，蕭大人一直以為您喜歡柳夫人，就想著不管是真是假，先幫您把人留下來。」

聽到這話，洛子商愣了。

侍衛繼續道：「蕭大人說，您好不容易喜歡一個人，無論是什麼手段，他都希望您有一個家。」

然而就是這樣一個小小願望，這樣少有的、甚至唯一一次的柔軟，讓他送了命。

洛子商茫茫然站著，艱難地轉過頭，看向揚州方向。

那一瞬間，他彷彿看到很多年前，他剛到章家，坐在馬車上，孩子追在馬車旁，艱難地叫著他，「公子、洛公子，給點吃的吧？」

他撩起車簾，看見努力奔跑的少年。他面黃肌瘦，洛子商一眼就看出來，再過不久，這個孩子就要死了。

他叫停了馬車，然後走下去，半蹲在蕭鳴面前，笑著道：「我可以給你一個饅頭，你給我什麼呢？」

「命。」蕭鳴抬起頭，認真道：「你救我，我把命給你。」

他一直以為這是玩笑話。

他洛子商一個人走過這麼多年，身邊全是陰暗猜忌，若非有利可圖，誰又會當真把命給他？

然而到此刻他才發現，竟真有人這麼傻。

蕭鳴不是死在自己的愚蠢裡，也不死在柳玉茹的計謀中，而是死在對他的那份柔軟和擔憂裡。凡是涉及到他的師兄，他便會化作一個孩子，失去防備和堅韌。

眼淚不自覺從洛子商眼裡流下來，旁人詫異，洛子商渾然未覺，直到眼淚落在手背上，他才猛地反應過來。

那眼淚彷佛岩漿一般，灼得他從手背開始，一路疼得抽搐。

他從未想過會有這樣的情緒，鳴一擔憂地看著他，忍不住道：「大人……」

這一聲「大人」讓洛子商驟然清醒過來，鳴一斟酌著，安慰道：「我等走上這條路，心中便有了自己的歸宿，大人不必太過傷感。蕭大人在天有靈，必不願見大人為了他亂了方寸。」

「放心吧……」洛子商聽著鳴一的話，低啞道：「我不會亂了分寸的。揚州的事先不要傳到陛下那邊去，替阿鳴設個靈堂，放在府邸裡，也別讓外人擾了。」

鳴一應了下來，吩咐人下去做了，而後鳴一上前扶著洛子商往宮內走去，不由得道：「大人，如今揚州被奪了，我們怎麼辦？」

揚州沒了，他們讓劉行知和大夏你死我活的意義也就沒了。

「怎麼辦？」洛子商嘲諷地笑開，「陳尋背後站著的是顧九思，這一次沈明正面對抗劉行知，只要顧九思這邊支援不夠及時，沈明那八萬人馬渣都不會剩，我們只需拖住東都的戰線，讓周高朗和范玉死鬥，等劉行知殺了沈明趕過來，取了東都，殺了周高朗顧九思這批人，我們便是重臣。我當初與劉行知談的，揚州本就要歸順劉行知，我替他拿下大夏，他與我結為異性兄弟，贈我揚州，封我為異姓王。那就依舊按照約定，且讓他先拿下大夏，到時陳尋無兵無錢，劉行知再借我兵力，回頭取回揚州，易如反掌。雖然不如我們一開始所想那樣，能一舉拿下天下，」洛子商抬手拂過玉欄，慢慢道：「但也並非走投無路。」

「大人英明。」鳴一聽到洛子商的法子，心中頓時放心了許多。

然而洛子商不見半點喜色，他繼續吩咐，「你帶一波殺手到黃河去，隨時聽劉行知的命令，只要他打到守南關，」洛子商冷下眼神，「便啟動我們之前放好的東西。」

「是。」嗚一沒有半分遲疑，立刻應下。

洛子商抬眼看向遠方。

「人死不能復生，」他喃喃出聲，「我只能讓顧九思和柳玉茹，去黃泉給阿嗚賠不是了。」

當日夜裡，洛子商便得到了劉行知進攻邊境，以及周高朗進攻東都的消息。洛子商將消息報給范玉，范玉看著消息，嘲諷一聲道：「怎麼辦？」

說著，他拿起摺子，抬眼看向洛子商，「周高朗也打過來了，劉行知也打過來了，周高朗又不願意去豫州，你說怎麼辦？」

洛子商不說話，范玉抬手將摺子砸了過去，怒道：「說話啊！」

范玉身上帶著酒氣，如今他已經很少有不喝酒的時候了，洛子商當場跪了下去，恭敬道：「陛下，當下只有一個辦法了。」

「什麼辦法？」范玉砸完摺子，覺得有些疲憊，他坐在椅子上，懷裡抱著一個姑娘，冷冷看著洛子商。洛子商恭敬道：「割讓豫州。」

「割讓了豫州，劉行知就不打了？」

「臣可以派人去議和。」洛子商立刻說。

范玉想了想，點頭道：「行，朕給你一道聖旨，豫州給就給了吧。」

說完，范玉有些擔憂道：「周高朗那邊……」

「他要到東都來，至少還要破十城，他們破十城之後，行軍到東都，如今我們東都城內，駐有二十萬軍，周高朗一路打過來後，必定疲憊不堪，到時候我們再重兵埋伏，將他們一舉拿下！」

「好。」范玉擊掌，高興道：「就這麼辦，近日你好吃好喝招待著三位將軍，千萬別怠慢了。」

「是。」洛子商笑著應聲。

范玉想了想，「朕是不是也該接見一下他們？」

「那自然是再好不過了。」洛子商趕忙開口。

范玉點點頭，打著哈欠道：「那就這樣吧。」

洛子商得了范玉的話，便下去安排了。

而這時候，顧九思領著望萊，化作商人進了東都。

「這城中最大的風月所『西風樓』便是江大人的產業，」顧九思和望萊穿著袍子，走在東都熙熙攘攘的人群中，此時華燈初上，望萊領著顧九思，朝西風樓走去，一面走一面道：「江大人在東都暗樁、私產不計其數，如今他藏在東都，想找到他，便得去這裡。」

顧九思應了一聲，跟著望萊一起走到西風樓，進樓之後，望萊同龜公打了招呼，說了一句：「東籬把酒黃昏後。」

龜公得了這話，抬眼看了望萊一眼，便道：「公子請隨我來。」

說著，兩人跟著龜公到了後院，後院相比前院安靜得多，顧九思和望萊進了一個房間，房間裡生著嫋嫋輕煙，香味瀰漫在空氣中，濃郁得讓人有些難受。顧九思還穿著斗篷，隱約見到內室珠簾後似是有個女人，她斜臥在榻上，手中拿著一根煙杆，衣衫滑落肩頭，露出白皙的大腿。

「東籬把酒黃昏後，」略有些低啞的女聲響了起來，隨後便顧九思聽見敲煙杆的聲音，慢慢道：「我還以為是誰呢，原來是望萊。」

「西鳳，」望萊開口道：「主子呢？」

「你帶著誰？」

叫做西鳳的女子將目光落到望萊身後的顧九思身上，顧九思隱在暗處，聽到西鳳問話，將帽子拉下來，平靜道：「顧九思。」

內室裡的人吞雲吐霧，她凝視顧九思片刻，隨後便聽珠簾脆響，紅衣女子從內間走了出來。

她生得極為貌美，髮髻鬆鬆垮垮挽著，一雙眼輕輕上挑，眼神不經意掃過，便似是會勾人一般，讓人瞬間酥軟了骨頭。

顧九思神色清明，靜靜由她端詳，片刻後，西鳳輕輕一笑，轉過身道：「隨我來吧。」

說著，她領著他們走出門，一路往院子更深處走去，最後停在一間門口掛了兩株桂花的房門前。她在門前輕敲了三下，不疾不徐，片刻後，房門便開了，西鳳站在門口，恭敬道：

「主子，望萊領著大公子回來了。」

顧九思聽到江河毫不意外的聲音道：「進來吧，剛好聊到他們。」

西鳳應了一聲，便領著顧九思和望萊走了進去。一進門，顧九思便發現屋中坐滿了人，江河穿著一身白衫，頭髮用玉帶隨意束著，坐在主位上，在和人說著什麼。

顧九思看著江河，行了禮道：「舅舅。」

「似是吃了不少苦。」江河笑起來，「你不是該跟著周高朗嗎，怎麼來東都了？」

「我有事要和您商量。」

顧九思看了旁人一眼，江河明白過來，點點頭，同所有人道：「你們先下去吧。」

得了江河的話，沒人停留，全都退了下去。

等退下去後，房間裡只剩下顧九思和江河，江河拿了帕子，擦著手道：「我聽聞周夫人和少夫人都死了。」

「是。」

「她們離開東都的時候，我試圖救過，」江河笑了笑，「可惜，沒成。」

「我也試過。」

「周家父子遷怒你？」江河坐在椅子上，撐著下巴，打量著顧九思，「然後把你趕出來了？」

「不，」顧九思搖搖頭，隨後抬眼看向江河，認真道：「周高朗為了不讓自己的皇位留下後患，他許諾三軍，入東都之後，劫掠三日。」

聽到這話，江河豁然抬頭，震驚道：「誰提的？」

「葉世安。」

這個名字讓江河更加詫異，然而在短暫驚愣後，他笑了一聲，隨後似是覺得荒唐，抬手道：「葉清湛孤傲一世，常同我說，他家小輩之中，唯葉世安最為出眾。要是清湛九泉之下知道這孩子做出這事來，怕是要爬上來劈了他。」

顧九思靜默不言，江河撐著下巴，稍稍作想，便明白了事情的來龍去脈，他抬眼看向顧九思，「既然他們都決定劫掠東都了，你還來東都做什麼？」

「正因他們要劫掠東都，我才過來。」

江河挑挑眉：「周高朗是你的舊主，你幫他當了皇帝，如今又要來擋他的路？」

「如今我已從周家騙了三萬兵馬，由沈明帶著去豫州，又讓玉茹去揚州，協助我的好友陳尋把控了揚州，而後從揚州調兵五萬，奔赴豫州協助沈明。我答應沈明，一月內必定增援。故而如今局勢就兩條路，」顧九思徑直道：「第一條，我們領著八萬兵馬和揚州投靠劉行知，讓劉行知一路打到東都阻止周高朗。」

「不行。」江河果斷否決，「劉行知這個人我過去有過接觸，他貪圖享樂，視天下為私產，若將天下交給他，與大榮又有什麼區別？」

「那周高朗呢？」顧九思抬眼看江河，江河想了想，猶豫著道：「周高朗是個政客。」

「但是，」江河抬眼看著顧九思，「他也並不是一個完全沒有底線的政客。他理智，也有自己的夢想，可能手段非常，但比起劉行知，又好太多。他們如今的決定，都是基於喪親之痛下，未必沒有迴旋的餘地，只要有迴旋餘地，周高朗便是最好的人選。」

「會有餘地。」顧九思果斷開口，「我們只要給出不讓他劫掠東都的理由，便有餘地。」

「你這麼信他？」江河有些意外，顧九思走到沙盤面前，認真道：「我不是信他，我是信我的兄弟。」

「周大哥也好，世安也好，人難免有走錯路的時候，我身為朋友，不能看著他們就這麼錯下去。我得在他們犯下大錯前，讓他們清醒過來。周高朗是不是明君我不知道，但是，周大哥會是，這我知道。」

「那你打算怎麼辦？」江河站在顧九思身後，他笑著看著面前的青年，眼裡有幾分欣慰。

顧九思想了想，慢慢道：「第一步，我們要讓周高朗對軍隊有更好的把控權，就不能讓東都亂起來，一旦這些將領攻打入東都，周高朗想管住他們，就太難了。而且一旦武力入東都，便意味著范軒的人和周高朗的人開戰，我怕戰後再無餘力支援沈明。」

「所以你要讓東都內部瓦解，不戰而降？」

「是，」顧九思點頭，他拿了一個士兵，放在宮城中，接著道：「第二步，我們要解決周高朗的後顧之憂，讓他的皇位穩固，日後不會受那些士兵威脅，從而放下戒心。」

「你要如何讓他的皇位穩固？」江河疑惑，顧九思平靜道：「周高朗擔心自己的將領反，是因為當初他騙將領范玉要殺他們，才讓將領跟著他一起謀反，我們得把這件假的事，便成真的。我們得拿到一封真誅殺聖旨。」

江河點點頭，顧九思接著道：「其次，周大人的皇位，應由范玉主動禪讓。」

這話讓江河沉下心來。如果說一封聖旨能夠偽造，那讓范玉主動禪讓，這怎麼可能？

但是江河向來並不會問要怎麼做，只要有了這個目標，想辦法就是了。他抬了抬手，示意繼續，接著，顧九思又放了一個士兵，在東都街上，「第三步，我們要增加攻打東都的難度，讓周高朗攻打東都，得不償失。如此，才可能澈底讓周高朗放棄攻打東都的計畫。但為了保險起見，在此之前，還是儘量疏散東都百姓，讓他們有序出行，在外避禍。」

江河靜靜聽著，顧九思說的都沒錯，但這些都是目的。

江河看向他，「那你，打算怎麼做？」

「我們一步一步來，」顧九思腦子裡思索著，慢慢道：「第一步，自然是要離間楊輝、韋達誠、司馬南與范玉的關係，將他們拉到我們這邊來。這三位將軍我有所耳聞，楊輝好色，韋達誠貪財，司馬南多疑，我們逐個下手，慢慢來。」

「你說得倒也不錯，」江河點點頭，卻是道：「可他們三個人的弱點，大家都知道，你想送錢送人，怕是沒有多大用，洛子商大概早已做了。」

「所以為什麼我們要送呢？」顧九思笑起來：「舅舅，你這裡可有美貌女子，極善與男子周旋那種？」

「這自然是有的。」江河笑了，「西鳳便是。」

顧九思點點頭，隨後道：「可與楊輝見過？」

「尚未。」

「我在宮中樂坊有幾個人，」顧九思淡道：「安排一下，先送過去吧。」

「好。」江河並沒多問，徑直應下。他想了想，笑起來道：「說起來，如今所有人都是咱們的敵人，劉行知、洛子商、周高朗……這些人有錢有權有兵有將，你說好端端的，我年紀大了，在這裡負隅頑抗也就罷了，你又來湊什麼熱鬧？」

「我若不來，」顧九思抬眼看他，「你也好，先帝也好，秦楠也好，傅寶元也好，你們這麼多人的一生，又算什麼呢？」

這話讓江河愣了，顧九思轉過頭看著外面的星空。

「舅舅，其實我相信，人是不會死的。」他雙手攏在袖中，似乎夜空裡有著誰，讓他靜靜注視，「這世上只要有一個人在堅持那些人一生為之付出的事，還在繼續走他們的路，信他們的信仰，那他們就永遠活著。」

「我不知道這世界上還有多少人有過如你我一樣的想法，如你我一樣的努力，我不知道他們的名字，也不知道他們做過什麼，可是我知道，我活著一日，他們便活著一日。而日後，我也會一直活在這份傳承裡。」

「故而，」顧九思轉頭看著江河，「我心中無懼。」

江河沒說話，好久後，他苦笑起來，「玉茹同意嗎？」

聽到這個名字，顧九思輕輕笑了。

「雖然她總說自己自私，說自己沒有我這份豪情，可其實我知道，」顧九思眼裡不由得有了幾分溫柔，「她與我一樣。」

「此刻她應當在黃河，」他轉頭看向永州方向，低聲呢喃：「同我一樣，用盡全力在保護著能保護的人吧。」

第二十三章　天下棋局

顧九思到達東都時，柳玉茹已經在黃河接上了傅寶元。傅寶元得了柳玉茹的來信，立刻將當時黃河修繕日誌調了出來。

黃河修繕時，每日修了多少，修在哪裡，誰負責，都有著明確的記錄，而後傅寶元便著手將當時洛子商修繕的時間地點查了出來，柳玉茹到的時候，傅寶元將已經準備好的資料交給她。

柳玉茹得了傅寶元的資料，又將守南關上游的位置清理出來，隨後同傅寶元道：「你我分頭帶人過去，一一檢修這些地方，看看有沒有什麼出問題的。」

傅寶元點點頭，但他看了柳玉茹給出來的範圍一眼，有些為難道：「這個範圍太大了，我們要是一一檢修過去，至少要一個月，若他們只是想在黃河上動手腳取下守南關，秦城一破，他們便會動手，我們根本來不及。」

柳玉茹聽著這話，手上僵了僵，想了片刻後，慢慢道：「如果洛子商是在黃河上動手腳，他會怎麼做？」

「最方便的自然是在關鍵的位置上安置好炸藥。」傅寶元一路監工黃河，倒也算了解。

柳玉茹接著道：「那這些炸藥豈不是埋得很深？」

「對。」傅寶元點點頭，思索著道：「而且，如果洛子商從修建時就打算炸了那個位置，那麼那個位置的結構必然會比其他地方的薄弱，很可能中間是空的，」說著，傅寶元抬眼看著柳玉茹，「一來方便安放炸藥，不讓人發現，二來，炸藥引爆之後容易決堤。」

「那如何點燃？」柳玉茹皺起眉頭。

傅寶元笑了笑，「堤壩裡面是大石不錯，但外面是普通磚瓦，引線放在磚瓦之後，到時候如果需要點燃，便取了磚瓦，露出引線，點燃就是了。」

柳玉茹得了這話，無意識敲打著桌面，想了片刻後，抬眼看向傅寶元，抿了抿唇道：「那是不是只要敲擊牆面，就能察覺異常？」

「可以這麼說。」傅寶元點頭，柳玉茹不由得道：「這樣的話，我們分批檢修，還需一月？」

傅寶元得了這話，有些無奈道：「人手不夠。」

說著，他有些忐忑道：「永州兵馬都被調到東都去了，我能用的人……也不多。」

「無妨，」聽到是這個原因，柳玉茹立刻道：「現下你先把能用的人叫上，然後去徵集人手，一人一日二十文，全境一起到堤壩去……」

說到這裡，柳玉茹頓住了，傅寶元聽著她的話，本亮了眼睛，察覺她停下來，不由得道：「怎麼了？」

柳玉茹想了想，搖頭道：「不行，不能這樣。」

「為何？」傅寶元有些發愣。

柳玉茹立刻道：「如果我們這樣做，我若是洛子商，便會將他的人混在人群中，他們知道正確的位置，便可以故意去搜索那一塊位置，然後偽作沒有發現。這樣一來，我們便真的再也找不到炸藥的位置了。更重要的是，如此一來，他們會更容易接近堤壩，到時候點燃引線，也就越發容易。」

「妳說得是。」傅寶元聽她這樣說，神色也沉重起來，他想了想道：「那我先下令，不允許任何人接近堤壩。」

「對，」柳玉茹點頭道：「然後你這邊挑選出可靠的人來，我這邊也會從商鋪中調人，接著我們兩邊的人打混，抽籤組隊，同一個地方，要由不同的人檢查至少兩次，這樣才會防止不遺漏任何位置。」

「好，」傅寶元立刻道：「官府的人，加上我自己的家僕、親戚、朋友，還有妳這邊的人，我們分成幾路同時開工，十日之內，應當有結果。」

柳玉茹點了點頭，隨後便讓傅寶元立刻著手去辦。

柳玉茹花了一天時間抽調人手，接著分成十幾組，奔赴到可疑的地方開始檢修黃河。

而這時候，顧九思將西鳳一番打扮，送入了宮中樂坊，交給他的人照看。西鳳送入樂坊之後，顧九思又四處打聽，聽聞韋達誠常同司馬南去吃一家銅鍋牛肉，想了想，便去找了虎子。

他逃出東都時，沒來得及帶上虎子，虎子在東都早已是地頭蛇，立刻就接應上江河。顧九思找到虎子，同虎子道：「你找幾個人，天天去砸這老闆的店。」

虎子有些疑惑：「砸他店做什麼？」

「你認識他店裡的夥計嗎？」

「這自然是認識的，」虎子笑起來，「這東都哪兒都有我認識的人。」

「那就行，」顧九思點點頭，「你砸完店，這老闆肯定要想辦法，你就讓夥計慫恿他，讓他給韋達誠和司馬南送禮。然後讓他們在這禮物裡加上兩盒花容的胭脂。」

「加胭脂做什麼？」虎子還是不解，顧九思推了他一把，「問這麼多做什麼？去就是了。」

虎子抓了抓腦袋，也沒多想，這就去了。

虎子當日讓下面的人砸了店，狐假虎威了一番，下午便碰上韋達誠和司馬南去吃牛肉，店老闆當場跟兩個人又跪又磕，求著他們主持公道，司馬南還算謹慎，但韋達誠卻是個暴脾氣，自己常吃飯的店鋪遇到這種事，他當下便領著人去將虎子的人抓出來揍了一頓，這才了事。

店老闆感恩於他們，不僅免了他們日後的單，還送他們各自一份禮物。

司馬南收禮時清點了一番，見沒有什麼貴重的，便罷了，同韋達誠一起，收過禮物後，轉身離開。

等他們走後，店老闆頓時沉了臉色，同夥計道：「我讓你送禮，你怎麼還擅自多加了一盒花容的胭脂？」

「我聽說兩位大人和家中夫人恩愛，」夥計戰戰兢兢道：「便想著多送些，也是幫著東家。」

聽到這話，店老闆心裡放鬆了些，畢竟錢不是他出的，他不由得道：「罷了，你也算有心了。」

消息傳到顧九思耳裡，顧九思正和江河坐在酒館裡聊天。

「你繞這麼多彎彎道道，」江河慢慢道：「到底是做些什麼？」

「先帝的日誌可偽造好了？」顧九思喝著酒，看著街上行人來來往往，突然詢問一件不相干的事，江河倒也沒有繼續追問，替自己加了酒道：「還在造。我找了一位大師，仿人筆跡惟妙惟肖，正按照你寫給我們的東西寫。」

顧九思點點頭，只是道：「儘快。」

江河想了想，輕笑一聲，顧九思抬眼看他，疑惑道：「你笑什麼？」

「我慣來知道你是個機靈人，」江河往欄上一靠，轉著扇子道：「卻未曾想過，有一日我卻是連你要做什麼都看不懂了。」

「不必看懂，」顧九思抿了一口酒，「到時候，你便明白了。」

兩個人有一搭沒一搭喝酒聊天，然而深夜內宮中，卻是不大太平。

范玉坐在龍床上，看著侍衛遞來的消息，身後美人替他揉捏著肩，他扭過頭去，低喝了一聲：「滾！」

美人嚇得連忙跪到地上，隨後急急退開。所有人都知道，范玉是個喜怒無常的主，服侍他的過程裡惹了他不開心，被隨手賜死的美人已是不少，所有人陪伴在他身邊都戰戰兢兢，只有從他太子起就跟隨著他的劉善對他的性子拿捏得好，劉善站在他身邊，看著范玉捏著紙條道：「司馬南和韋達誠居然敢接顧九思的東西，他們是不是有反心？」

「竟有這種事？」劉善詫異開口，忙上前走到范玉面前，朝著范玉伸出手道：「陛下，可否給我一觀？」

范玉私下的暗線和人幾乎都是劉善鋪的，范玉也不介意，徑直將紙條交給劉善，劉善匆匆掃了一眼，笑起來道：「陛下，只是一個老闆送了兩盒胭脂而已……」

「那是花容的胭脂！」范玉怒喝，劉善便知范玉是惱怒極了。劉善想了想，接著道：「陛下說得也對，這天下誰不知道花容的老闆是柳玉茹，是顧九思的妻子。他們明知如此，還收花容的胭脂，若說是暗號，也是使得。不過這事咱們無需插手，」說著，劉善笑著道：

「有洛大人管著。」

「管著？」范玉嗤笑，「你以為他會告訴朕嗎？他們的心思，朕都知道。周高朗想廢了朕，洛子商想把朕當傀儡，誰又比誰好？」

劉善站在旁邊不說話，范玉似是有些疲憊，「前些時日，你的人打探的消息都確認了？」

「確認了。」劉善應聲道：「揚州的確落在柳玉茹的人的手裡了。」

「揚州都丟了，」范玉嗤笑，「洛子商還拿什麼給朕支持？他瞞著這消息不告訴朕，你說如今他要怎麼辦？他總得找個主子。」

「陛下的意思是？」

「要是顧九思和韋達誠、司馬南這些人當真有瓜葛，朕就沒有活路了，你以為洛子商還會站在我們這邊？這個消息，他不會告訴朕的。」

范玉目光幽深：「他們一個個，都巴不得朕死。」

「陛下，」劉善嘆了口氣，「您別這樣想，洛大人是您的太傅，他能保您，自然會保的。」

「保？」范玉嗤笑，「等著瞧吧，看看明日，他會怎麼同朕說。」

范玉的人得知了司馬南和韋達誠收了花容胭脂的消息，洛子商自然也知曉。如今朝中內政幾乎都是他在處理，他思索著沒說話，嗚一提醒道：「這消息要告訴陛下嗎？」

「小事，花容的胭脂本就是禮物平常往來，」洛子商淡道：「不必了，免得他發瘋。」

嗚一點了點頭。

如今范玉酗酒，在內宮待久了，越發多疑，他情緒上來，瘋得厲害，洛子商也有些控制不住了。

洛子商想了想，接著道：「你去查一查那老闆身後的人。」

嗚一應了聲。

第二日洛子商進宮去，范玉睡到正午才起，他起來時，整個人昏昏沉沉，他讓人拿了壇酒來給自己醒醒酒，洛子商走進內宮時，便聞到了酒味，腳下全是酒罈子。洛子商蹲下身，扶住酒罈，低聲道：「陛下近日酒量越發大了。」

「是啊，」范玉笑起來，撐著下巴，看著洛子商道：「前線如何了？」

「並無大事，」洛子商走到范玉面前，溫和笑道：「陛下放寬心，一切有臣。」

范玉笑了笑，「有太傅在，朕自然放心。」

說著，他舉起酒罈，「太傅，可要喝點？」

「陛下有雅興，臣願陪陛下暢飲一番。」洛子商沒拒絕。

范玉見他當真要喝，擺了擺手道：「罷了，太傅每日還有許多事要忙，不能在朕這兒耽擱了。」

「陛下的事，便是最重要的事。」洛子商恭敬回答。

范玉動作頓了頓，片刻後，他笑起來，「太傅，我最喜歡的，就是你這樣明明有權有勢，卻始終記得自己身分，把朕放在第一位的樣子。」

「陛下是天下之主，本就是第一位的。」

聽到這話，范玉大笑起來，他起身提著酒罈從洛子商身邊走過，拍了拍他的肩膀道：

「你酒量不行，找時間叫三位叔叔來宮裡喝一杯吧。」

「聽陛下吩咐。」洛子商恭敬回聲。

等范玉走出去後，洛子商直起身，眼中閃過一絲冷意。

他轉過身，走出宮同鳴一吩咐道：「查陛下身邊人員往來。」

「大人？」鳴一有些疑惑。

洛子商心中發緊，「陛下有異。」

他一貫相信自己的直覺，向來是寧可錯殺不可錯放，如今正是關鍵時刻，范玉這邊他決不允許出任何岔子。他說著，往前走了幾步，想了想，又道：「陛下要在宮中設宴款待三位將軍，你讓人準備一下。」

「如今讓陛下接見三位將軍，怕是不妥吧？」鳴一有些擔心，他總覺得范玉太不可控。

洛子商搖頭道：「陛下對我起疑，他吩咐的事若我不顯出放在心上的樣子，他怕是不滿。」

話這樣說，鳴一雖然不安，卻也不敢多說了。

宮中準備設宴，樂坊之內便急急安排起來。

西鳳坐在鏡子面前，聽著樂坊的管事在外面催著人道：「動作快些妳們這些浪蹄子，後日陛下要在宮中設宴，近來排舞不可懈怠，一點錯處都不能有，否則扒了妳們的皮，我也保不住妳們！」

西鳳施施然在額頭貼上花鈿，起身同小跑著的姑娘一同走了出去。

她身形高挑，容貌豔麗，舉手投足之間，帶著股說不出的嫵媚。可這嫵媚並不豔俗，彷彿是天生而來，刻在骨子裡，只在抬眼揚眉之間，勾得人神魂顛倒，但她本人卻如同水上梨花，清雅動人。

她往人群中一站，便讓人為之側目，樂坊管事月娘看著她，笑容不由得軟了幾分，同西鳳道：「西鳳，這是妳第一次登臺領舞，可得好好表現，要是讓陛下看上了，那便是妳的福分。」

西鳳聽到這話，不由得笑了，高興道：「西鳳不會忘了月嬤嬤栽培。」說著，西鳳有些猶豫道：「不過，我第一次去宮中赴宴，心中有些害怕，嬤嬤能否給我個機會，讓我先練練膽子？」

月娘聽著這話，覺得西鳳說得頗有道理，想了想道：「我找些機會，讓妳見見貴人吧。」

西鳳連忙高興應了下來，月娘去找了些熟人，詢問這些時日，可有哪些貴人家中設宴，讓西鳳去串串場。

這次宮宴是西鳳第一次進宮，因她生得貌美，月娘擔心西鳳沒見過什麼達官貴人，進了宮衝撞了皇帝。於是她將名冊一翻，選了一家官位最高的，當夜便送西鳳過去。

楊輝好歌舞，夜夜在家中設宴，月娘讓人同楊輝家中管事說了一聲，管事得知宮中樂坊的人來，自是欣然允許，西鳳去之前，月娘特地同管事道：「這是宮中的舞姬，若大人有心，還需得同陛下商議。」

管事笑了笑，應聲道：「我們家大人是有分寸的，您放心。」

月娘得了這話，放下心來，同管事道：「謝過大人照拂了。」

當日夜裡，西鳳便入了韋府，楊輝府邸並不算大，西鳳早早入府之後，被安置在後院，她一個人一間梳妝房，其他院中舞姬都在另一個房間梳妝，沒了一會兒，一個侍女走進來送了一盤點心給她，同時小聲道：「楊輝在後院，順著長廊走出去，左轉便是。」

西鳳點點頭，沒有多說。侍女走出門，西鳳拿著帕子，擦了眼角的妝，取了身上的髮簪，瞧了瞧鏡子裡的自己。

鏡子裡的美人乾淨又美麗，看上去像是十八九歲的少女，素若梨花。

她笑了笑，起身往著院子走去，進了院子，老遠便見到了楊輝在另一邊，她假作沒看見楊輝，朝著院子裡開得正好的秋菊走了過去，她蹲下身，低低看著秋菊，似乎在說話。

若是普通人，不過是普通賞花，可西鳳生得太美，蹲著身在花叢的模樣，似如畫卷，讓楊輝看得有些癡了。他向來好美色，便沒有猶豫，往前走了幾步，停在西鳳身後，他瞧她憐愛拂過秋菊，便道：「妳若是喜歡這花，便送妳罷。」

西鳳被這聲音驚得猛地起身，見到一個中年男子站在她身後，似笑非笑地瞧著她。他看

上去四五十歲的模樣，身材魁梧，布衣藍衫，

西鳳愣了片刻後，慌忙道：「抱歉，妾身誤入此處，這就回房去，還望先生見諒。」

「妳是誰？」楊輝笑著開口，西鳳呆呆看著他，似是看癡了的模樣，隨後臉紅著垂下眼，低聲道：「西鳳。」

說著，她覺得自己有些拘謹，抬起頭，一雙明亮的眼定定看著楊輝道：「我叫西鳳。」

楊府歡歌笑舞時，消息送到了顧九思手中，顧九思正低著頭寫著什麼，望萊進來匆忙道：「西鳳和楊輝見面了。」

「嗯。」顧九思執筆抬眼，「如何？」

「楊輝上鉤了。」望萊立刻道：「西鳳與他約定好改日再見，這幾日楊輝應當會經常來見西鳳。」

顧九思點點頭，「同西鳳說，一切按著計畫行事。」

楊輝見了一次西鳳便忘不掉，第二日便來樂坊瞧西鳳。

他怕驚擾了美人，不敢直接說是找西鳳的，只是藉著看排舞的名頭，來樂坊坐了一下午，等到臨走了，也沒同西鳳搭上一句話。

楊輝心有不甘，卻又無可奈何，他盯著西鳳瞧了許久，西鳳站在一旁，同其他舞姬說話，似是沒看到他，楊輝心中悵然，又怕唐突美人，嘆了口氣，便走了出去，等他走出樂

坊，剛上馬車，便聽外面傳來一聲脆生生的：「韋大人。」

楊輝掛念這聲音掛念了一下午，慌慌張張捲起車簾，便看見西鳳站在馬車不遠處，他驚喜地看著西鳳，西鳳笑意盈盈走到楊輝面前來，同楊輝道：「大人回府了？」

「天色已晚，我還有其他公務，」楊輝克制著激動的情緒，他也不知道自己是怎麼了，這麼多年了，突然像少年懷春一般，在一個女人面前忐忑不安起來，他小心翼翼道：「不過，若是西鳳小姐有事，自然是以西鳳小姐的事為先。」

「倒也沒什麼，」西鳳笑了笑，「見韋大人坐了一下午，想著韋大人應當是渴了，給韋大人送一碗糖水。」

說著，西鳳遞了一個灌滿糖水的竹筒子給楊輝，楊輝愣愣接了，西鳳正要抽回手，便被楊輝一把握住了，西鳳紅了臉，小聲道：「你做什麼？快放手。」

「我明日可以再來見妳嗎？」楊輝急切出聲，女子的手又軟又嫩，讓他心中頓時蕩漾起來，西鳳扭過頭去，低聲道：「你是將軍，想什麼時候來，我還攔得住你？」

「妳自然是攔得住的，」楊輝立刻道：「妳的意願，我當然不會違背。」

「那我不讓你來，你就不來了？」西鳳似是不信，楊輝嘆了口氣道：「妳若不讓我來，我便守在樂坊門口，一直等到妳讓為止。」

「你不要臉。」西鳳啐了一口，隨後抽過手，轉身道：「明日我要入宮，你自個兒看著辦吧。」

說完之後，西鳳轉過身，婷婷嫋嫋地走了。

楊輝癡癡看著西鳳背影，不見那清澈如水的眼，這女子便成了妖精，光是背影就讓人難以自持了。

侍從看著楊輝的模樣，不由得笑道：「大人，一個舞姬而已，同陛下要過來就是了，何必費這麼多功夫？」

「你懂什麼？」楊輝轉過頭去，笑道：「美色不過色而已，男女之間，就是這似有還無的時候最為動人。」

「明日宮宴，大人去嗎？」侍衛接著開口，楊輝聽到這話，臉上失去了笑意，想了想，隨後道：「陛下召見，沒有不去之禮。」

「大人……」侍衛遲疑著，似是要說什麼，然而最後只是輕嘆一聲，沒有多說。

楊輝看他一眼，明白侍衛的意思，淡道：「不該說的不要說，先帝對我有知遇之恩，陛下乃先帝唯一的血脈。」

「是，」侍衛立刻道：「卑職明白。」

楊輝掛念著西鳳，等第二日宮宴，他早早進了宮中。

他來得早，范玉聽聞他來了，少有的清醒了些，讓人梳洗過後，特地接見了楊輝。來東都這些時日，與范玉接觸雖然不多，但楊輝也聽聞范玉是好酒好色的皇帝，他心中想著西鳳，同范玉聊了片刻後，便同范玉道：「陛下，其實今日臣特地前來，是有一事相請。」

「楊將軍請說，」范玉十分熱切，楊輝見范玉態度極好，也舒心下來，笑著道：「微臣近來看上樂坊一位舞姬，名為西鳳，希望陛下能夠割愛，將她賜予微臣。」

「好說。」范玉高興開口，轉頭同劉善道：「劉善，記下來，回頭把人給楊將軍送過去。」

「不必，」楊輝趕忙道：「我與這舞姬尚未到這一步，若是強行將人送進府來，怕是不美。」

范玉年紀雖然不大，但自從范軒走後，已成了風月老手，熟知與女人相處之道，他高興起來，忙道：「明白，女人還是要心裡也樂意才更有滋味。」

楊輝見范玉一切應允，放下心來，范玉手中轉著酒杯，想了想，試探著道：「楊將軍，周高朗如今已經快逼近東都，這您知道吧？」

楊輝聽到這話，頓了頓手中酒杯之後，笑著道：「自是知道的。」

「陛下不必擔憂，」楊輝放下手中酒杯，鄭重地看著范玉道：「我等在東都有精兵二十萬，周高朗一路攻來，旅途勞頓，必不是我等對手。我與司馬將軍、韋將軍蒙先帝聖恩，必將以死護衛陛下，陛下大可放心！」

「好！」范玉聽到這話，激動鼓掌道：「得將軍此話，朕心甚慰，我敬將軍一杯。」

楊輝見范玉親自斟酒與他，頓時高興起來，他與范玉喝了幾杯，隨後又道：「陛下，豫州如今無妨吧？」

聽到這話，范玉遲疑片刻後，笑起來道：「無妨。」

說著，他拍了拍楊輝的肩膀：「將軍大可放心，前線一旦有風吹草動，朕立刻告知於你。」

楊輝點點頭，沒有多說。他走時在前線安置了自己的人，告知只要出事立刻稟告東都，如今一直沒什麼消息，大約便是沒出事。

他與范玉喝了幾杯之後，便起身離開，去了前殿。等他走後，范玉扭頭看向劉善道：「來報信的人都殺了？」

「殺了。」劉善平靜道：「東都已經封住了消息，除了洛大人與陛下，沒有人會知道豫州的消息。」

「議和的人派出去了？」

「洛大人已經派出去了。」

范玉點點頭，拿著酒杯慢慢道：「楊輝這個人，就是太掛念豫州了，但好在還算赤誠，但司馬南和韋達誠……」

范玉摩挲著酒杯，想了想，轉頭看向劉善道：「你覺得怎麼處理？」

「司馬大人和韋大人，還是向著您的。」劉善勸解道：「否則也不會來東都了。」

「可他們收了花容的胭脂。」范玉冷著聲開口，聲音頗為低沉。

「陛下與其猜忌，不妨問問？」劉善猶豫著道：「若他們當真與顧九思有什麼圖謀，您也是震懾；若沒什麼圖謀，問清楚，以免誤會。」

「你說得是。」范玉點點頭道：「我需得問問。」

范玉打定了主意，當日夜裡，范玉和他們喝到興致高處，他親自走下高臺，來到司馬南和韋達誠面前，高興道：「二位，過去我父皇便常說，二位是能臣，是將才，是我范家的功臣，」說著，范玉拍打著胸口道：「朕心中，敬重你們，把你們當成親叔叔，來，我敬叔叔一杯。」

司馬南和韋達誠心中惶恐，連連說著不敢。

范玉和他們喝了這一杯後，抬眼看他們道：「不過朕有一件事不明白。」

司馬南和韋達誠對看一眼，司馬南小心翼翼道：「不知陛下心中有何事，可需我等分憂？」

「你們為何要收胭脂？」

這話讓司馬南和韋達誠有些茫然，韋達誠忙道：「陛下說的胭脂是？」

「陛下，」一旁聽著的洛子商終於察覺不對，他舉著杯子，冷聲站起來，隨後道：「您醉了。」

「你閉嘴！」

范玉抬手一個杯子砸了過去，砸在洛子商頭上，洛子商當場被砸得頭破血流，范玉喝道：「你算什麼東西敢打斷朕說話！」

這一番變故將所有人驚住，司馬南和韋達誠心中惶惶不安，范玉繼續追問道：「就是那個賣牛肉的老闆送你們的胭脂，你們為什麼要收？」

聽到這話，所有人的臉色都變了。

在場臣子心裡有些憤怒，尤其是司馬南、韋達誠、楊輝三人。

他們之前不在東都，回來後一直頗受敬重，然而此時才發現，自己時時刻刻被范玉監視著，如何能不惱怒？

而洛子商被鳴一扶著，其他人去叫了太監，洛子商盯著范玉，心中了然——范玉在防著他。

范玉有自己的消息管道，根本不像他所表現這樣愚蠢。洛子商心中瞬間把范玉身邊的人過濾了一遍，范玉身邊幾乎都是他安排的人，除了劉善。可他的人一直盯著劉善和范玉，劉善不過是個普通太監，哪裡來的能力建立消息網給范玉？

一個消息網的建立，需要耗費極大的人力錢財，因此普通人根本沒有這個能力，洛子商盯著的情況下，劉善如何不驚動洛子商鋪一個消息網出來。那到底是誰在給范玉遞消息？

在場的人懷著各自的心思，而高臺之上，西鳳一襲大袖紅裙，猛地將廣袖展開，露出似笑非笑的眼，看向大殿之內每一個人。

司馬南最先反應過來，忙跪在地上道：「陛下息怒，這胭脂是老闆為報答我們幫他趕走惡徒所贈，當日他所贈之物，都並不貴重，我等也是看它只是一番心意……」

「朕說的是錢的問題嗎？」范玉見司馬南顧左右言他，一時控制不住情緒，怒喝道：「朕說的是胭脂！是顧九思他夫人賣的胭脂！」

聽到這話，司馬南和韋達誠頓時反應過來，他們久不在東都，對這些並不算瞭解，更何況他們兩個男人，哪裡又分得清什麼胭脂不胭脂？

但一聽顧九思的名字，當下明白過來，連連求饒道：「陛下息怒，我等當真不知曉這些。我等遠在東都，本也是沙場糙漢，著實分不清什麼胭脂，這就回去毀了那些胭脂。陛下息怒！」

聽到兩人這一番解釋，范玉慢慢冷靜下來，他覺得自己方才對兩人太過凶惡，想起如今東都就靠著他們，趕忙親自扶起他們道：「二位叔叔不必如此，方才是我太過激動，我也是太害怕了些，怕二位與顧九思有些什麼。」

范玉說著，面上露出哀切的神情，「父皇離開後，我孤苦無援，如今周高朗苦苦相逼，只有三位叔叔幫扶我了……」

「陛下不必擔心。」司馬南見范玉似要哭出來，忙安慰道：「我等都對先帝發過重誓，一定會誓死護衛陛下。」

范玉聽到這話，舒了口氣，轉過身高興道：「來來來，這些誤會都過去了，大家繼續喝酒！」

沒有人回應，范玉有些緊張，他故作欣喜，聲音越發大了起來：「怎麼？大家不高興嗎？喝啊！奏些歡快的曲子，舞姬繼續啊！」

聽到這話，所有人頓時回了神，場面又熱鬧起來。

所有人撐到宴席結束，司馬南和韋達誠、楊輝一起走出來，三人都沒說話，許久後，韋達誠終於道：「陛下……有些太過不安了。」

另外兩人心中都有同感，可誰都不敢開口，楊輝舒了口氣，終於道：「不管了，等平亂之後，我們便回豫州了。與陛下也相處不了多少時日。」

「若這亂平不了呢？」司馬南驟然開口。

楊輝面上倒也平靜，「盡了全力，不辜負先帝，他年黃泉路上，也有臉見他。」

所有人都沒說話，司馬南和韋達誠對視一眼，沒有出聲。

此次是他們兩人收了胭脂，被范玉懷疑的是他們兩人，心中必然比楊輝要複雜許多。

但楊輝已經如此做聲，誰也不敢再多說什麼，被范玉這一番糖棍交加，司馬南和韋達誠心中十分不安。

三人各自回了府邸後，西鳳當日夜裡便出了樂坊，尋到顧九思和江河，將大殿之上的情況同兩人說了。

江河聽聞之後，笑起來道：「這批人，各自打著各自的小算盤，范玉這番動作，司馬南和韋達誠怕都是和他離了心。」

「還不夠。」顧九思看著地圖道：「明日我會安排西鳳入宮侍奉范玉，」說著，顧九思抬眼看向西鳳，「西鳳姑娘可有意見？」

聽到這話，西鳳掩嘴笑起來：「今日我見著那小皇帝了，生得倒是不錯。」

「若妳願意，姑娘有什麼想要的……」

「不必多說了，」西鳳搖搖頭，「我沒什麼不願意。妾身雖落風塵，卻並非不懂大義之人，顧大人本不必參與此事，今日在此，為的也是我們。西風樓還有這麼多姑娘，我就算是為著她們，也得入宮。」

顧九思抿了抿唇，退了一步，朝著西鳳恭敬行禮道：「謝過姑娘。」

「可有一點，」西鳳皺起眉頭，「楊輝既然對我上了心，應當是提前同那小皇帝打了招呼的，你如何送我入宮？」

「你換個名字，」顧九思平靜道：「便叫西風，我在宮中有人，自會安排妳過去。妳入宮後，對楊輝也別放手，他與妳沒有多深的感情，不會為了妳和皇帝鬧翻，但經歷昨夜之事，在他明明求過范玉的情況下妳還入了宮，他會覺得這是范玉對他的打壓和警告，這一口氣，他得往肚子裡咽，妳就讓這口氣變得難咽一些。」

「明白。」西鳳點點頭。

顧九思想了想，接著道：「至於韋達誠和司馬南這邊……」

他猶豫片刻，終於道：「等西鳳入宮之後，你們安排一下，我得見他們三人一面。」

「不行。」江河果斷出聲，斬釘截鐵道：「你一出現，洛子商和范玉不會放過你。」

「他們不放過我，是因為他們怕。只有我出現在東都，還見了這三位將軍，他們才會害怕。」顧九思抬眼看著江河，「我一露面，洛子商必然派人來追殺我，所以我們要早做準備，當著三位將軍的面逃脫出去，而三位將軍與我見面之事被洛子商的人撞個正著，他們才會與我死死綁在一起，再也說不清楚了。」

「我們一步一步把這三位將軍逼到無路可退，只能同我們站在一起才是最佳選擇之後，這堆柴便搭好了，周高朗到達東都之前，我便一把火點了這柴，」顧九思抬眼看著閃動著的燭火，「這才是我們唯一的生路。」

第二十四章　秦城破

顧九思的話讓所有人沉默下去，顧九思抬眼看向江河，冷靜道：「舅舅，如今已是非常時局。」

不拚了命，哪裡還有半分活路？

他們手中無兵無將，卻要同時平衡住近乎是三國之力，哪裡還能讓他們有喘息之機？

江河也明白顧九思的意思，嘆了口氣，拍了拍顧九思的肩膀，只是道：「便聽你的吧。」

江河雖然不掌握實權，但在東都底層卻多有建設，他們規劃了一條顧九思逃跑的路線，而後安排了下去。

第二日，西鳳在樂坊中排舞，楊輝早早便來了，西鳳與他調情了一番之後，被他在暗處摟進了懷裡，西鳳似是有些緊張，背對著楊輝，低低喘息著道：「你會迎我入府嗎？」

「只要妳願意。」楊輝笑起來，低聲在她耳邊道：「我已同陛下說了。」

「你同陛下說了？」西鳳高興地回頭，「陛下同意了？」

「一個舞姬而已，」楊輝見她歡喜，不由得笑起來，「陛下不會為難。」

西鳳聽到這話，踮起腳尖，親了楊輝一下。楊輝少享受這樣小女兒姿態，他笑呵呵沒有說話，西鳳正要在說什麼，突然皺起眉頭，楊輝不由得道：「怎的了？」

「你說，」西鳳抬眼看他，小心翼翼，「昨日宮宴，見陛下似是與另外兩位將軍起了衝突，不會為難你吧？」

這話讓楊輝的臉色有些變了，可他維持住神態，淡道：「陛下寬厚仁德，昨日的確茲事體大，怪不得陛下。陛下待我仁厚，妳大可放心。」

「你這樣說，那我便放心了。」說著，西鳳靠近他，掛在他身上，歡喜道：「你何時來接我？」

楊輝想了想，商量著道：「明日？」

說著，他攬住西鳳的腰，低頭在她頸間深深嗅了一口，迷戀道：「妳可真香，今夜好好收拾，明日一早，我讓人到樂坊來迎妳。」

「那我等著你。」西鳳放低了聲音，「以後我就是你的人了，你可要好好對我。」

「那是自然。」楊輝朗笑出聲。

兩人依依不捨分別之後，已是黃昏，西鳳回了樂坊廂房中，便開始梳妝。

她重新畫了個豔麗的妝容，眼角尾線高挑，看上去美豔動人。

等到黃昏時分，月娘便來到她屋中，低聲道：「劉公公從宮裡來人了，妳快些。」

西鳳應了聲，盈盈起身來，朝著月娘一福，低聲道：「多謝照顧了。」

月娘回了一禮：「應當是我們謝妳才是。」

說著，兩個人直起身，看了對方片刻，俱都笑了起來。

「快走吧。」月娘催促她。

西鳳點了點頭，走了出去，進了宮中來的轎子，她被小轎抬入宮中，而後站在寢宮之外，寢宮外同她一樣站著的還有幾個女孩子，西鳳認出來，也是樂坊的舞姬。

這幾個舞姬生得遠不如她，站在一旁瑟瑟發抖，裡面傳來范玉罵人的聲音，似乎在咒罵著誰，沒了片刻，就聽見女子尖叫起來，不一會兒，寢殿門開了，一個女子的屍體被抬了出來。

西鳳同其他女子一起抬眼，目送著那女子離開，而後便聽裡面傳來范玉帶了幾分不耐的聲音道：「進來吧。」

西鳳聽到這話，便提步走了進去，其他舞姬戰戰兢兢跟在她身後，范玉轉過頭，便見西鳳朝著他盈盈一福，恭敬道：「陛下萬歲萬歲萬萬歲。」

她和旁邊顫抖著的女子形成鮮明對比，范玉挑了挑眉道：「妳好像不怕朕。」

「陛下乃天子，」西鳳恭敬道：「奴婢的命便是陛下的，便是為陛下赴死也甘願，又有什麼好怕？」

「當真？」范玉挑了眉，從旁邊抓了一把劍扔了過去：「自己抹脖子上路吧。」

聽到這話，劉善忙要開口，卻見西鳳毫不猶豫拔了劍就朝著自己脖子上抹過去，不等劉善出聲，范玉立刻道：「慢著！」

范玉直起身，看著西鳳，抬手道：「妳，今夜留下來。」

西鳳放下劍，朝著范玉盈盈一拜，「謝陛下恩寵。」

「剩下的，」范玉百無聊賴道：「都拖下去餵狗。」

「陛下！」房內女子頓時哭成了一片。

范玉轉頭看向劉善，劉善忙揮手道：「下去，都帶下去！」

劉善一面哄著其他人，自己也跟了出去，等他們走了之後，房間裡剩下范玉和西鳳，范玉看著西鳳，頗為玩味道：「妳的命都是朕的？」

「是。」西鳳答得果斷。

范玉靠在床上，靜靜看著西鳳，許久後，他笑了一聲，「妳喜歡朕嗎？」

西鳳沒有說話，她注視著座上少年帝王，他生得俊美，衣領敞開，髮絲散亂下來，讓他看上去有幾分頹靡，西鳳溫柔又平靜注視著他，片刻後，她跪著上前，將手覆在范玉側面。

「我心疼陛下。」

「心疼我？」范玉嘲諷道：「朕有什麼好心疼？朕問妳喜不喜歡朕，妳說心疼，這就是不喜歡了？」

「陛下，」西鳳嘆息出聲，「只有喜歡一個人，才會心疼。」

「若陛下身邊有諸多喜歡陛下的人，」西鳳凝視著他，范玉聽著她的話，竟是有些愣了，他看著這個女人似是有一雙看透人心的眼，她慢慢道：「陛下怎會問奴婢這樣的話？」

「奴婢只是一介舞姬，不比陛下天子之尊，」西鳳低喃著靠在范玉胸口，柔聲道：「奴婢的喜歡值不得什麼，可陛下若問起來，奴婢得說句實話。」

「奴婢走到這裡，便是因為喜歡。」

「陛下可記得當年您還是太子，駕馬入東都？」

西鳳的話讓范玉有些恍惚，他想起當初他隨著范軒一起入東都，當時他以為，天下至此，便是他們父子的了，所有人都當臣服於他，都當打從內心裡尊敬他、喜愛他。

於是他意氣風發，張狂無忌，那天夾道都是百姓，歡呼著他們入城，他們雖然沒跪，卻也讓他高興極了。

西鳳靠著他的胸口，手指在他胸口畫著圈，柔聲道：「那時候，看著陛下的模樣，奴婢便覺得，喜愛極了。」

聽到這話，范玉一言不發，一把將西鳳推到床上，拉下床簾。

第二日清晨，顧九思剛醒來，便得到宮裡傳來的消息——西鳳被冊封為貴妃。

而這也是范玉登基以來，第一個正式的妃子。

這一點出乎所有人預料，便是顧九思都有些意想不到。可對於他們來說，這一點是極為有利的，這證明范玉心裡，至少是喜愛西鳳的。

顧九思想了想，轉頭同望萊道：「周高朗到哪裡了？」

「至多五日，」望萊有些緊張道：「周高朗就要到東都了。」

「沈明呢？」

「今早的消息，」望萊壓低了聲音，「秦城怕快要守不住了，五日內，他們必須要退守到守南關。」

守南關是豫州——乃至整個大夏最險要的天險，如果退守到守南關，這一仗對於沈明來說會好很多。

但是這是絕對不可能的。

「玉茹那邊傳來消息了嗎？」顧九思急促道：「玉茹那邊若是沒把黃河的事解決，沈明絕不能退守到守南關。」

守南關上游就是黃河，洛子商之所以一直還沒動黃河，就是等著沈明退守守南關。一旦沈明退守，黃河決堤，八萬人馬和城中百姓，都沒了。

「夫人還在找。」望萊稟報道：「昨日來信說，夫人每日只睡不到兩個時辰，怕是身體要熬不住了。」

聽到這話，顧九思垂下眼眸，他的手搭在沙盤上，好久後，才慢慢道：「你讓人同她說……」

然而話沒說完，顧九思又止住聲音，最後卻是道：「算了，不說了。」

又有什麼好說呢？

他又能怎樣呢？

所有的勸慰不過是安慰他自己，叮囑一句彷彿就是做了什麼，但實際上，沒有到她面前，沒能幫她，甚至不能為她端一杯水，空說這些沒有意義的話，讓自己心裡好過一點，又有什麼價值？

顧九思深吸一口氣，扭過頭去，同望萊道：「安排一下，等楊輝見了西鳳以後，我同三位大人見個面吧。」

望萊應了下來，而後便退下去安排。

西鳳封為貴妃的消息很快傳開，楊輝也不例外，在府中得了這個消息。這時他的人剛從樂坊回來，他派人去接西鳳，轎子抬過去，又空蕩蕩抬了回來，下人戰戰兢兢道：「樂坊的管事說，昨夜宮裡來了人，召了一批舞姬進宮，西鳳在裡面，而後便留在了宮裡。」

「胡說八道！」楊輝聽到這話便怒了，「我才求過陛下，陛下也答應我將人留給我了，樂坊的人不知曉嗎，還將人送進宮去？」

「管事兒……管事兒……」跪著的人戰戰兢兢。

楊輝察覺其中有隱情，皺眉道：「說！」

「管事偷偷同奴才說，是宮裡人點名要的。」

聽到這話，楊輝頓時愣了。他同范玉特地要了西鳳，范玉答應了，而後酒宴范玉與另外兩位起了衝突，就把西鳳召入了宮中……

范玉與司馬南、韋達誠的衝突，其實更多的是警示，他看得出來，范玉是在警告他們，那西鳳……

楊輝想得有些多起來，想多了之後，旋即便惱怒起來。

他本對范玉忠心耿耿，范玉為了試探他，這樣搶他的人，他如何能不惱怒？

他正打算去宮中找范玉說道，結果才到門口，西鳳被封為貴妃的消息便傳了過來。西鳳要是只是被留夜，他去討要，那還好說，如今被封了貴妃，他還要討要，那便不可能了。

楊輝在門口呆了呆，侍衛小聲道：「大人，天涯何處無芳草，算了吧？」

這話讓楊輝心口發悶，可也沒什麼辦法，他深吸一口氣，轉過身去，回了府邸。

顧九思這邊一切有條不紊進行時，柳玉茹領著人已經按著地圖上標出來的點，檢查過了大部分洛子商修過的地方，沿路走向了最難進入的一個河道，這個河道從山中穿過，掩於荒野，入山就需要一日，如果可以，她想將這個河道放在最後檢修，但這樣一來，時間就會增長，於是她便將其他人分去查看其他地方，自己親自領了人來檢修這個河道。

日出之時，柳玉茹領著人進了山中。

她早已放棄了絲綢長裙、金釵玉簪，只穿了一身深色粗布麻衣，腳踩著便於行路的草鞋頭髮用髮帶高束，頭頂上頂著一頂泛黃的箬笠，手上拿著青竹仗，同許多人一起往山中行去。

木南在前面砍草開路，行到一半，木南突然道：「這路有人走過了呀。」

聽到這話，柳玉茹抬起頭，她聽到木南的話，疲憊道：「這樣的荒山，也有人出入嗎？」

木南低下身，看了看那些被壓扁了的樹枝，繼續道：「應當剛過去不久，怕還挺有錢，」說著，木南扒開草叢，從裡面拿了一塊被草下來的布條道：「您瞧，這布料還不錯。」

聽到這話，柳玉茹覺得有些不安，她走上前，從木南手中拿過布條在手裡摸了摸，又低頭嗅了嗅，隨後猛地變了臉色道：「快，去追人！」

「夫人？」木南有些不明白。

柳玉茹立刻吩咐後面的人道：「趕緊出山求援，說洛子商讓人來點燃引線了，讓傅大人立刻帶人過來，其他人跟著木南去追。」

「夫人，怎麼回事？」印紅茫然，柳玉茹捏緊手中布條，沉聲道：「這是揚州的雲錦！」

一聽到揚州，所有人頓時緊張起來，木南稍稍一想，聯繫著昨日沈明傳來的戰報，立刻明瞭了。

秦城很快就要撐不住了，沈明即將被逼入守南關，只要沈明入守南關，他們必然要炸開黃河。

木南沉下心，立刻按著柳玉茹的吩咐超前追了過去，剩下幾個人被柳玉茹分開回去報訊，最後剩下柳玉茹、印紅以及一位負責專門修建堤壩的先生跟著她們。

那先生姓李，年近三十多歲的秀才，因善於修建橋梁水利，被傅寶元一直用著。柳玉茹本是帶他來看看，如今人全都分開了，李先生不由得道：「夫人，接下來我們去哪兒？」

柳玉茹想了想，接著道：「我們也去河邊。」

說著，柳玉茹便領著兩個人往前：「不管怎樣，先到河邊看看情況。」

柳玉茹和印紅、李先生小心翼翼往前走去，快到河邊時，就聽前方傳來打鬥聲，三個人趕緊蹲下來，在草叢中看著，便看見木南領著人圍攻著三個男人，木南這邊人多勢眾，但對方武藝不錯，雙方周旋許久，一個男子咬了咬牙，往河中一躍，便被河水捲了出去。這刻間隙，木南已經按住另外兩個人，柳玉茹衝出來，急道：「留活……」

然而話沒說完，對方口吐鮮血，竟自己咬破了毒囊自裁了。

這一番變故太快，木南反應過來時，急忙跪下來告罪道：「是屬下思慮不周。」

柳玉茹定了定神，轉頭看了堤壩一眼，隨後道：「也不必多說了，先檢查吧，李先生，」柳玉茹轉過頭同李先生道：「一同來看看吧。」

說著，柳玉茹便同所有人從岸上下去，這個位置在山谷，兩山正中，再往前十幾丈，便是兩山出口。柳玉茹看了地圖一眼，發現修建的圖紙上所描述的情景與眼前不太一樣，圖上這一段黃河應該更長更平緩一些，遠不是眼前看到這樣陡峭。

柳玉茹緊皺著眉頭，心裡對這個地方的懷疑多了幾分。她將圖紙遞給李先生，指名了差別，李先生皺了皺眉頭，又抬頭看了周邊一眼，隨後道：「他們應當不會把決堤口設置在兩山中間。」

「我也這樣想。」

柳玉茹點點頭，兩人合計一番後，便領著所有人一起往下走。走到山谷出口，所有人便見天地一寬，而後看到前方驟然變成一個下坡，河道的坡度變得極為陡峭，但不難看出的是，為了減小河道坡度，已經讓人填了不少土上來，可饒是如此，仍能見河水奔騰而過，一路往前狂奔。

這個河道正下方，便是守南關。柳玉茹看了堤壩的修建志，這個位置修了三個水位，如今八月雨季，河水早已蔓延過中位線，他們能夠查看的僅僅只有外面的堤壩和高位線的河床。

這個地方過於陡峭，於是只有木南領著人下去查看。

或許是因為太過險峻，堤壩的修建比其他地方也要精緻許多，與河水接觸的內部是用大石頭堆砌，中間堆滿泥土，外面又用石頭和磚瓦堆砌了一層，看上去十分厚實，並沒有什麼異常。

木南和所有人檢查著高水位上每一個位置，這時身後也陸陸續續來了人，傅寶元從山林裡帶著人走出來，看見柳玉茹一行人，隨後道：「可有什麼收穫？」

柳玉茹轉頭看了木南一眼道：「還在查。」

「我們一起幫忙。」

傅寶元忙讓跟來的人也開始查，這樣速度快上許多，半個時辰後，木南上前來道：「沒有異樣。」

「怎會？」柳玉茹有些錯愕。

之前的殺手和圖紙的錯誤，再加上已經排除過的堤壩，這個堤壩怎麼看都應當是埋炸藥的位置。

然而木南還是搖了搖頭：「都是實心的。」

柳玉茹沒說話，她想了片刻後道：「下面的水位呢？」

聽到這話，眾人都有些愣了。李先生從後面走上來，開口道：「我看了時間，他們修建時，正是黃河旱季，當時水位應該很淺。中下水位也該一查。」

「如果是在下面水位，」傅寶元有些不解，「此刻黃河已經淹了下面的水位，他們如何點燃？我覺得洛子商應該不至於這樣做。」

這讓李先生有些犯難了，柳玉茹想了想，看了堤壩一眼，隨後道：「他們如何點燃我不知道，可是以洛子商的才智，他不會想不到汛期的問題，先下去找。」

柳玉茹說完，所有人面面相覷，一個人大著膽子道：「夫人，此處水流湍急，又沒有什麼借力的東西……」

周邊都是光禿禿的黃土，堤壩上就算有樹，也都是些新種的小樹，根本不足以承載一個人的重量，作為固定點讓人下黃河。

柳玉茹想了想，終於道：「二十個人為一組，拉住一根繩子，讓擅水性的人下去。下去一次，賞銀十兩。」

聽到這話，所有人頓時不再反對，有幾個人主動站出來，接受柳玉茹的意見。

柳玉茹讓這些人綁上繩子，由岸上的人拉著，溺水下去，而這時候，李先生在一旁環繞著堤壩兩邊，皺眉走著。

柳玉茹看了李先生一眼，有些疑惑道：「先生這是在做什麼？」

「我總覺得有些奇怪。」李先生抬眼道看了看兩邊，「妳有沒有覺得兩邊水位好像不一樣高？」

柳玉茹聽到這話，盯著黃河看了一下，兩邊的水面似乎不是很平整，靠著守南關這一面的更低一點，這也就意味著，守南關這一面的堤壩，一直在承受著更大的壓力。

「而且，」李先生指著下游道：「這裡明明是個坡，為什麼河道卻是平的，直到前面三十丈開外，又突然落下去，這樣設計很不合理。」

是很不合理，這樣會讓三十丈後的落水更加突然，而三十丈內又增加了工程量，因為它必須填更多的泥土。

柳玉茹頗為不安，這時候下河的人也上來了，木南是最先下去的，他喘著粗氣跑過來，搖了搖頭道：「不是空心的。」

這話讓柳玉茹抿了抿唇，傅寶元有些傻眼：「總不能掘了堤壩來找吧。」

按照他們的規劃，一個堤壩的修建會分成三層，河床是用大石頭累積，這是最厚的一層，然後大石頭外側再添實土，實土外側鋪用藤條裝起來的小碎石，最後砌上磚瓦。

柳玉茹本以為炸藥會放在最外側，可如今所有可能藏炸藥都是實心的，還要繼續找下去，就只能掘堤了。

柳玉茹拿不定主意，木南想了想，突然道：「不過，李先生，下面不是石頭，是磚塊，這正常嗎？」

聽到這話，李先生猛地抬頭，「你說什麼？」

木南被嚇到，他咽了咽口水，「就，我摸到的牆壁，不是石頭，是磚。」

「磚？」李先生愣了愣，片刻後，立刻衝到河床旁，蹲在河邊，低下身去，伸手去掏河床。他掏了一下，皺了皺眉頭，手下的觸感的確是石頭，木南趕緊道：「李先生，不是那兒，是這兒。」

說著，木南走上前指了地方。李先生伸手下去，什麼都沒摸到，片刻後，他抓到一條麻繩。這繩子極粗，李先生順著繩子摸上來，發現繩子被掩蓋在泥土裡。李先生臉色很難看，他讓人給自己一條繩子，綁在自己身上之後，伏下半個身子去摸，這一次他終於摸到了磚頭，不是一塊，而是許多，這些轉頭被麻繩死死捆著，固定在河床上。

李先生深吸一口氣，他起身讓所有人找這些磚頭，最後他們發現，這樣用麻繩捆著的磚頭一共有十處，最後一處，剛好是那平整的三十丈結束之處。

這些捆著的磚頭，都被麻繩捆成了一塊板，固定在牆面上，而他們旁邊則是大石頭，就這樣一塊磚板、一塊石頭相間。

柳玉茹看著李先生面色沉重，心知不好，李先生在又讓人拿了長竹竿來逐一測量了水位，最後他蹲在河邊沉思片刻後，起身同柳玉茹道：「夫人，我猜想，洛子商或許並沒有埋炸藥。」

「那他是？」傅寶元有些詫異，卻想不明白。

李先生繼續道：「我猜想，他在修建時就已經設計好這個位置，你們看，對面的水位明顯比我們這邊高很多，這裡已經受到水流衝擊很久。而這些磚塊的位置應該是石頭組成，可他卻用磚塊取代，用麻繩綁住，此刻麻繩綁著，它們像一大塊石頭，一堵牆，還能綁著承擔水流衝擊，如果它們散了呢？」

這話讓所有人心裡有些發沉。柳玉茹堅持道：「它們散了，堤壩能撐住嗎？」

李先生搖了搖頭：「實不相瞞，剛才我看過了，這個堤壩的修建，外層比一般的堤壩都要薄，土也不是完全的實土，因為南北高低不平，更容易決堤。如果麻繩解開，就撐不住了，再來一場暴雨，那就澈底不行了。」

柳玉茹不說話，咬了咬牙，終於道：「這樣一來，他們若是要弄開這個堤壩，一定得斬了那麻繩，我們若是用鐵鍊將那些磚塊綁死，他們就沒辦法對不對？」

「要打樁。」李先生有些為難道：「如今在汛期，要探到河底去將鐵鍊子打樁固定住，然後再綁，怕不是易事。」

「那也得做。」柳玉茹立刻抬頭看向傅寶元道：「傅大人以為呢？」

傅寶元沉默片刻，轉頭看向眾人。

所有人看著他們，傅寶元深吸一口氣，終於道：「諸位，你們也聽明白了，今日我們若是不管，黃河決堤，那它下方受災的，便是千萬百姓了。我問諸位一句，管，還是不管？」

大家沉默著，許久之後，一個大漢走上前，用地道的永州話道：「夫人，若是我管這事，夫人能再加五兩銀子嗎？」

聽到這話，柳玉茹笑起來，她道：「加十兩！」

大夥兒頓時歡呼起來，柳玉茹看著他們高興極了，不免無奈道：「你們莫要高興太早了，這可是容易死人的事。」

「夫人，」那些人嘆了口氣，「不瞞您說，這幾年過日子，哪日不是隨時提心吊膽要掉腦袋的？這黃河淹了，受災的還不死咱們永州豫州，您不給錢，我們也得幹啊。」

柳玉茹聽到這話，不由得笑了，她忙道：「行了，不會虧待你們，趕緊動手吧。」

傅寶元便吩咐人去找足夠長的鐵鍊子，而李先生就在一旁測量打樁的位置和需要的鐵鍊的長度。

這時已經入夜了，柳玉茹有些疲憊，她看大家都在忙著，同木南道：「你將其他人都調過來吧，洛子商肯定會派人過來的，要嚴加防守。」

木南點點頭，柳玉茹看了看天色，終於道：「我去睡一會兒，等會兒開始打樁了，你再叫我。」

木南應聲，柳玉茹便帶著印紅去一旁睡了。

過往她都是高床軟枕，除了跟著顧九思逃難那段時光，她在物資上一直過得還算不錯，尤其是這一年來，幾乎沒吃過什麼苦，卻獨獨在這幾日，把苦都吃盡了。

她身上都是被樹枝劃破的傷口，腳上長著水泡，這麼久以來幾乎都沒睡好，隨便找棵樹一靠，就能睡過去。

睡過去後是一個又一個夢，夢裡是東都熊熊大火，顧九思一襲白衣，長發散披，盤腿坐在火裡被灼燒著，笑得悲憫又憐愛，彷若神佛。

她抱著顧錦，拚命想往火裡衝，卻只得他一句：「別來。」

「我給妳好多銀票，」他說：「抱著銀票，妳別哭了。」

然而聽得這話，她在夢裡哭得更厲害了。

「顧九思……」她哭得聲嘶力竭，拚命喊著他的名字，「顧九思！」

那聲音彷彿從一個夢裡，傳遞到了另一個夢裡。

顧九思睜開眼睛，便已是天亮了。

江河敲了他的門，走進來道：「昨日西鳳和楊輝見面了。」

顧九思坐在床上，蜷著一隻腿，一手搭在腿上，撐著自己的額頭，似是還沒睡醒。江河坐下來，給自己倒了茶道：「楊輝差點就當著范玉的面揭穿西鳳就是他要的人的身分。不過西鳳控制住場面，然後私下去找他哭訴了一番，求楊輝別說他們認識，免得范玉因嫉妒殺了她。楊輝於心不忍，答應下來，出宮的時候，」江河輕笑一聲，「據說打了一個冒犯他的太監。」

顧九思在江河的聲音中慢慢緩過神來，他點點頭，撐著身子下床，倒了杯茶道：「他心中怕已是憤怒至極了。」

江河轉動著手中扇子，撐著下巴瞧著他，漫不經心道：「沒睡好？」

顧九思拿著茶杯的動作一頓，片刻後，點點頭道：「夢見玉茹了，還有阿錦。」

「快了。」江河輕嘆一聲：「周高朗後日就要到東都了，咱們沒多少時間了。今日你就見楊輝三人？」

「今日見吧。」顧九思點了點頭。

江河得了這話，便去安排，他聯繫上自己過去一位門生，借了個理由約了司馬南、韋達誠、楊輝三人，地點定在一家青樓包房，三人以為是普通官場酒宴，便欣然赴約。等到了約定地點後，才發現竟然是三個人都來了。韋達誠不由得有些詫異道：「怎麼你們都來了？」

「李大人說有豫州的事要同我說。」楊輝皺起眉頭。司馬南也道：「他也是同我這麼說的。」

「巧了，」韋達誠笑起來，「他也是這麼同我說的。」

「那他人呢？」楊輝有些不安。

因為西鳳的事，他還在氣頭上，什麼事都令他煩躁。楊輝正說完，房門就開了，三個人望過去，見一個穿著斗篷的人走了進來，韋達誠笑起來：「李大人，你……」

話沒說完，房門便關上了，與此同時，顧九思將自己的帽子放了下來，靜靜看著三個人。

三人愣了愣，司馬南當即將手放在劍上，冷聲道：「顧九思？」

他們當年在幽州都曾見過，後來三人駐守豫州，雖然和顧九思不熟，但也認得他的相貌。

顧九思見三人這麼緊張，笑著拱手道：「三位大人別來無恙？」

三人不敢說話，他們飛快思索著此刻應當做什麼。

應當立刻叫人來抓走顧九思，還是……聽他說些什麼？

然而顧九思沒有給他們遲疑的時間，他徑直走進房裡，施施然跪在小桌邊上，給自己倒酒道：「陛下斬殺張大人與葉大人、推翻內閣之事，三位都聽說了吧？」

三人盯著顧九思，顧九思舉起酒杯，聞了聞酒香，抬眼看著他們道：「三位大人難道一點都不怕嗎？」

「我們有什麼好怕？」楊輝最先出聲，冷著聲道：「我們又不是犯上作亂的亂臣賊子，你休要在此挑撥離間。」

「呵……」顧九思低頭輕笑，他抿了一口酒，慢慢道：「楊大人，我離開東都之前，先帝曾專門囑咐我，要我日後好好輔佐陛下。他特地賜我天子劍，希望我能好好督促陛下，當一個好皇帝。」

說著，顧九思抬眼，嘲諷道：「我也好、張大人也好、葉大人也好，乃至周大人江大人，都是先帝選出來的輔政大臣，甚至陛下的皇位，都是我舅舅江河一手保住，你們以為，若不是我們對陛下忠心耿耿，先帝又怎會建立內閣，讓我們輔政？你說我們犯上作亂，你倒是說說，陛下動手前，我們犯什麼上，作什麼亂了？」

這些話讓三人沉默下來，三人對當時之事其實並不清楚，單就聽范玉一面之詞，如今顧九思在此，他們只能再聽另一個版本。顧九思看著他們，繼續道：「陛下生性多疑，又受洛子商奸臣蠱惑，對我等一直多有猜忌，為了打壓我等，時常尋找麻煩，他見臣子妻子貌美，便想奪人髮妻，見張大人與葉大人關係頗近，就懷疑他們結黨營私，三位來東都這麼些時日，難道還不知曉嗎？」

三人低著頭，思索著顧九思的話。

這些話都說到了三人心裡去。

奪人髮妻、懷疑打壓，這都是最近他們遭遇的。

見三人不做聲，顧九思接著道：「我時間不多，便開門見山吧。三位大人，范玉並非一個好君主，為了逼迫周大人消耗兵力，他在劉行知攻打豫州時特地將你們調離東都，想逼迫周大人去豫州。」

「劉行知打過來了？」楊輝震驚。

顧九思挑眉：「哦，你們還不知道？我還以為，三位大人是做好割讓國土，賣國求榮的準備了？」

「你放屁！」韋達誠怒喝：「你才賣國求榮。」

「既然不是賣國求榮，」顧九思冷下聲來，將酒杯重重往桌上一磕，「三位將軍不守好前線，來東都做什麼？就算換了周大人做天子，大夏還是大夏，難道又會虧待你們了？」

「陛下是先帝唯一的血脈，」司馬南冷聲開口，「先帝對我等有知遇之恩，我們不能坐視不理。」

「懂，」顧九思嘲諷開口，「賣國衛君，忠義！」

「你！」韋達誠拍桌子指向顧九思，似要打他，司馬南和楊輝頓時攔住了他，司馬南道：「不要衝動。」

「對，」顧九思笑道：「不要衝動，監視你們的人還在外面聽著呢。」

「監視？」韋達誠冷下臉來。

顧九思將酒一口飲盡，玩弄著手中酒杯道：「是呀，難道三位不知，三位身邊都是洛子商和范玉的探子，從你們進這個店，我進這個店開始，他們便已經盯著了。你們同我在這屋中『密謀』這麼久，你覺得傳到他們耳裡，陛下如何想你們？」

「我殺了你！」這次韋達誠真的忍不住了，他們本就被范玉猜忌著，若出了這事兒，當真是跳進黃河也洗不清了。

他一把拔了劍，指向顧九思，顧九思豁然起身，迎著劍鋒道：「來！」

他這一番動作，將三人嚇到了，顧九思死死盯著韋達誠，往前踏去道：「朝著我胸口來。我告訴你們殺了我會發生什麼，最多後日，周高朗便會來東都，你們兩軍在東都會戰，而我的兄弟沈明，一人獨帶八萬人在前線抗敵。你們這些人為了權勢你死我活，只有我的兄弟，一個人不顧生死，保全豫州！」

「等前線八萬大軍扛不住之後，他們只能退守守南關，但洛子商在守南關上方黃河埋下炸藥，只要大夏士兵退入守南關，黃河馬上就會被炸開口子，大夏將有百萬子民受災，這時候，前線軍隊，便是全線潰敗。」

「丟了守南關後，從守南關到達東都，一馬平川，劉行知可以帶著大軍一路夜奔突襲，三日抵達東都，這時候，我們大夏兩支精銳鬥了個你死我活，劉行知不費吹灰之力，便可奪下東都。到時候，你們再到黃泉路上見先帝，同先帝說一句，你們沒有辜負陛下，為了保護陛下，國，你們賣了，大夏，你們滅了，百姓，你們害了，你們看看，到時候先帝會不會覺得你們做的對！」

這些話讓三人臉色蒼白，顧九思仍舊道：「要是陛下覺得這樣做是對的，便不會留下天子劍予我，更不會留下陛下失德可廢的遺詔了。」

「那你的意思，」司馬南找回幾分理智，終於道：「洛子商是劉行知的奸細？」

「你以為呢？」顧九思嗤笑，「不是奸細，會在黃河動手腳？」

司馬南沒說話了，這時候外面傳來急促的腳步聲，顧九思聽見傳來三聲敲門響聲，起身道：「你們可以好好想想，反正，今日之後，你們也沒多少命可活了。」

「你什麼意思！」

顧九思起身走到窗邊，楊輝見他要走，及忙開口，顧九思推開窗，看著外面舉弓對著自己的天羅地網，他脫下袍子，轉頭朝著三人笑了笑，「你們以為，與我密談這麼久，如此關鍵時刻，范玉還容得下你們？」

說完，他將袍子一甩，大聲道：「好好想想，想清楚了找我！」

那一刻，顧九思一步踏出窗戶，箭矢如雨而來，顧九思長袍一甩，攔下了第一波箭雨，而後便聽旁邊慘叫聲此起彼伏，那些站在高處射箭的人被暗處的箭矢所傷。

「抓人！他不只一個人！」

有人大喊起來，顧九思落到地上，回頭看了追來的人一眼，嗤笑一聲，便提劍朝著前方狂奔出去。

到處都是追他的人，到處都是暗箭，他跑過的地方設置著機關，追他的人很快就慢了下去，顧九思衝進一條巷子，掀開竹筐，打開一條地道的門，便跳了進去。

沒了片刻，外面便傳來腳步聲，那些人翻找過一條街，而這時候，顧九思從密道裡爬出來，換了身衣服和裝束，便大搖大擺的離開，重新回西風樓。

回到西風樓後，江河坐在書桌前看著紙條，面色凝重。

顧九思挑了挑眉：「怎麼愁眉苦臉的？」

江河抬眼，神色凝重：「秦城破了。」

「你說什麼？」顧九思震驚回頭。

江河抿了抿唇，重複道：「秦城破了，沈明正在退守到守南關。」

第二十五章　魂護蒼生

此番劉行知帶了三十萬大軍，八萬軍力在毫無天險的地方能堅守這麼久，已經很不容易。

「可今日清晨才說還能撐五日，怎麼晚上……」顧九思有些不解。

江河嘆了口氣道：「再繼續待在秦城，八萬大軍怕是要盡滅。而劉行知之前已經放過話，凡他行軍之城，若不投誠，便屠盡全城。因為沈明強行抵抗了這些時日，劉行知早已積怨難消，等他破門入秦城，秦城便是雞犬不留。於是昨日清晨，沈明得了玉茹已經找到了洛子商做手腳的位置的消息，便立刻安排百姓退入了守南關。因為城門已經有了破損，至多再一日，秦城必破無疑，若到時候再退，秦城百姓就保不住了。」

顧九思聽到是柳玉茹找到了，放心了不少，立刻道：「那如今什麼情況？玉茹把炸藥都拆了嗎？」

聽到這話，江河搖了搖頭。

他們如今書信往來都是飛鴿傳書，三州距離不遠，用鴿子傳送書信，豫州距離東都不過一天一夜，而永州到豫州更是不過一天。而永州到東都則需一天一夜。

江河將信交給顧九思，解釋道：「不是炸藥，詳細情況你看吧。」

顧九思急急拿了書信過來，沈明書信中說明了他那邊的情況，同時永州來的書信也說明了柳玉茹的情況和打算。

顧九思算了算時間，按著這個書信的時間來看，沈明應當是在昨日清晨退守守南關，他不可能一下子撤退，必然要安置百姓，這樣一來，那至多在今日，他便已經退到守南關。

而柳玉茹在前天夜裡開始著手解決黃河上的磚板，如果進程順利，明日清晨之前，她便能解決黃河問題。

周高朗明日進東都……

顧九思在腦海裡將一切思索了一圈後，睜開眼睛，立刻道：「通知西鳳，讓陛下今夜宮中設宴，邀請三位將軍！」

「你要動手了？」江河即刻明白顧九思的意思。

顧九思點頭道：「來不及了，若我們再不動手，就是其他人動手了。」

江河應了一聲，顧九思接著道：「將你的人叫上，也將我的人叫上，今日晚上，只要宮中動手，立刻安排將百姓送出去安置。」

「你要百姓出東都？」江河皺起眉頭，「一夜之間全部送出去，你可知東都有近百萬人？」

「我知。」顧九思點頭道：「所以要廣開所有城門，十戶為一組，讓各組有序組織，儘快疏散出去。」

「疏散後又安置在哪裡？」

「城郊青桐山，我已讓人備好帳篷糧食，臨河還有水源。」

「一晚疏散不完。」江河果斷開口。

顧九思冷靜道：「我會儘量爭取時間。」說著，他抬眼看著江河，「疏散百姓只是保險之舉，但是，我一定會讓周家人下馬入東都。」

只有周家軍隊下馬入東都，才能控制住軍隊，讓東都免遭一劫。

江河沉默片刻後，點頭道：「我明瞭，這就去找西鳳。」

江河讓人通知了宮裡的線人，由宮裡線人傳訊給西鳳。

此時西鳳正在庭院之中，范玉去同洛子商議事。

她自從入宮以來，與范玉幾乎是形影不離，而洛子商此番前來，面色沉重，而且不准任何人靠近他們的談話，這才將西鳳放在庭院中。

西鳳在庭院中摘了片葉子，翻轉著手中樹葉，內殿之中，范玉撐著下巴，看著洛子商道：「人都出現在東都了，你卻抓不到？」

洛子商心中有些不安，只能道：「顧九思不是一個人，他必定有諸多黨羽……」

「朕聽你說廢話？」范玉叱喝：「朕要的是人！顧九思都來東都了，見著韋達誠這批人了，你還抓不到人，朕要你又有什麼用！」

說著，范玉站起身，雙手背在身後，急促道：「如今既然顧九思見著了他們，豫州的消息必然傳到他們耳裡了。你說他們還會不會向著朕？」

洛子商沒說話，他靜靜站在一旁，范玉見他不說話，他嘲諷地笑起來：「不說話了？不說你會保護朕了？當初你口口聲聲要朕廢了內閣，說你會以揚州之力鼎力支持朕，如今呢？」

范玉大吼，從旁邊取了東西就往洛子商身上砸，一面砸一面怒道：「你連一個揚州都守不住！揚州沒了，我們就靠著這三位，你如今連這三位都看管不好讓顧九思抓了機會。楊輝好色、韋達誠貪財、司馬南又是顆牆頭草，他們聯合著周高朗反了怎麼辦？怎麼辦！」

「陛下！」

洛子商被他用東西砸得受不了，猛地喝了一聲，范玉被這一聲陛下震住，洛子商冷冷看著他，那雙眼裡帶著血性，讓范玉心中一陣哆嗦，隨後就見洛子商低下身，撿了東西，平靜道：「陛下，如今三位大將什麼都沒說，也什麼都沒做。豫州的消息他們早晚會知道，不足以讓他們為此辜負先帝。周高朗馬上就要到了，三位將軍就算要去救豫州，也會保護好陛下之後再去。」

「那萬一……」

「陛下有得選嗎？」

洛子商看著他，這話把范玉問愣了，片刻後，他頹然地坐在金座上，抬起手捂住自己的臉，似是有些疲憊。洛子商走上前，將撿來的東西放在范玉身側，淡道：「陛下，如今您除了好好信任三位將軍，已經沒有其他能做的了。」

「洛子商……」范玉顫抖出聲：「你害我……」

聽到這話，洛子商彎起嘴角，轉頭看著范玉，溫和道：「陛下，不是臣害您，臣所作所為，哪一件，不是陛下心中所想？」

「您不想被內閣管束，不想被他們控制，也不想像先帝所期望那樣，勵精圖治，好好守護他打下的江山。」洛子商慢慢道：「走到這一步，不是臣害您，是您不認命，可不認命要有本事呀。」

范玉顫抖著身子，他抬起頭，冷冷地看著洛子商，「你說朕無能。」

洛子商面上毫無畏懼，溫和道：「臣不敢。」

范玉猛地抬手，一巴掌抽在洛子商臉上，怒道：「朕告訴你，」他指著洛子商喘著粗氣道：「朕死了，便要你第一個陪葬！」

洛子商聽到這話，抬手捂住自己被搧過的臉，看著范玉道：「陛下息怒，是臣失言。還望陛下大局為重，如今穩住三位將軍才是。」

「滾！」范玉指著門口道：「你給朕滾！」

洛子商也沒有糾結，朝著范玉行了一禮，便轉身退開。

等洛子商走了，西鳳聽到聲音，領著人進了大殿中，一進入殿中，便看見范軒坐在皇位上，正低著頭，瑟瑟發抖。西鳳立刻同所有人道：「退下！」

大夥兒見著范玉的模樣，趕忙退了下去，西鳳什麼話都沒說，走上前去，將范玉攬在懷中，梳理著范玉的髮絲，一言不發。

范玉的眼淚滑落在她的皮膚上，但他的顫抖卻在她的安撫下止住了，他靠著西鳳，感覺到從未有過的安寧。

「他們都想要朕死。」他帶著哭腔低喃出聲，「誰都恨不得朕死。」

「陛下莫怕，」西鳳溫柔道：「臣妾在這裡陪著您。」

范玉聽著西鳳的話，慢慢緩了下來。許久後，他突然道：「我該怎麼辦？」

西鳳想了想，斟酌著道：「其實陛下如今，也沒什麼選擇，只能全堵在三位將軍上了。不如宴請三位將軍，好好聊一聊，讓三位將軍知道陛下對他們的愛惜之心。」

范玉不說話，他在思索，好久後，嘆息了一聲：「也只能如此吧。」

說著，范玉直起身，同外面人道：「傳令，今夜宮中設宴，邀請三位將軍！」

范玉的消息剛傳出去，洛子商和顧九思等人便知曉了。顧九思召集了城中有的人，虎子來東都以來，混得不錯，有了許多兄弟，而柳玉茹早先建立的東都線人中也有不少人，加上江河的人以及顧九思在朝中有的可靠門生，全部舉起來，竟然也有近千人。

范玉要設宴，宮中便開始忙碌，而這時候，顧九思在城外別莊將這些人全都召集起來。

這些人有些是頭一次見，但大多數面孔他都見過，他們男男女女，有華衣錦服的商人，有粗布草鞋的乞丐，有玉冠白衣的朝中新秀，有輕紗金簪的青樓女子，也有平日裡看上去溫婉清秀的閨秀，白髮蒼蒼的老嫗。

他們從內院一路站到外院，顧九思在內院高臺之上，放了一個祭桌，祭桌上方，供奉著天子劍與香爐，還有兩杯水酒，江河站在他身側，也是少有的鄭重模樣。

高臺之下，侍從給每個人一杯酒，顧九思站在高處看著，朗聲出口：「諸位，此時我等立於院中，手執水酒，可諸位可知，東都南境前線，劉行知已帶三十萬人馬，強攻豫州？」

「知！」

所有人齊聲回答，如今局勢，在場眾人，大多明白。

顧九思接著道：「那諸位又可知，劉行知下令，凡他行軍過路，若不開城投誠，他便屠盡滿城人？」

這話讓所有人頗為震驚，人群中有個青年捏緊酒杯，咬牙道：「知道。」

顧九思抬眼看去，那是他當初在科舉之中選出來的門生，如今在朝中兵部任職。顧九思朝他輕輕點了點頭，算作示意，隨後接著道：「那大家知不知道，周高朗已許諾三軍，若入東都城中，可劫掠三日？」

所有人不說話，然而這個消息，從他們開始做事起就已知道，他們目光灼灼地看著顧九思，顧九思繼續道：「周高朗明日便將入東都，若我們不阻止他，讓他強行入城，東都必將生靈塗炭，百姓受災。而若我們以軍隊阻他，我大夏兩隻精銳內戰於東都，不出兩月，劉行知便可攻入東都，屆時，大夏便再無還擊之力。而劉行知對待子民如豬狗，我等怎可讓大夏江山，落於此等人手？讓先帝心血，廢於大夏內耗之中？」

「今夜宮中設宴，我將與江大人、宮中義士配合，取得東都的控制權，而當諸位見宮中燃起信號彈後，便勞煩諸位，將百姓迅速疏散於城郊。」

「明日清晨，我將於城外阻攔周軍，若成，我回來再見諸位兄弟姐妹，若不成，」顧九思掃向眾人，冷靜道：「來年清明，還望諸位，薄酒一杯，以慰亡魂。」

聽到這話，所有人捏緊手中酒杯，目光落在顧九思身上，那些目光帶著玉石俱焚般的剛毅，而顧九思舉起杯來，抬頭看向遠方，揚聲道：「皇天在上，厚土在下，我等今日在此立誓，為大夏國運，百姓興亡，無論男女、老幼、貧賤、尊卑、均人盡其能，生死不論，」說著，顧九思目光巡過所有人堅毅的面容，沉聲道：「今夜我等，以血護東都！」

說完，顧九思將酒一飲而盡，而後擲於腳下，脆響聲在庭院一一響起，彷彿是每一個人的決心，一一定下。

酒罷，顧九思朝著所有人作揖行禮，而所有人也鄭重回了禮，之後與旁邊的人行過禮後，便根據早已分下的任務，一個個從莊子裡走了出去。

顧九思目送他們離開，此時已是夕陽西下，顧九思看向江河，江河目光落在顧九思身上，好久後，他笑起來道：「走吧。」

顧九思這邊已經準備好人手，而洛府之中，洛子商看著坐在大堂上的人，他一一掃過所有人，平靜道：「諸位跟我，已經多年。我等從泥濘爬到這高位，歷經生死無數，可這一次，卻當真是生死賭命。今夜顧九思江河必入宮中，我們若是事成，東都大戰在所難免，南帝與我的承諾也將繼續下去，雖拿不到這江山，但也算東山再起。最重要的是，也算為阿嗚，」洛子商頓了頓，片刻後，他克制著情緒，一字一句，說得無比清晰，「報仇雪恨。」

「若不成，」洛子商輕笑，「今夜你我，難逃一死，諸位可懼之？」

「本就命如草芥，」鳴一聲音平淡，低頭看著手中水酒，無奈道：「生死又有何懼？況且有諸位兄弟陪著，」鳴一掃過眾人，笑道：「黃泉路上，也不孤單了。」

得了這話，所有人笑出聲，洛子商眼中帶了一絲暖意，他抬手舉杯，朗聲道：「來，今夜若是共赴黃泉，算是生前一杯送行酒；今夜若是春風得意，便算一杯慶功酒。」

「毋問生平多少事，」洛子商笑出聲來，「不過墳頭酒一杯。」

「諸位兄弟，來！」

太陽慢慢落下，東都之內，似如月光下的長河，面上風平浪靜，內裡波濤洶湧。

而永州黃河段，黑夜沉沉，不見星月。

河堤上人來人往，柳玉茹站在一旁盯著工程。

因為鐵鍊一時找不到這麼長這麼合適的，只能到處拚湊，然後重新熔鍛，直到今日下午，才將鐵鍊材料送齊過來。

而在材料送齊之前，他們一面用已有的材料下水作業綁住那些磚板，一面用多餘的人開始加固堤防。

李先生看著所有人的動作，面上頗為憂慮，柳玉茹不由得道：「李先生，你似乎面色不佳，可是有心事？」

李先生聽到柳玉茹的話，撚著鬍子，嘆了口氣道：「夫人，我怕今夜是不能繼續了。」

「為何？」柳玉茹有些疑惑。

李先生指了指天上道：「怕有風雨啊。」

如今八月本是汛期，此刻水位到底線，若是大雨，怕是高位水線也要破。

柳玉茹抿了抿唇，頗為憂慮道：「我方才收到沈將軍那邊的消息，他們已經入了守南關，我們這邊是半點差池都不能有了。」

說著，柳玉茹嘆了口氣：「若當真不行，便等改日水位下去吧。」

兩人正說著話，便聽見木南跑來道：「夫人，樁都已經打好了。」

柳玉茹聽到這話，和李先生立刻趕了過去。

要固定這個磚板，最重要的就是要固定好河中的根基，他們在河中打樁，也是在打樁的時候，才發現，原來這三十丈之所以是平的，原因是每一個磚板的高度不一樣，每一個磚板下面，都有一根鐵棍，這些鐵棍高低不一樣，又極其鋒利，形成了十段槓桿。

也就是說，一旦有一個磚板繩子割破，磚板散開，上方的力就會改變，上方的力改變，它下方壓著的鐵棍便會移動，然後用鋒利的邊刃割斷第二個磚板的繩子。

這樣的設置讓十個磚板連成一體，只要有一根繩子斷掉，十根繩子都會逐一斷掉。這個設置十分精妙，柳玉茹拆卸不掉，只能讓人用棉布包裹住利刃的地方，但卻又發現，這個利刃對住的繩子的部分，繩子極易割斷，哪怕她這樣做，不過是拖延一下時間而已。

最後的關鍵，還是要回歸到保證磚板絕對的穩定。

打樁是最難的，如今樁打好了，剩下用鐵鍊綁上磚板這一項工作。柳玉茹高興問向李先生道：「這樣一來若是動作快些，是不是雨到之前便能弄好了？」

「的確。」李先生笑起來，「大家辛苦了，趕忙做完，也算安心。」

所有人笑了，而後便按著原來的法子，二十個人為一組，拴著一個人下去，下水之後全憑摸索，兩個人配合著綁一塊磚板，因為磚板體積大，又無法看見，要綁上便格外艱難，只能反復重複著綁一部分，上到水面呼吸，再下水綁，再回來呼吸這樣的過程。

柳玉茹一次綁五個磚板，光在這一件事上，就要耗費兩百多人，而其他剩下的人，便在一旁接著固堤。

柳玉茹、李先生、傅寶元緊張地看著他們下河，然而就是十個人下河這一瞬間，周邊猛地射出無數利箭，在岸上拉著人的人頓時死傷不少，柳玉茹反應最快，衝上前去一把抓住一個往下帶的繩子，大喝道：「抓繩子，抓人！」

場景一時間混亂起來，靠著繩子近的河工立刻衝上前抓住了繩子，而木南則帶著侍衛朝著旁邊密林裡猛地奔了過去。

箭雨四處飛梭，不知道哪裡來的殺手拚命往河堤上奔，李先生看著他們的目的，大聲道：「他們要砍繩子！」

事實上，不用李先生提醒，所有人也意識到他們的方向，木南帶著侍衛拚死阻止，對方目標十分明確，而柳玉茹則是冷靜大喊著：「不要慌，繼續！」

繼續，今夜黃河絕不能丟。

柳玉茹死死抓著麻繩，麻繩的力道在她手上磨出血來，她咬著牙，在一群河工之中，和所有人一起用著力。

如今大家慌了神，只能茫然聽著她的吩咐，理智讓眾人知道，此刻不能不管，於是河工圍在他們旁邊，二十個人一旦有一個人倒下，外層的河工立刻補上，而河堤旁邊更是所有人層層把守在那裡，無論如何都不讓那些殺手更近一步。

場面亂哄哄一片，黃河奔騰的聲音在便上咆哮，柳玉茹前方的人被箭射中，鮮血噴了她一臉，她的手顫顫發抖，卻還是朝著旁邊冷靜大喝：「補上！」

周邊都是打鬥聲，不斷有人死去，血水落入泥土，在夜色中根本看不見痕跡，柳玉茹死死盯著前方，眼裡只有黃河奔騰不休之勢，朝著下游一路狂奔不止。

也不知道過了多久，終於有了第一聲：「好了！」

第一個磚板，終於綁好了！

綁好了第一個，很快就有第二個、第三個。

然而似乎也是這聲好了，澈底刺激了那些殺手，殺手竟是不管不顧，朝著河床上發起進攻。

所有人衝上去想攔住他們，可這些殺手卻是迎著刀刃都沒有後退，這樣不顧生死的氣魄，終於破開了一個口子，隨後便見一個殺手衝到還未有人下水的那個磚板面前，抬手便砍了下去！

柳玉茹目眥盡裂，怒喝出聲：「不——！」

就是那一瞬間，十幾人的刀劍貫穿了殺手的胸口，殺手一腳踹向木南，而後落入滾滾長河之中。

他砍斷繩子的效果在他落水片刻後傳來，所有人感覺到地面開始顫動，李先生立刻大喊：「跑！快跑！很快要下雨了，堤壩扛不住！」

所有人瘋狂奔跑，柳玉茹在一片混亂之間，呆呆看著黃河。

她沒保住黃河……

堤壩，最後還是要塌了。

堤壩塌了怎麼辦？

堤壩破後，黃河會一路往南改道奔流而去，沒有河道，它便會成為最凶猛的惡獸。

下方就是天守關，如今沈明還剩五萬人，以及天守關幾十萬百姓，全都在那裡。除去天守關，若是這裡決堤，受災將有百萬人之眾，而洪災之後，又遇戰亂，到時百姓吃什麼？

柳玉茹愣愣看著河水一下一下衝擊著堤壩，板磚散開地方的土壤逐漸消失。

天空開始落下雨滴，木南衝到柳玉茹面前，著急道：「夫人，走吧，黃河保不住了！」

「不能走……」柳玉茹張口出聲，木南愣了愣，柳玉茹卻是下定了決心，猛地回頭，朝著所有人道：「不能走！」

這一聲大喝讓所有人愣住，大家看著柳玉茹，柳玉茹看著傅寶元，質問道：「我們若是走，黃河決堤了，永州怎麼辦？豫州怎麼辦？下面百萬百姓，怎麼辦？」

「夫人，」李先生焦急，「現在黃河不塌是因為我們之前加防，且此刻還沒有下雨，若是下雨了，此處堤壩必毀。」

「毀了之後呢？」柳玉茹盯著李先生：「不管了嗎？」

這話把李先生問愣了，柳玉茹繼續道：「現在跑了，我們又能跑到哪裡去？現在跑了，日後諸位想起來，能睡得安穩嗎？」

說著，柳玉茹也不多說，立刻道：「重新安排人，立刻加防，通知周邊所有村民百姓，全部過來。分成三組人動工，第一組去找石頭，在河床板磚位置重新投石，五個磚板已經固定好，剩下五個還沒有全部散開，我們還有加防的時間。」

柳玉茹一面說，一面冷靜下來：「第二組人開始填補周邊，多加沙袋實土。」

「第三組人幫忙運送沙袋實土，同時注意好，一旦有哪個地方被沖毀，便手把手站過去，減緩水流速度，為其他人爭取修補時間。」

所有人不說話，柳玉茹看向眾人，怒道：「快動手啊！等著做什麼？看堤壩怎麼垮的嗎？」

「夫人……」有一個人終於開口，顫顫巍巍道：「我……我兒子才三歲，家裡還有老人……」

「你可以回去，」柳玉茹平靜看著他，「我不攔你，可你自己要想清楚，若是今夜堤壩塌了，豫州就會被攻陷，至此戰亂無休，以如今國庫空虛，怕將有至少兩年災荒，你今日能回家帶著家裡人躲過洪災，你躲得過後面的饑荒和戰亂嗎？」

所有人沒有說話，柳玉茹一一掃過眾人：「如今堤壩還沒垮，哪怕垮了，我們也有機會。今日不用命護住黃河，你們就要記住，日後大夏幾百萬百姓命運之顛沛，都因為你們。你們至此寢食難安，而你們的家人也將一直受災。」

「誰都有家人，」柳玉茹紅了眼，可她克制住情緒，捏著拳頭，啞聲道：「我女兒還沒有一歲，我家中還有三位老人，我丈夫生死未卜，舉家都靠著我。可我今日不會走。」

說著，柳玉茹轉過身，從地上奮力撿起一筐石子，咬牙走向堤壩：「我今日便是死，也要死在黃河。」

她很纖弱。

不似北方女子英姿颯爽，柔韌，是這個女子給人的第一印象。而此刻她艱難搬運著石子，她的背影和身軀，讓所有人感受到無聲的力量。

一種面對自然、面對一切苦難、面對命運，沉默卻堅定的力量。

她僅僅是一個人，可卻敢搬著石頭，一步一步走向那怒吼著的大河，意圖用這些石頭，去對抗自然那令人臣服的力量。

「我留下。」傅寶元突然出聲，他跟在柳玉茹後面，也去運輸這些石頭。

隨著傅寶元出聲，一個又一個人轉過身去。

「我留下。」

「我留下。」

「我也留下。」

大家一個個有序的走向堤壩，李先生靜靜看著，輕嘆一聲，終於道：「既然都留下，我也留下吧。」

天空開始落雨，雨滴落到了守南關。

葉韻伸出手，接住一滴雨，疲憊道：「下雨了。」

「妳去休息吧。」沈明笨拙地替她加了一件披風，幫她繫上帶子，平靜道：「妳也趕好久的路了，得去睡一覺。」

「百姓都入城了。」葉韻低著頭，卻是不說睡覺的事，只是道：「守南關的軍械存糧我也清點好了。」

「我知道我知道。」沈明拿她沒辦法，「所以姑奶奶您趕緊去睡吧。」

「我睡不著。」葉韻搖了搖頭。

沈明不說話，許久後，看著一直低著頭的人，終於道：「你在害怕？」

「玉茹修好黃河的消息一日不傳來，」葉韻抿唇道：「我就一日睡不著。」

沈明沉默著，風吹過來，葉韻的披風在風裡翻飛作響，好久後，沈明才道：「妳別擔心，如果洪水真的來了，我水性很好，會保護妳的。」

聽到這話，葉韻忍不住笑出聲，抬眼看他，她的眼在夜色裡亮晶晶的。

沈明認識她的時候，她已是一個端莊的大家閨秀，眼裡總是瀰漫著一股說不出的暮氣，彷彿走過了萬水千山的老人，眼中了無生機。所以他總愛逗弄她，只有在她罵他的時候，他才會覺得，這個人有了幾分小姑娘的樣子。

然而如今她只要站在他面前，哪怕烽火連天，她都時時刻刻明媚又耀眼，彷彿柳玉茹曾經和他描述過那個樣子。

他忍不住上前了一步，突然道：「葉韻。」

葉韻挑眉，「嗯？」

「和我來戰場，妳後不後悔？」

這話把葉韻問愣了，沈明接著道：「妳吃不好，穿不暖，顛沛流離，連一個好覺都沒有……」

「那又怎樣呢？」葉韻笑咪咪瞧著他。

沈明有些躊躇道：「妳過得不好。」

「可是我有你啊。」葉韻驟然出聲，沈明愣在原地。城樓上狂風獵獵，葉韻上前一步，抱住沈明。

「我不後悔跟著你來戰場，沈明，和你一起奮戰的時候，我什麼都忘了。」

忘了曾經的屈辱，忘了噁心的記憶，忘了自己對前程的擔憂，忘了對這世界絕望又陰暗的懷疑。

只剩下同這個人一般單純又直率的認知，立於這個世界，從此走出後宅方寸，知道天高海闊。

如果說柳玉茹教會她一個女人可以獨立而行，那沈明則教會她，一個女人也該心懷天地。

「明日，若是劉行知攻打過來，我們不能退。」

「我知道，」葉韻溫柔出聲，「如果同你死在一起，我願意的。」

沈明聽著這話，猶豫著伸出手，抱住葉韻柔軟的肩頭。

她紅色的披風被風吹著拍打到他身上，將他也包裹住。

沈明死死抱住葉韻，低啞出聲：「我想娶妳。」

「等回去，」他沙啞道：「我一定要娶妳。」

葉韻不說話，靠在沈明胸口的時候，她閉上眼，聞著他身上的血腥氣，突然覺得，一生所有動盪流離，所有痛苦不安，都化成了一段段記憶，散落在她的生命裡。

執著的回憶，所有過往都會成為牢籠。

只有將苦難化為記憶的那一刻，這些過往才是成長。

今日之葉韻生於烈火，雖然再選一次，她也想能順順當當，但是若無法選擇，她亦感激這一場修行，讓她跋涉而過，終成圓滿。

雨滴啪嗒啪嗒落下來，葉韻閉上眼睛。

而此刻東都內宮之中，韋達誠、楊輝、司馬南已經穿戴好，準備出府赴宴。

只是楊輝剛準備出門時，外面傳來了急促的敲門，楊輝打開大門，便看見西鳳穿了一身黑色的袍子站在門口。

她見了他，眼裡全是惶恐，楊輝看清西鳳的臉，愣了愣道：「西鳳？」

西鳳一言不發，猛地撲進楊輝懷裡，楊輝毫不猶豫將美人攬入府中，讓人關了門，隨後便想推開西鳳。

可西鳳在他懷裡瑟瑟發抖，他一時心軟，竟是不知道該怎麼辦了。他嘆了口氣道：「娘娘，您這是……」

「不要進宮……」西鳳顫抖著聲開口。

楊輝一聽此話，頓時冷了臉，隨後道：「妳說什麼？」

「陛下……」西鳳抬眼看他，眼裡蓄滿了眼淚，「陛下想殺你啊！」

楊輝猛地愣住，而後一道閃電在空中劈過。

風雨交加。

今夜今時，大夏國土，好兒郎以血護東都，以死守黃河，以魂護蒼生！

第二十六章　盛世長歌

楊輝很快冷靜下來，他掃了旁邊的管家一眼，隨後攬著哭得梨花帶雨的西鳳道：「妳先進來，慢慢說。」

西鳳跟著楊輝進了屋中，他將所有人攔在門外，關上大門，只留下西鳳同他在屋中，隨後急切道：「妳說陛下想殺我？」

西鳳哭著點頭，楊輝皺起眉頭，「他為何要殺我？」

「我……我也不明白。」西鳳搖搖頭道：「我今日午時給陛下送湯，聽見陛下在砸東西，說什麼……他們也同張鈺葉青文一樣找死，然後吩咐人在今夜宮宴上準備了毒酒，說你們是聽不懂話的奴才……還說什麼，要嫁禍顧九思！」

西鳳說著，皺起眉頭道：「顧大人這樣的風流人物我倒是聽過的，可是他不是早就逃到幽州去了嗎？陛下的意思我實在不明白，可我知道，」西鳳有些急切地抬手抓住楊輝的袖子，焦急道：「如今宮中已經到處是兵馬，你去不得啊！」

「既然到處是兵馬，」楊輝警惕道：「妳又是如何出來的？」

西鳳聽到這話，愣了愣，片刻後，她顫抖著站起來，不敢置信道：「你懷疑我？」

「不……我……」

話沒說完，西鳳抓著杯子就往他身上砸了過去，然後撿什麼東西就往他身上砸，一面砸一面哭道：「你懷疑我！你竟然懷疑我！我為了你連貴妃都不當，拿了所有錢財偽裝成宮女出來，你竟然還懷疑我！」

「西鳳！」楊輝一把抓住西鳳的手，急切道：「我不是這個意思！妳說的事太過重大，我得好好想想！」

「不要進宮而已！」西鳳哭著道：「我就想讓你活著而已，有這麼難嗎？」

這話讓楊輝微微一愣，西鳳哭得上氣不接下氣，似是力竭，慢慢滑了下去，楊輝愣愣看著她滑落在地上，低低啜泣，腦海裡閃過許多。

西鳳的話，西鳳不明白，他卻是明白的。

和張鈺葉青文一樣找死……

嫁禍顧九思……

無非就是，皇帝對他們起了殺心。

一開始司馬南、韋達誠收了顧九思的胭脂，而後來皇帝為了敲打他收了西鳳，以范玉之多疑，做完之後，又開始怕他們有反心。如今周高朗入東都在即，顧九思又出現在東都和他們三個人密會，范玉怕是決定破釜沉舟，將他們殺了之後嫁禍給顧九思，然後讓他們的屬下因仇恨與周高朗拚個你死我活保住東都。

楊輝在西鳳的哭聲裡久久不言，他感覺自己被逼到了絕路上，如今，無論他反與不反，范玉心中，他和韋達誠、司馬南也都成為了逆賊，哪怕今夜不殺他，或許也只是因為用得著他們。

張鈺和葉青文的死敲打著他們，而顧九思那一番話，更是說在他們的心坎上。他們是為了報效范軒保住范玉，可若是范軒已經留下了廢帝的遺詔，是不是說明，在范軒心中，大夏比他的血脈更重要？

而一個願意賣國以求內穩的帝王，又怎麼會是范軒心中要的繼承人？最重要的是，豫州是他們三個人的根基，范玉將豫州讓給劉行知，讓的，是他們三位將軍的根基，哪怕今日他們扛過了周高朗，抵禦了劉行知，未來，他們只剩下殘兵老將，范玉的心性，真的會饒過如今諸多猜忌的他們嗎？

楊輝慢慢閉上眼睛，許久後，他嘆了口氣道：「妳莫哭了，我會想辦法。」

「你不入宮？」

「入。」

「那你……」

「我不會死。」

楊輝搖搖頭，他將西鳳扶起來，替她擦拭眼淚，「妳跑出來了，便跑出來了，我現下讓人送妳出城，若有以後，我再讓人來接妳。」

西鳳呆呆看著楊輝，楊輝笑了笑，抱了抱她，隨後道：「妳還年輕，別死心眼，走吧。」

說著，便領著西鳳走出了屋子，西鳳還沒反應過來，等他將她送到馬車上時，她才猛地回神，抓住楊輝，有些緊張道：「會打仗嗎？」

「會吧。」楊輝笑著瞧著她，隨後又道：「妳別怕，我是將軍，征戰是常事。」

「那麼，」西鳳少有地慎重看著他，「你會保護百姓，還是天子？」

楊輝沒想到西鳳會問出這樣的問題來，在詫異片刻後，卻是笑了，「妳希望我保護誰呢？」

西鳳抿了抿唇，好久後，才道：「我是百姓，我的父母、親人、朋友，都是百姓。」

楊輝看出西鳳眼裡那一份祈求，他心中微微一蕩，不由得抬起手，覆在她的面頰上，溫柔道：「那我就為了妳，拔這一次劍。」

「以前我護著天子，這一次，我守百姓。」

西鳳靜靜看著楊輝。

其實楊輝生得不錯，他一生浪蕩，三十多歲，看去還帶著幾分二十多歲翩翩公子的風頭，她慣來覺得這個人輕浮，卻在如今發現，再輕浮的人，帶上百姓二字，也會有幾分難以言喻的厚重。

她沒同他調笑，垂下眼，轉過身低啞道：「珍重。」

「走吧。」楊輝輕嘆。

西鳳進了馬車，放下簾子，楊輝站在門口，看著馬車噠噠而去，管家走到他身旁，小聲道：「韋大人和司馬大人都在半路被攔回來了，如今快到了，方大人也已經候在大堂，等著您過去。」

楊輝點點頭。

這位方大人就是之前顧九思派來宴請他們的官員，名為方琴，如今他們要找顧九思，就得從這位方琴下手。

楊輝回了大堂，方琴站起身，朝著楊輝行了個禮，楊輝直接道：「顧九思在哪裡，我要見他。」

「大人是想好了？」方琴笑咪咪開口。

楊輝果斷道：「想好了。」

「那另外兩位大人呢？」

「我會說服他們。」

「那麼，」方琴笑道：「敢問大人若要拿下宮城，需要多長時間？」

聽到這話，楊輝睜大眼，「他是要我們直接反？」

「難道，」方琴有些疑惑道：「楊大人還打算入宮送死嗎？」

楊輝沉默了，許久後，他才道：「我等共有近二十萬兵馬囤於東都，其中城內約有一萬，宮中禁軍五千，今夜攻城，若所有兵馬入東都，至多兩個時辰。」

方琴點了點頭，片刻後，他恭敬道：「那煩請楊大人先用調用兵馬圍住宮城，並抓捕所有從宮中逃脫的人，尤其是洛子商的人。同時控制住城牆打開東都城門，安排百姓出城。顧大人會入內宮說服陛下，若能不起戰火，最好不要起。若到卯時他未出宮，楊大人可直接攻下宮城。」

「為何要安排百姓出城？」楊輝皺起眉頭。

方琴繼續道：「我們這邊的消息，周高朗已經拿下了望東關，若周高朗不休息連夜趕軍，至多明日清晨便會到達東都。明日清晨，顧大人會先和周高朗談判，儘量讓周大人放棄攻打東都，和平入城。若顧大人做不到，屆時無論三位將軍是打算和周大人開戰，還是與周大人聯盟，都至少留東都百姓一命。」

楊輝沉默著，方琴抬眼看向楊輝，「楊大人，你們選擇保東都，還是保豫州，顧大人都不阻攔。可是您至少要給百姓一條生路。」

「我明白了。」楊輝深吸一口氣，「顧大人如此胸襟，楊某佩服，等司馬將軍和韋將軍來後，我會同他們說明。」

方琴聽到這話，朝著楊輝行禮道：「如此，方某替東都百姓，謝過三位將軍。」

兩人說著話，外面傳來司馬南和韋達誠走進門來的消息，兩人急急進了屋中，韋達誠進門便朝著楊輝道：「你說宮裡有埋伏，此事可是真的？」

「八九不離十。」楊輝點頭道：「你可派人入宮一探。」

「不必了。」司馬南開口，另外兩人看向司馬南，司馬南神色平靜，「我今日想了一日，顧九思說得沒錯，我們效忠先帝，可先帝心中，大夏江山比他的血脈重要。范玉割讓豫州，不配為君王。」

「況且，」司馬南掃了另外兩人一眼，「他就算今日不殺我們，來日我們失了豫州，又少了兵馬，等他不需要我們的時候呢？」

他能殺了從小看著他長大的張鈺，對將他視如姪子的周高朗仇恨至此，他們這些人，又算什麼？

三人沉默片刻，楊輝終於道：「我已同顧九思聯繫過了。」

說著，楊輝將顧九思的意思重複了一遍，司馬南斟酌片刻後，點頭道：「就這樣。今夜將百姓送出去，明日，顧九思攔得住周高朗就攔，攔不住周高朗，我們便與周高朗合作，東都……」

司馬南抿了抿唇，終於道：「終究是大夏重要。」

方琴靜靜聽著他們商議，卻是提醒了一句：「但是布防還是必要的，」說著，他笑了笑，「顧大人說了，以防不測。」

司馬南想了想，應聲道：「可。」

幾人商量好後，便出去辦這些事。

報信使者從楊府出發，打馬過街，去了不同的地方。

先是到了城中駐兵的地方，侍衛拿出權杖，高聲道：「三位將軍有令，即刻調兵於宮門前，不得違令！」

隨後另一批人也差不多時間到了城郊，侍衛立於馬上，舉起權杖，揚聲道：「三位將軍有令，今夜東都有變，眾將士隨令入東都，以供差遣！」

兵馬迅速集結，而宮城之中，范玉正興致勃勃指揮著人布置著宮宴。

他今夜打算好好同司馬南、韋達誠、楊輝三個人說一說，為了彰顯心意，他特地親自安排了今晚整個酒宴的布局。

宮人來來往往忙碌著，范玉一面指揮著劉善讓人將花調整著位置，一面道：「貴妃呢？怎麼不見她？」

「娘娘正在來的路上。」劉善笑著，恭敬道：「說今夜宮宴，她要好好打扮。」

「對對對，」范玉高興道：「今夜要鄭重些，讓她不慌，好好打扮著。」

范玉在忙著宮宴，洛子商帶著人慢慢往大殿踱步過去，他一面走，一面詢問鳴一道：「你說楊輝那三個人反了？」

「是。」鳴一恭敬開口，「已經在調兵圍困宮城了，大人，您看如今……」

洛子商沒說話，他閉上眼睛，片刻後，平靜道：「大殿的火藥放好了？」

「放好了。」鳴一立刻道：「按您的意思，用引線連好了。」

洛子商低笑一聲，鳴一有些不明白：「您笑什麼？」

「我沒想到顧九思竟然真的能策反那三個人，」洛子商慢慢睜開眼睛，「他大約也沒想到，我的火藥，從一開始，就沒打算用在黃河。」

說著，洛子商轉過身，「走吧。」

「大人……」鳴一低聲開口，洛子商側眼看他，「嗯？」

「要不，」鳴一抿了抿唇，「我們走吧。」

洛子商不言，他靜靜注視著鳴一，鳴一捏緊劍，抬頭看著洛子商道：「如今三位將軍已經反了，劉行知的大軍還在豫州，我們無論如何都不能再在東都待下去了！」

「你以為，」洛子商平靜道：「我們如今能走嗎？」

說著，他轉過身，有些無奈，「又能去哪裡呢？」

劉行知若是沒有拿下大夏，哪裡又有他們的容身之所？

揚州已經沒了，劉行知進攻若是失敗，必定拿他們出這口惡氣，而東都……今夜之後，也沒了他們的落腳之處。

他除了往前走，除了贏，已經沒有路可以走了。若如今走了，這一生，他都只能被人追殺流竄，再無他日。

他的話讓鳴一愣在原地，鳴一想要反駁，卻不知道怎麼開口，洛子商見他久久沒有出聲，頓住腳步，回過頭去，站在門口的鳴一似是有些茫然，看著鳴一的模樣，洛子商不知道怎麼，驟然想到了蕭鳴。

蕭鳴、問一，他身邊的人，已經一個個遠去了。

他靜靜注視著鳴一，好久後，突然道：「你帶著兄弟們走吧。」

「大人？」

「我逃不了了，」他平靜道：「但你們可以的。你們走吧，去府裡拿點錢，趕緊出城，從此隱姓埋名。若黃河如期決堤，你就拿著我的信物帶著兄弟去投靠劉行知。若黃河沒有決堤，你拿著錢，至此不要再入大夏土地，和兄弟們散了吧。」

「不行，」鳴一皺起眉頭，「我若走了，誰護衛大人？」

「你若不走，」洛子商靜靜看著他，「是想看我死在你面前，還是想我看著你死？」

洛子商說完這話，雙手攏在袖間，轉過身去，平靜道：「走吧，我終究是你主子，你不能如此欺我。」

這話說得重了，鳴一呆呆看著洛子商遠走，洛子商走得很平穩，很快，沒有回頭。

隱入長廊的時候，洛子商突然發現，他終究是孤單一人。

他低笑起來，然後一路步入殿中，走到門口，揚聲道：「陛下！」

所有人同時看過來，劉善眼中閃過一絲冷光，洛子商恭敬行禮，笑著道：「陛下萬歲萬萬歲！」

「洛大人來了。」范玉神色冷淡，「先入座吧，等著三位將軍來了再開席。」

洛子商笑了笑，也不覺得怠慢，應聲入席。

范玉坐在高坐上，自己給自己斟酒，有些無奈地看向劉善道：「三位大人為何還不來？」

「或許是路上被堵著了，」劉善解釋道：「東都夜市繁華，三位大人的馬車或許被堵在半路，奴才讓人去催催。」

「不，」范玉抬手止住劉善的話道：「不用，慢慢等吧，若是將三位大人催煩了，便不好了。」

劉善笑著應了聲，洛子商聽到劉善和范玉的對話，笑著低下頭，也不出聲。劉善看了洛子商一眼，心中頗為不安。

范玉百無聊賴敲打著桌面，又等了一會兒，不滿道：「三位將軍來遲也就罷了，貴妃呢？她也堵路上了？」

「奴才讓人去催催。」

說著，劉善趕緊下去，讓人去催西鳳。

而這時候，西鳳專屬的貴妃馬車正慢慢往前挪動，顧九思身著暗紅色外衫，內著純色白衣，髮絲用布帶束了一半在腦後，挺直了腰背坐在馬車上，他雙膝上平平放著一把劍，純黑色金邊劍鞘，形式古樸莊雅，劍下壓著一本冊子，冊子上沒寫書名，看上去極為厚實。

江河和望萊各自坐在一旁，江河金袍玉冠，搖著扇子道：「你讓我偽造那個冊子，到底是要做什麼？」

「我想試一試。」

「試一試？」江河有些不理解。

顧九思低下頭，拂過手上的冊子，慢慢道：「舅舅，其實如果沒有遇到玉茹，沒有發生這一切，我或許會一直是個紈褲子弟。」

「我不知道人言會傷人，我不知道我無意中一個玩笑會毀掉一個人一輩子，我會用大半輩子，費盡心機和我父親鬥爭，想要向他證明自己。」

江河靜靜聽著，沒有言語，顧九思抬起頭，看著前方晃動的車簾，接著道：「我聽劉善說，陛下在先帝臨死時，最後問先帝的一句，是天下與他，誰更重要。你們或許不明白這句話，可我卻是懂得的，我想陛下，內心之中，其實非常在意先帝。」

「兒子都會很在意父親嗎？」江河垂著眼眸，張合著手中的小扇。

顧九思搖搖頭：「並不是每一個人都會在意自己的父親，可是許多人，會在意自己的人生。」

江河抬眼看向顧九思，顧九思看著江河，聲音中頗有深意，「父母是一個人的起點。」

江河沒說話，許久後，他驟然笑開，「你說得不錯。」

「一件事執著太久，就會成為執念，」顧九思見江河似是明白，收回眼神，慢慢道：「所謂執念，都需要一個結束。」

江河應了一聲，轉過頭去，看著車簾外忽隱忽現的宮牆：「你說得沒錯，」他低喃，「所有的事，都需要一個結束。」

兩人說著，馬車到了大殿門口，他們走下馬車，周邊有人露出詫異的目光。可沒有人敢問話，因為顧九思、江河、望萊三人沒有絲毫畏懼，站得坦坦蕩蕩。

他們一路往大殿之中行去，宮人們認出他們，都是驚疑交加，而殿中舞姬廣袖翻飛，范玉坐在高座上，震驚地看著門口出現的人。

顧九思提著劍，身後跟著江河望萊，跨入大殿之中，他們從舞姬中穿行而過，而後停在大殿中央，三人單膝跪下，朗聲開口：「臣顧九思、江河、望萊，見過陛下！」

如今已是戌時，宮城之外，士兵聚集在一起，圍在宮城之外，守城士兵緊閉宮門，急聲道：「快，傳信給陛下，三位將軍謀反，已將宮城圍住了！」

東都城樓，顧九思的人領著楊輝的士兵衝上城樓，斬斷了繩子，朝著城外已經趕來的士兵大聲道：「入城！三軍奉令入城，膽敢阻攔者，格殺勿論！」

黃河大堤，所有人有條不紊動工，人越來越多，周邊的村民趕了過來，幫忙運送沙袋的，幫忙投石填土的，甚至堵在決堤口……

雨細細下著，一個口子裂開，許多人便站上前，手拉著手扛在水流面前，而後面的人則開始堆沙袋，填石頭。

不斷重複，不斷往前。

柳玉茹在他們後面，跟著其他人一起，往前艱難地搬運著沙袋，傅寶元看著她的模樣，苦笑道：「妳要不走吧？」

柳玉茹抬眼看他，傅寶元同她一起抬著沙袋，小聲道：「錦兒才一歲，萬一九思出了事，家裡還得靠妳。多妳一個不多，少妳一個不少。」

說著，他低著頭道：「雨越來越大了。」

越來越大，而現在決堤的口子也越來越多，等真正的大浪從上游過來，決堤是遲早的事情。

柳玉茹明白他的意思，她搖搖頭：「我讓大家留下，我怎麼能走？」

說著，他們將沙袋放在固定的位置，又折回去搬沙袋，這時候，有人驚呼起來。

「大浪！」

「大浪來了！」

柳玉茹回過頭，便看見上游河水彷彿猛獸一般洶湧而來，雨滴隨之變得凶惡起來，她大喝：「拉好！所有人拉好！」

黃河水湍急而來，守南關上，疾風獵獵。

遠處戰馬聲隆隆響起，隨著軍鼓作響，嘶喊聲沖天而起，沈明立在城頭，頭盔頂上紅纓在風中飄舞，他眺望著駕雨而來的大軍，旁邊葉韻冷靜道：「所有藥材、擔架都準備好，火油也準備好了，你放心。」

葉韻抬眼，看著遠處軍隊，平靜開口，「你受傷，我救你。你死了，我收屍。若他們攻破守南關，我一顆糧食都不會剩給他們。」

沈明轉頭看她一眼，忍不住笑起來，「妳還是這麼果斷。」

葉韻正想回嘴，就看沈明驟然往前一步，大喝出聲：「放箭！」

那一瞬間，千萬火箭照亮夜空，朝著軍隊奔射而去。

大夏最艱難的一場守城戰，至此拉開序幕。

戰場之上聲鼓喧天，東都宮城大殿，卻是安靜如死水。

范玉愣愣看著顧九思，好久後，他才站起來，顫抖著聲道：「你……你怎麼會出現在這裡！」

「來人！」他環顧左右，大聲道：「來人，拿下這個逆賊！」

話剛說完，外面傳來急促的腳步聲，隨後一個侍衛衝進來道：「陛下，不……不好了，士兵把宮城圍了！」

「你說什麼？」范玉震驚，「誰把宮城圍了？」

侍衛跪在地上，喘息著道：「韋達誠、司馬南、楊輝的軍隊，他們如今陳兵在宮外，把整個宮城都圍住了。」

聽到這話，范玉懵了，他下意識看向洛子商，洛子商站起身，雙手交疊放在身前，平靜地看著顧九思道：「顧九思，有什麼話都可以談，你不妨請三位將軍入宮一敘。」

「我很詫異你還在這裡。」顧九思看著洛子商，靜靜審視著他，「你應當已經跑了。」

「你在外面布下天羅地網，」洛子商笑起來，「我若出去，不是自投羅網嗎？」

「你估得倒是不錯。」

「不比顧大人。」

說完之後，兩人靜靜看著對方，一言不發，范玉緊張地看著他們，大聲朝侍衛道：「愣著做什麼？還不把他們抓起來！抓起來啊！」

「陛下，」洛子商從高臺上走下來，提醒范玉道：「他們此刻陳兵在外，我們只要動手，他們便會攻城了。」

說著，洛子商走到顧九思面前，他們兩人身形相仿，連眉目都有幾分相似，洛子商看著顧九思，低笑了一聲：「同你認識這麼久，似乎未曾對弈過一次。」

「的確。」

「手談一局？」

「可。」

顧九思應了聲，隨後看向劉善，將手中冊子遞過去，平靜道：「呈交陛下。」

劉善恭敬走到顧九思面前來，拿過手中冊子，捧著冊子，交給范玉。范玉緊張又惶恐，不敢觸碰這冊子。

宮人端來了棋桌，擺放棋盤，顧九思請洛子商入座，低聲同范玉道：「這是我在幽州時，從先帝故居找到的東西。我想陛下應當想要，便帶了過來。」

聽到是范軒的東西，范玉愣了愣，他定定看著手冊，搖了搖頭，似是想拒絕，顧九思撚起棋來，平靜道：「陛下還是看看吧，或許陛下一直想要的答案，便有了呢？」

范玉聽到這話，看著冊子許久，終於伸出手拿過冊子，打開了。

冊子中是范軒的日誌，寫的是很多年前。

——「今日吾兒臨世，抱之，啼哭不止，怕是不得其法，需專門請教抱孩之術。」

——「為吾兒取名，思慮已有數月，再不得名，怕將以『娃娃』稱之，只得抽籤為定，得名為『玉』，天定為玉，我兒必為如玉君子。」

一句一句，從他出生開始，范玉呆呆看著這從未見過的日誌，一時竟是看癡了。

而顧九思見范玉開始看看冊子，便轉過身，抬手，對著洛子商做了個請的姿勢。

洛子商看了他一眼，點了點頭，落下第一顆棋。

「我本以為我會贏。」棋子落下，他隨之開口，「當年我慫恿劉行知打大夏，但劉行知不敢，我只能答應他成為內應，來到大夏。我早知道未來大夏會強盛，但大夏內部根基太弱，這便是我的機會。我本想，等我控制范玉，然後給劉行知進攻機會，你們鷸蚌相爭，我再漁翁得利。」

洛子商棋風凌厲，他一面說，一面極快落棋，步步緊逼。而顧九思不緊不慢，他的白子被動接招，勉強抵禦著洛子商的進攻，聲音平淡道：「可就是你這一等，給大夏等來了機會。我和玉茹在幽州鼓勵耕種，發展商貿，黃河通航之後，大夏內部商貿發達，永州、幽州都在玉茹組織下，產糧大增。而黃河通航，不僅使大夏快速從原來的內亂中恢復元氣，還解決了幽州到永州段糧草運輸的問題。這使得你們攻打大夏，難度倍增。」

「可我也在黃河上動了手腳，」洛子商繼續道：「黃河決堤，豫州前線便會全殲，你的兵便沒了。」

說著，洛子商困住顧九思的棋子，他提了一子，顧九思在遠處角落落上一子。

「我又以范玉的名義將前線全部調離，屯兵於東都，再設計殺秦婉之，使得周高朗激憤之下攻入東都，大夏兩支精銳決戰於此，最終所留，不過一隊殘兵。」

洛子商再落一子，又提了顧九思一片棋子。顧九思面色不動，再在遠處下了一顆棋子。

「而大夏軍隊以殺伐練軍，哪怕剩下一支殘軍，也能和劉行知打上一打。劉行知行軍戰線太長，從益州到東都，又與東都軍隊交戰，我便在他軍力疲憊之時，趁虛而入，打著光復大夏的名號，一統江山。」

說著，洛子商將棋子放在在邊角，一顆一顆提起顧九思右下角一片棋。

「你本該死在這個時候。」洛子商看著顧九思，似是頗為遺憾。顧九思漫不經心落下棋子，溫和道：「可惜，我沒有。」

「洛子商，其實你會輸，早就註定了。」顧九思輕描淡寫落下一顆棋。

洛子商皺起眉頭，「你什麼意思？」

「你以為先帝不知道你的打算，是為了討好揚州讓你當太傅，但殊不知，先帝是在爭取時間。你與劉行知，身為一國之君，不思如何強盛國力，只鑽營於人心權術，而先帝其實知道你們的打算，所以他也知道，如果當時拒絕讓你入東都，你便會回到揚州，再尋其他辦法，又或者因為感受到大夏的威脅，說服劉行知，一起進攻大夏，然而以大夏當時的實力，根本無法抵禦你們一起進攻。所以先帝答應你入東都，不是給你機會，而是為了大夏，爭取時間。」

聽到這話，洛子商驟然睜大眼睛。

顧九思棋子落下，開始提子。兩人交錯落棋，而洛子商這時候才注意到，顧九思的白棋早已在無意之間連成一片，顧九思依舊從容，繼續道：「你以為炸黃河消滅了豫州兵力，是為劉行知開道，卻不知周高朗就等著你們這麼做。」

「為何？」洛子商握著棋的手心出了汗，顧九思平靜道：「因為一旦黃河決堤，數百萬百姓受災，這件事始作俑者是你和劉行知的消息一旦傳出去，這天下百姓，民心向誰？」

「民心？」洛子商聽到這話，嘲諷出聲，「民心算的上什麼？」

「若平日，自然算不了什麼，」顧九思接著道：「你說你們炸了黃河，周高朗取下東都，劫掠了東都所有財富，然後用東都的錢開始徵募流民作為士兵，替永州百姓修建黃河，永州是周大人的，還是劉行知的？」

洛子商聽到這話，面色冷了下去，顧九思落下棋子，再一次提子：「黃河決堤，固然殲滅了豫州主力，可是也為你們培養出無數仇人，只要能養活他們，他們就會成為周大人最有利的軍隊，而永州，自然會不戰而稱臣。拿到了永州，劉行知再想攻打揚州，得有多難？」

顧九思不斷落子，步步緊逼，洛子商艱難防禦，額頭上有汗落下來，顧九思接著道：「你以為將三位將軍放在東都，讓周高朗與他們在東都決戰，然後周高朗就會死守東都和劉行知再戰？不，周高朗從一開始就做好了打算，他不要東都，他只要東都的錢，然後用東都的錢拿下永州，接著重新整兵再戰。而那時候，劉行知將會面臨上百萬的敵人，所以如今你還覺得，黃河決堤，是一條妙計嗎？」

洛子商不再說話，片刻後，他繼續道：「若揚州不落你手，周高朗難道不怕我與劉行知一起攻打永州嗎？」

「所以，你以為先帝為什麼讓你入東都這麼久？」顧九思平靜道：「你在揚州犯下滔天罪行，揚州百姓都記著，只是一直在等待，而蕭鳴不過一個十九歲少年，他很難澈底控制住早就暗潮流湧的揚州，就算沒有玉茹，也會有下一個人，你失去揚州，是遲早的事。」

「每一條路，都會有所回報。洛子商，你以為你聰明絕頂，但其實這世上比你聰明的人太多了，你以為他們為什麼不走你這條路？」

說著，顧九思抬眼看他，「因為每一條罪行累累的路，都是絕路。所謂天下，便是江山、百姓。你想要天下，眼裡就得裝著天下。只落眼於如何玩弄權術人心，又怎麼能看到，一盤棋局，全域是怎番模樣？」

「如果你能像先帝一般，當初你就不會入東都，會在揚州好好贖罪，想著如何讓揚州百姓過上好日子，甚至於你不會以那樣的方式，成為揚州之主。又或者你如周高朗一般，即為君又為臣，那也至少在先帝修國庫、平舊黨、修黃河、查永州案、減輕稅負、發展農耕商貿、乃至提前科舉等事時就意識到，先帝於這一場天下之戰的布局。你以為周高朗放棄東都就是輸了？你自己看看，大夏最大的兩個糧倉在哪裡，幽州和永州，大夏主要通航在哪裡，幽州至永州，只要周高朗守著這兩塊地方，捲土重來，是遲早的事。」

顧九思說著，將最後一顆棋「啪嗒」落在棋盤上，抬眼看著洛子商，有些惋惜道：「所以，從一開始，你就輸了。」

洛子商沒說話，他看著落敗的棋局，好久後，忍不住低笑起來。

「我輸了……」他笑著，抬手捂住臉，「我輸了……你又贏了嗎？」

「你要一個明君，要一個清平盛世！周高朗這樣一個拿一城百姓性命換取皇位、視人命如草芥的人，與我又有什麼差別？」

說著，洛子商扶著自己站起身來，形似癲狂，怒道：「他們不過出身比我好，起點比我高，你以為，他們又高尚到哪裡去？」

「便就是你——」洛子商指著他，眼中帶了怒意，「你以為，你又比我善良多少嗎？你不過是踩在別人身上，所以才不沾染泥塵，你又有什麼資格評說我？」

「我沒有評說你。」顧九思起身淡道：「我不過是給你一個明白的死而已。」

「明白的死？」洛子商似是覺得好笑，「你給我一個明白的死？」

「你可以選擇自盡，這樣體面一些。」顧九思抬眼看他，「你不選擇，也無妨，我可以親自送你上路。」

「顧九思，」洛子商身側的燭火染紅了他的側臉，他突然笑起來，「你是不是覺得你贏定了？」

顧九思見到他這個笑，便覺不好，朝前猛地撲過去，洛子商卻是一把抓下了蠟燭，大喝一聲：「你停下！」

「我在這宮中放了火藥。」洛子商抓著蠟燭，退後一步，聽到這話，劉善臉色大變，宮中所有人迅速往外跑去，劉善慌忙去扶范玉，著急道：「陛下，快走，快走啊！」

范玉握著冊子，被劉善拖著往外跑。

顧九思不敢動，他知道洛子商的目標是自己，一旦自己動了，洛子商會立刻點燃引線，他為所有人爭取時間，下意識捏緊拳頭。

「柳玉茹一直說我不是好人，」洛子商慢慢出聲，「但其實，我能不殺人，也不會隨便殺人的。」

「你本該是個好人。」顧九思開口。洛子商低笑了一聲：「或許吧，可我如今是個壞人並沒錯。有句話我一直沒說，可如今我得說——」

洛子商抬眼，看著顧九思，「你顧家，該跟我、跟我娘，說聲對不起。」

「既然不能娶洛依水，為什麼要招惹她？既然招惹了她，為什麼不娶她？既然生了我，為什麼不好好養育我、教導我？為什麼你錦衣玉食，我卻要見盡世間諸多惡，受過世間諸般苦？」

「我是錯，」洛子商盯著顧九思，「我對不起天下人，可你顧家，欠我一聲對不起。」

這話讓顧九思愣了愣，他下意識看向江河，江河看著洛子商，平靜開口：「若顧家給你這個道歉，你能放下手中的蠟燭嗎？」

洛子商聽到這話，似是覺得好笑極了，大笑出聲，「我放不放下蠟燭，和顧家該跟我道歉有關係嗎？區區一聲對不起，就想讓我放下屠刀立地成佛，你不覺得是在做夢嗎？」

「我確實輸了，可是顧九思、江河，」他看著他們，笑出淚來，「你們也沒有贏。」

「我們誰都沒有贏。」洛子商低聲開口，抬手朝著身側燭臺上的引線點去，然而就在那一瞬間，洛子商突然聽到江河用極低的聲音說了聲：「對不起。」

洛子商手微微一顫，江河的劍猛地貫穿了洛子商的身體，同時一把壓向了燭火，而洛子商反應也是極快，在江河撲過來的瞬間，便抽出了袖刀，捅入江河的身體。同時將燭火換了一個角度，送到了引線前。

洛子商點引線時，顧九思便朝著大殿外狂奔出去，江河這一阻攔，恰恰替他爭取了片刻時間，顧九思衝到大門前，便聽身後一聲巨響，隨後一股熱浪襲來，將他往前方一送，逼得他撲倒在地。

他感覺肺腑都被震得疼起來，而後就聽身後劈里啪啦的坍塌聲，他撐著自己往前衝出去，等回頭的時候，便看見大殿徹底燃了起來，燒成一片火海。

而大殿之中，被火舌圍繞的兩個人，他們的刀捅在對方身體裡，鮮血從他們口中流出來。

「你說得沒錯。」江河艱難出聲，「招惹了她，沒娶她，是我的錯。」

洛子商聽到這話，慢慢睜大了眼，江河喘息著，接著道：「生下你，沒好好教導你，也是我的錯。」

「而今，我親手了結你。我這條命，也贈給你。」

「可是，你得知道一件事，」江河抬起手，覆在他面容上，「你母親很愛你。」

洛子商靜靜注視著他，江河眼前發黑，「而我，很愛你母親。」

「如果、如果她父親沒有殺我哥，」江河沒了力氣，聲音越發微弱，「我會娶她，會……會知道你出生……會……」

話沒說完，房梁終於支撐不住，在烈火灼燒下轟然坍塌，江河將洛子商往前一推，房梁砸在江河身上，江河倒在洛子商身上，艱難地說完了最後一句：「好好……陪你……長大……」

這一句說完，江河沒了聲音。

洛子商躺在地上，他感覺鮮血流淌出來，周邊都是火，火蛇吞噬了他的衣袖，攥緊他的皮膚，他愣愣看著屋簷，一瞬之間，感覺自己彷彿回到年少的時候。

他蹲在私塾門口，聽著裡面的學生搖頭晃腦的讀書，柳家馬車從他面前緩緩駛過，小姑娘挑起馬車車簾，好奇地看著他。

那時候，天很藍，雲很白，揚州風光正好，他也是大好少年。

疼痛和灼熱將他吞噬，他慢慢閉上眼睛。

生平第一次，也算完成了最後的遺憾。

「爹。」

這曾經是他對所有美好的嚮往。

他曾經無數次想，如果顧朗華肯在他少年時將他接回顧家，他或許也會和顧九思一樣。

可直到今日，他才知道，不是顧朗華。

他的父親，便是十二歲那年，親手將他送上白骨路的那個人。

洛家滿門是他血路的開始，可是饒是如此，在他告訴他，如果有如果，他會好好陪他長大的時候，他依舊決定，叫他一聲，爹。

顧九思從大殿裡衝出來，倒在地上之後，守在外面的望萊趕緊衝上來，扶起顧九思道：「大公子你沒事吧？」

「舅舅……」顧九思喘息著，想要回身往裡面衝，慌忙道：「舅舅……」

「大人還在裡面。」望萊一把抓住顧九思，冷靜開口，但他握著顧九思的手在顫抖，似是在極力克制自己，低啞著聲音道：「大公子，還有許多事等著我們做。」

顧九思沒說話，他半跪在地上，一言不發。

望萊眼眶泛紅，還是道：「大人早已料到今日，他說了，他欠洛子商、欠洛家一條命，早晚要還他。」

顧九思沒有出聲，他藉著望萊的力站了起來，低啞著聲道：「先安排人救火，還有許多事等著我們。」

他一面說一面往外走，背後烈火熊熊，顧九思用了所有力氣讓自己理智一點，可不知道為什麼，還是覺得眼前越來越模糊。

他從內院走到外院，走了許久，等走到范玉面前時，他已經冷靜下來，恭敬道：「陛下。」

范玉對他的話不聞不問，愣愣看著沖天而起的大火，神色有些茫然。

顧九思咽下胸口翻湧的鮮血，沙啞道：「下令吧。」

范玉轉過頭，有些茫然地看著顧九思，「下什麼令？」

「傳位於周大人。」顧九思果斷開口，「只有這樣，您才有一條生路。」

「生路？」范玉嘲諷笑開，「周高朗哪裡會給朕生路？」

「陛下，」顧九思低下頭，認真道：「就算不為您自己，您也為百姓想想。」

「螻蟻之命，」范玉冷著臉，「干朕何事？」

「陛下，」顧九思嘆息出聲，「臣曾聽聞先帝說過，陛下一直是他的驕傲。」

范玉不說話，捏著拳頭，梗著脖子，顧九思低著頭，接著道：「如今先帝已經去了。」

這話讓范玉有些恍惚，顧九思嘆了口氣，「陛下，哪怕天下人都不認同您，可先帝依舊把這個江山交給了您，您至少要證明一次他是對的。」

「將江山交給周高朗，救東都百姓一次。」

范玉久久沒有說話，他是有些茫然，手裡還拿著顧九思給他的冊子，顧九思就在一旁等著他。許久之後，范玉轉過頭，看著顧九思，終於道：「西鳳呢？」

「還活著。」

「朕若讓了位，周高朗會放過朕嗎？」

「會。」

「劉善呢？」

「能。」

「西鳳也能嗎？」

「能。」

「好。」范玉轉過頭去，他垂下眼眸，似是有些疲憊，「拿紙筆來吧。」

聽到這話，劉善立刻讓人去拿了聖旨，范玉寫下聖旨內容，而後蓋上玉璽。

顧九思核對了聖旨內容後，舒了口氣，同劉善道：「先領著陛下去休息吧。」

劉善躬身應下，扶著范玉回了寢宮。

范玉一直拿著那本冊子，神色疲倦。

「劉善，」他恍惚出聲，「時至今日，我終於覺得，我爹死了。」

劉善沒說話，范玉慢慢道：「我原本以為我是恨他的。」

「可如今我才覺著，西鳳說得對啊。」

「我其實只是……放不下罷了。」

劉善聽著他念叨，送他回了宮。等回到寢殿，劉善侍奉著他洗漱，而後送上一杯溫茶，溫和道：「陛下，您也累了，好好休息吧。」

「劉善，」范玉睜著眼睛，不知是恐懼還是茫然，「我能活下來吧？」

「顧大人答應了您，」劉善恭敬道：「周大人會放過您的。」

「好……」范玉聽到這話，終於放心了，他緩緩閉上眼睛，「劉善，朕對你這麼好，你不要辜負朕。」

「陛下，」劉善突然開口，「您記得劉行嗎？」

「這是誰？」范玉有些茫然，劉善笑了笑，「奴才的哥哥，以前侍奉過您，是不長眼的奴才，您大約也忘了。」

「這樣啊……」范玉覺得有些睏了，他低聲道：「等事了了，讓他到朕面前當值吧。」

劉善沒有說話，范玉閉著眼睛，過了一會兒，劉善便站起身，走了出去。

顧九思拿到聖旨，立刻接管了內宮禁軍，隨後讓人開了宮門，將司馬南、韋達誠、楊輝請了進來。

三人進宮後，大殿的火也撲得差不多，太監從火堆裡抬出兩具屍體，顧九思站在屍體旁，其實他辨認不出誰是誰了，許久後，他才道：「先裝棺安置吧。」

安排好江河和洛子商的屍體，顧九思才回過身，朝著司馬南、韋達誠、楊輝行了個禮。他受了傷，面上看上去還有些發白，楊輝不由得道：「顧大人要不要先找御醫看看？」

「看過了。」顧九思笑了笑，「諸位大人不必擔心，還是先談明日之事吧。百姓可都疏散出去了？」

「怕是要到明日。」楊輝皺眉道：「人太多了。」

顧九思點點頭，只道：「儘量吧。先通知朝中大臣，照舊來早朝吧。三位將軍，」顧九思很疲憊，「明日我會先去勸說周高朗，儘量和平入城，若是勸說不得，顧某也管不了接下來的事了。三位大人接下來如何，還望慎重考慮。」

三個人應了一聲，沒有再說。

不多時，便到了早朝時間，顧九思讓人去請范玉，太監過去了，不一會兒，劉善便跟著太監回來。

「陛下呢？」顧九思詫異，劉善神色平靜道：「被宮人毆死了。」

聽到這話，顧九思睜大了眼，「你說什麼？」

「陛下往日在宮中過於殘暴，」劉善神色中沒有半點憐憫，「宮中所恨者眾多，昨夜我帶陛下回寢宮後，諸多太監侍女聽了消息，趁我不在，偷偷將陛下毆死了。」

顧九思沒說話，其實不用劉善說明，他便知道發生了什麼。

劉善的哥哥劉行是范玉最初的侍從，死於范玉虐打之下，那時候范玉剛成為太子，劉善頂上了劉行的位子。

顧九思最初送金銀給劉善，後來才相交。

劉善抬眼看著顧九思，提醒道：「大人說了周大人會放過陛下，可是陛下欠的，又豈止是周大人？」

「我明白。」顧九思點點頭，「好好收斂，聽周大人安排吧。」

范玉沒了，但早朝還是要開的，所有朝臣接到照舊上朝的消息，但也接到了兵變的消息，所有人參不透發生了什麼，只能假作什麼都不知道，忐忑上朝。

這其中有幾位異常鎮定，例如刑部尚書李玉昌，亦或是御史臺秦楠。他們站在人群中，對於朝局變化似乎沒有任何感知。

此時天還沒亮，朝臣按順序站在大殿之外，有一個臣子忐忑地拉了拉李玉昌的衣袖，小聲道：「李大人，您看上去一點都不怕啊？」

「有何可怕？」

「昨晚兵變了。」那人接著道：「萬一換了一個陛下……」

「那又如何呢？」李玉昌眼神轉過去，看著天上烏雲，平靜道：「換了個陛下，我也是百姓的尚書。」

東都的天慢慢亮起來，永州黃河段，卻是大雨傾盆，黃河水流最終還是衝垮了堤壩，但柳玉茹在後方壘起來的沙袋，再一次堵住了黃河水的去路。他們所有人手拉著手走上前，站在洶湧的水裡，給後方的人時間加緊搶修。

柳玉茹已經沒了力氣，她和印紅、傅寶元、李先生一起手挽著手，站在洪水中，任憑洪水拍打著身軀。

她面色發白，整個人都在顫抖，全然是用毅力在拉著別人，以至於不被衝開。

「李……李先生！」印紅顫抖著聲開口：「還有多久？」

「等雨停……」李先生也有些撐不住了，可他仍舊扯著嗓子，大喊：「等太陽升起來，雨就停了！」

而太陽尚未升起，東都大殿，便傳來了太監嘹亮的唱和聲，而後大殿門開，官員魚貫而入，等他們進入大殿之後，便看見顧九思站在高處，他一手捧著聖旨，一手拿著天子劍。

顧九思在高臺上宣讀了范玉的聖旨，宣讀完畢後，他終於道：「請諸位與我一同去城門迎接陛下吧。」

朝臣面面相覷，顧九思繼續道：「陛下路上已經下令，攻下東都後將劫掠東都三日，我等前去迎接，意在安撫陛下，和平入城，以防動亂。」

眾人依舊不說話，李玉昌冷聲開口，「如今不去，是打算等著日後被清算嗎？」

聽到這句提醒，所有人終於反應過來，秦楠接著道：「東都為難在即，諸位身為官員而不救，這東都還有誰救？」

周遭不言，秦楠踏出一步，對顧九思道：「顧大人先行。」

顧九思從高臺上走下來，李玉昌和秦楠隨後跟上，列在他身後第一排。而後顧九思的門生也跟了上去，隨著人數越來越多，原本動搖著的人咬了咬牙，最後都跟著顧九思一起出了宮門，去城外迎接周高朗。

他們出城時，百姓也在出城，周高朗來的西門已經被鎖了，百姓只能從其他三個門疏散出去。

上百官員浩浩蕩蕩走在路上，百姓無不側目，察覺百姓的目光，這些官員不由自主挺直了腰背，跟在顧九思的身後。

等到城門口，這時太陽在遠處探了半個頭，而後所有人遠遠見到「周」字旗幟飄揚在空中，遠遠看見大軍往東都奔襲而來。

周高朗來得比顧九思預料還要早，可見他當真沒有休息，星夜兼程。

顧九思讓所有人停在城下，自己一個人往軍隊走去。

晨光下，黃沙漫漫，泛著金色的光芒，顧九思一把劍，一身紅衣，便朝著千萬軍馬而去。沒有停頓，沒有猶豫，雖千萬人，他亦往矣。

而後他停在城池百丈開外，周高朗駕馬在前，葉世安和周燁駕馬並列在後，他們遠遠看見顧九思，見風翻飛起他的衣袖髮帶，在一片黃沙之中顯得格外惹眼。

他們沒有減下速度，而顧九思一動也不動，直到最後，周高朗臨近他時，顧九思突然揚聲，單膝跪下，大喊了一聲：「吾皇萬歲萬歲萬萬歲！」

聽到這一句話，周高朗驟然勒緊了轠繩，堪堪停在顧九思面前。

隨著周高朗的停下，整個軍隊也急急停了下來，顧九思跪在周高朗面前，神色平靜從容。

「顧九思，」周高朗皺起眉頭，「你又要做什麼？」

「陛下，」顧九思雙手呈上聖旨，恭敬道：「昨夜少帝已經下旨，禪位於陛下，故而臣領文武百官，特來東都城門前，迎陛下入城！」

聽到這話，所有人都是一驚，周高朗在短暫錯愕後，靜靜看著顧九思，「我若入東都，司馬將軍、韋將軍、楊將軍將如何說？」

「那敢問陛下是如何入東都？」顧九思抬眼看向周高朗。

周高朗挑眉：「我如何入東都，又干他們何事？」

「若陛下此刻下馬，卸甲鬆劍，那東都上下，無論軍民朝臣，都以聖君之禮迎陛下入城。」

「若我不呢？」

「若陛下不，」顧九思抬手將劍插在身側黃沙之中，平靜道：「高祖曾賜臣天子劍，上打昏君、下斬奸臣，高祖賜字成玨，望臣君子如玉，為國之重器，守百姓四方。今顧九思立於東都城前，若陛下不卸甲，還請從微臣屍體上踏過。」

周高朗不說話，抬頭看了一眼，東都城樓之上，士兵陳列好武器，早已做好防備的樣子。而城樓門下，朝臣手持笏板，靜靜看著他們對峙。

周高朗沉默很久，終於道：「九思，我沒想到你做到這樣的程度。可我許諾過將士……」

「陛下許諾將士，是想犒賞三軍，」顧九思立刻道：「我顧家願散盡家財，以償將士。」

聽到這話，眾人都愣了，顧九思眼中一片清明，他看著周高朗，繼續道：「陛下，我知道您的擔憂，您擔憂軍心不穩，如今少帝已經禪位，您乃名正言順大夏之主，算不得謀逆。」

這一條，便將周高朗最憂慮的軍心解決了。來日入城，就算那些將士發現他們被騙，可周高朗也沒有謀逆，他們始終無罪。周高朗的皇位，來得坦坦蕩蕩。他們也沒有了周高朗的把柄和反叛的理由。周高朗若是再不放心他們，未來也可逐漸卸權。

「而城內，三位將軍也已經同微臣達成協議，迎陛下為天下之主，陛下與三位將軍聯手對抗劉行知，國庫盡為陛下所用，陛下不必擔心軍餉。」

按著周高朗原來的計畫，他與韋達誠等人一戰之後，根本沒有護住東都的力量，不如劫掠東都以作軍餉，而後撤出東都，透過拉長戰線拖死劉行知。而如今韋達誠不同他打，他也成為名正言順的皇帝，自然不用透過劫掠爭軍餉。那劫掠東都，除了給他一個極壞的名聲，什麼都得不到。

「最後，陛下許諾的犒賞，也由我顧家全額所出。我夫人柳氏為舉國皆知富商，如今我顧家願散盡家財，以補將士。只求諸位將士今日，卸甲入東都！」

周高朗沒說話，靜默著看著顧九思，顧九思迎著他的目光，終於道：「陛下，您擔憂的，我已經幫您解決了。」

「而此刻，黃河之上，我夫人正在修黃河。我聽說今日大雨，我猜想應當是洪水滔天。」

顧九思說著，腦海中浮現出柳玉茹的模樣。

而黃河段，柳玉茹和所有人拉在一起，早已失去了知覺，她只是不斷在心裡低喃著顧九思的名字。

那是她的信仰，也是她的堅持。

「豫州邊境，我兄弟沈明正帶著葉韻於城樓之上，以八萬軍隊，對抗三十萬大軍。」

豫州邊境，人密密麻麻順著登雲梯爬上來，所有人身上都是血，軍鼓震天，喊殺沖雲，沈明一槍挑開一個士兵，大喝：「不要放他們攀上來！殺！」

「我舅舅江河，昨夜也在宮中，與洛子商同歸於盡。」

顧九思言語中帶了幾許顫聲。

「先帝的堅持，我們堅持了。年少的承諾，我們也做到了。陛下也曾是大夏好兒郎，還望陛下，」顧九思叩首下去，哽咽道：「不負我等一身熱血，初心不忘。」

周高朗依舊不出聲，他似是斟酌。周爗捏緊了韁繩，看著跪在地上的顧九思，驟然想起當年揚州，他與顧九思對飲之時，許下的豪情壯志。

他又想起柳玉茹的罵聲——你以為婉之姐姐喜歡你什麼？

他看著顧九思，緊繃了肌肉。

而葉世安注視著顧九思。

漫長的行軍路，他與周爗都一樣，時間讓他們平靜下來，仇恨帶給他們的衝擊緩緩消退，他看著跪伏在地的顧九思，腦子裡是年少學堂時，揚州夏日蟬鳴之聲。

顧九思守住他的堅持，而他葉世安呢？

葉世安仰頭看向東都——不求為名臣，總不能為亂賊啊。

遠處城樓下，李玉昌遠遠看著他們，他見顧九思跪在地上久久不起，猝不及防的，就在眾人矚目下走上前，來到顧九思身前，沉默著彎腰扶起顧九思。

顧九思抬眼看向李玉昌，李玉昌替他拍了黃沙，又扶著顧九思坐下，隨後一掀衣衫，坐在黃沙之上，朗聲道：「今日陛下若不卸甲，煩請從我等身上踏入東都。」

李玉昌說罷，秦楠也從城門走了出去，一掀衣衫，坐在李玉昌旁邊。

而後一個又一個官員從城門內走出來，坐在他們後面。

百丈距離，便被這上百官員，一一填滿。

他們都是文臣，卻彷彿無所畏懼一般，以血肉之軀，擋在東都城門前。

周高朗知道，一旦他真的帶兵踐踏過這些人，至此之後，他將再難得到讀書人的支持。

而城中百姓，也會因為這些人的血激起憤怒，他們只要入城，就是一場惡戰。

其實顧九思說得沒錯，所有的路顧九思已經幫他掃平了，他沒有拒絕的理由。

可這話不能由他說，一旦由他說，就是出爾反爾，會寒了跟著他的人的心。

周高朗思索不言，這是一個太過重大的決定，他要慎重。

在這一片靜默得只聽風聲的環境下，周燁靜靜注視著他們，看向遠方。

他看著那高聳的城牆，看著晨光落在城牆之上，看著顧九思身側天子劍劍穗飄搖，他閉上眼睛，深深吸了一口氣。

他聞到風裡的黃沙，彷彿又回到秦婉之死去那日。

她說，好好活著。

她也曾說，我願郎君，一世如少年。

周燁慢慢睜開眼睛，而後翻身下馬，在所有人詫異的目光下，坐到顧九思身邊。

緊接著，葉世安也翻身下馬，坐到顧九思身邊。

「燁兒……」周高朗頗為震驚。

周燁平靜開口：「父親，百姓是無辜的。仇已經報了，恨也該過了，我們也不是走投無路了，如果還要繼續下去，與范玉、與洛子商，又有何異？」

「我明白您的顧慮，可今日若是攻打東都，就是你死我亡兩敗俱傷，若是能和平入城，賞銀每人五兩，由國庫支出。」

「周軍應當是仁義之軍，您也該為聖明之主。我身為您的兒子，今日若不能勸阻您，便該為此贖罪，今日您若一定要入東都，請從兒子身上踏過去。」

聽到這話，周高朗抿了抿唇，他看向葉世安，失笑道：「你也一樣？」

「一樣。」葉世安平靜開口。

「世安誤入歧途，幸得好友點醒。我等讀書立世，原為造福於百姓。我等憎惡洛子商范玉之流，是因他們為一己私欲致天下大亂。陛下，迷途知返，亦是贖罪。」

周高朗不說話了，好久後，人群中傳來士兵的聲音。

「算啦，陛下，」身後有人大聲道：「錢不要啦，五兩也很不錯了，我還想留條命去養我老娘。」

一人開了口，許多聲音便在後面響了起來。

周高朗靜靜聽著，他一眼掃過去，顧九思領著朝臣盤腿坐在地上，一路直抵東都城門之下。

經過幾輪變更，如今朝廷中已有許多年輕面貌，他們在晨光似如神像，流光溢彩，他們的面貌一一落在周高朗眼中，周高朗靜靜坐在馬上，許久後，他抬起手，將鐵盔取了下來。

「大軍駐紮城郊，卸甲入城！」周高朗大聲道：「入城士兵，不得流竄，不得擾民，違者斬立決。十日後，全軍每人分發五兩軍餉，以作獎賞！」

他大喊出聲後，周邊驟然響起百姓的歡呼聲。顧九思揚起笑容，看著遠處升起的朝陽。

而此時此刻，黃河邊上，早已不成樣子。

大雨過後，隨著雲破日出，水流終於小了下來。

人們有序的填補堤壩，而柳玉茹在聽到李先生一聲：「終於好了。」之後，再也撐不住，直直倒了下去。

她倒下去的時候，看見陽光落在樹上落下的水珠之上，露出斑斕的光來。

結束了，她想，一切，都結束了。

康平元年八月三十一日，周高朗入東都。

他進入東都進入得很平靜，不費一兵一卒，便入了宮城。

如預期的大戰並沒有發生，除了一座被火燒盡的大殿之外，東都之內，近乎無損。

周高朗入宮之後，周燁便去安排剩下的事務，周高朗留下顧九思，兩人一坐一站，許久之後，周高朗終於道：「你想要的君主，不該是我這樣的。」

顧九思沒說話，周高朗接著道：「為什麼還要幫我？」

「陛下，」顧九思低著頭，平靜道：「玉茹當年嫁給我的時候，想嫁的人，也不是我這樣的。」

說著，他抬眼看向周高朗，「可她改變了我。」

「她讓我明白，我不能總選擇逃避。我不能總指望著，這世上天生有一個明君，他能在任何時候都做出正確的判斷，人畢竟是人。而我作為臣子，我若不滿於這個國家，我當改變他；我若不滿於這個君王，我亦當改變他。就像陛下本會成為一個暴君，可如今不也卸甲入城了嗎？」

「如果你是這樣想，」周高朗笑起來，「你可以不選我。」

「總有些路是死路。」顧九思答得恭敬。

周高朗不說話，許久後，他嘆息道：「其實我知道，你不是因為你說的選擇我，這固然是原因，但實際上，你真正選擇的，是燁兒。」

聽到這話，顧九思神色不動。

他不意外周高朗知道他的心思，無論是江河、范軒、還是周高朗，他們這些早已是權術頂尖的人，怎麼會猜不透他的想法？

然而顧九思無所畏懼，他平靜道：「我輔佐的，終究是周家。」

「其實你說得沒錯，」周高朗慢慢道：「我並不適合做一個君王，我只適合做一把刀。

君主可以不夠聰明，也可以不夠果斷，但有一點，」周高朗抬眼看著顧九思，「他不能不夠仁義。」

「我其實從來沒想過當皇帝，」周高朗嘆了口氣，「只是被逼到了這一步，但其實我心底，屬於我的，還是沙場。」

這話讓顧九思不敢回話，周高朗端起茶杯，抿了一口，隨後他從容道：「我會御駕親征。」

周高朗驟然開口，顧九思愣了愣，周高朗繼續道：「皇位我會讓給燁兒，而後我會領著我些兄弟重新到沙場上去，我已經老了，如今唯一能做的事情，也就是替燁兒、平兒打下這天下。」

「我算不得好人，顧九思，」周高朗抬眼看著顧九思，沉聲道：「可我也並不是你們所想那樣壞。我是個普通人。」

顧九思和周高朗說完話，有些疲憊地從宮中走出來，行到門口，便看見周燁和葉世安站在門前。

兩人靜靜注視著他，顧九思沒說話，好久後，終究是周燁先開口道：「對不起。」

聽到這話，顧九思笑了。

「早在臨汾時我便告訴過你，」他平靜道：「衝你說這句對不起，我還是把你當兄弟。」

周燁沒說話，他站在原地，顧九思走上前，抬手攬住兩人的肩，高興道：「行了行了，都過去了，你們別想這麼多了成不成？」

葉世安被他攬得一個踉蹌，往前差點跌了過去，他跌跌撞撞跟著顧九思往前，顧九思歡喜道：「今日該大喝一頓，不醉不歸的。」

「顧九思，」葉世安被他拉扯著往前，終於忍不住皺起眉頭道：「你別這麼扯著我脖子。」

聽到這話，顧九思大笑起來，終於換了個姿勢，領著兩個人往內殿走去。

當日晚上他們喝了個酩酊大醉，他們一面喝，一面說著自己這一個月來的經歷。

「我真的打仗打怕了……」葉世安搖著頭道：「我一閉眼睛就是血，到處都是血。我一直在想，我做的是對是錯，我本以為回不了頭了。」

說著，他拉著顧九思的袖子，哭著道：「我以為回不了頭了。」

顧九思笑著看著他痛哭，一面拍打著他的背，一面抬眼看向旁邊的周燁，溫和道：「怎麼會回不了頭？」

說著，他笑起來，「不是還有我嗎？是兄弟，哪裡能看著你們往錯的道路上走？」

聽到這話，周燁愣了愣，片刻後，他舉起杯來，鄭重道：「這一杯敬你，」他鄭重地叫了他的名字，「顧九思。」

顧九思喝到半夜才回來，他回到家中時，便看見兩具棺木列在正堂，顧九思呆呆看了片刻後，終於道：「設好靈堂，通知老爺、大夫人、少夫人、還有岳母……都回來吧。」

管家應聲下去，顧九思將所有人遣散，他一個人坐在大堂，陪著棺材裡已經沒有了聲息的兩個人。

大堂裡是飄舞的白帶，顧九思想起小的時候，他初到東都，江河背著江柔帶他到街上玩耍，那時候的東都雖然不如現在繁華，卻也是熙熙攘攘，人來人往。他瞧見有人在表演噴火，拖著江河往人群裡鑽，顧九思個子小，瞧不到，看見其他小朋友都騎在自己父親肩上，便拉扯著江河，指著那騎著父親的孩子道：「舅舅，我也要，我也要。」

江河黑了臉，想拉他走，顧九思當場坐在地上，哇哇大哭，江河無奈，咬了咬牙，終是拖著他去買了個面具，然後又回來，將他放到自己肩上。

「顧九思我告訴你，」江河咬牙切齒，「我老了你不好好孝順我，我就打死你。」

顧九思覺得自己醉了，彷彿透過燭火，看著江河鮮活跳動的模樣，他抬起手，撐住額頭，低低嗚咽出聲。

我如今可以孝順你了……

他想著，可是你為什麼，卻這樣走了？

顧九思宿醉了一夜，等第二日清晨，顧九思便得了消息，周高朗已連夜點兵，派兵前往豫州支援。

而後便準備了登基大典，兩日後，正式登基。

他的登基大典非常簡陋，沒有任何奢華隆重的行頭，樸素得一如他這個人。登基當日，他便宣布任周燁為儲君，並令他坐鎮東都監國，而後自己領著士兵，在第二日清晨，直奔豫州。

周高朗走後沒有三日，顧家人便陸陸續續回來了，沈明和葉韻在周高朗支援之下，也回到了東都。柳玉茹因為生病耽擱了幾日，在江河出殯前一日，終於回到東都。

她回東都的時候，東都已經恢復了過去繁華景象，畢竟沒有什麼太大的兵變，第二日就恢復了。

顧九思到城門口接她，彼時柳玉茹坐在馬車裡，遠遠就看見顧九思一身暗紅色的袍子，髮帶半挽頭髮，手持小扇站在門口，一副翩翩佳公子的模樣。

柳玉茹的馬車到了，他便跳上馬車，柳玉茹歪在一邊，手裡抱著個暖爐，他忙上前檢查著她道：「我聽聞妳病了，本來想去找妳，但這邊事太多，著實抽不開。」

柳玉茹不說話，顧九思接著道：「妳來的路上可吃了東西了？」

柳玉茹還是病懨懨的模樣，沒有理顧九思。

顧九思不免笑了，「竟是病得話都不與我說了。」

「你同我說，」柳玉茹終於開口了，「犒賞三軍，到底要花多少銀子？」

聽到這話，顧九思愣了愣，隨後便笑了，「原來妳是同我生這氣？」

「錢不是你掙的，」柳玉茹推了他一把，不滿道：「你便當成紙來花。」

「我錯了，」顧九思眨著眼，靠過去道：「妳原諒我吧，我保證，絕對沒下次了。」

柳玉茹聽到這話，也沒說話，定定看著他，顧九思被她這麼直直看著，過了一會兒，也有些不好意思了，「妳這麼、這麼盯著我看什麼？」

「顧九思，」柳玉茹嘆了口氣，抬手捏了捏他的臉，「你這張臉，當真太貴了。」

「千金難買妳喜歡。」

顧九思高興地湊了過去，抱住柳玉茹，等抱著這個人，感覺這個人在懷裡，他原本有許多俏皮話，竟是不說了。

他靠著柳玉茹，柳玉茹抬手梳理著他的髮，溫和道：「沈明可還好？」

「受了點傷，」顧九思聽著她的心跳，開口道：「葉韻陪著，現在正在回來的路上，過兩日妳就能見到他們了。」

「沒事就好。」柳玉茹嘆息出聲。

顧九思在她懷裡靠了一會兒後才道：「錢的事，妳別擔心。周大哥和我商量好了，錢我們借一部分，國庫出一部分，借那部分國庫五年內還清，又或者用等價物質押。」

聽到這話，柳玉茹愣了愣，隨後她笑起來：「我竟沒想到你把錢留下來了。」

「總不能真為了我把自個兒辛苦經營的事業一個子兒不剩的花光。」

說著，顧九思抬起頭，瞧著她道：「我如今這樣子，還不如在揚州好好賭錢呢。」

「瞎說，」柳玉茹抬手戳了他的腦袋，抱著他道：「我好歹也誥命夫人了，你在揚州，我還能當誥命嗎？」

顧九思靠著她，也不知道怎麼的，柳玉茹來，說什麼他都高興得很。

兩人一起回了顧府，如今家裡其他人都還在揚州，屋中只剩下他們兩個，顧九思陪她梳洗之後，又同她吃了飯。等到了夜裡，顧九思抱著她，柳玉茹有些緊張，顧九思察覺出來，用額頭抵著她的頸項，柔聲道：「妳還病著，不鬧。」

柳玉茹聽了，不自覺笑了。

「你同我說說東都的事吧。」柳玉茹抬手拉住他的手：「我聽說，你可厲害了。」

「那妳也同我說說妳在黃河的事吧。」顧九思溫柔道：「我也聽說，妳可厲害了。」

柳玉茹聽著，轉過身，摟著他的脖子，同他細細說著黃河上的事。而後顧九思又同她說著東都的事。他們都說得很平靜，什麼千鈞一髮，都化作塵煙，只要對方在這裡，一切似乎都不重要了。

等說到最後，兩人都有些累了，柳玉茹靠著顧九思，終於道：「洛子商的手下呢？」

「宮亂當夜都跑了，我讓人去抓捕，大多都在被抓到的時候自盡了，只有一個叫鳴一的，他同我說，他想見見妳。」

「見我？」柳玉茹有些疑惑。

顧九思點頭道：「我將他扣押起來了，明日我會替舅舅下葬，後日我們私下給洛子商下葬，到時候我會放他出來，替洛子商送行。」

「你不恨他嗎？」柳玉茹聽到顧九思的安排，有些疑惑。

顧九思平靜道：「洛子商有一句是對的。」

「他對不起天下人，可我顧家，的確對不起他。」

「若他活著，以他的罪行，自然要將他千刀萬剮，可他如今死了，逝者已矣，願他安息吧。」

兩人說著，慢慢睡了過去。

第二日，他們送江河上山下葬。

江家在東都有祖墳，儘管當年江河在揚州買了墳地，但江柔最終還是決定將江河和洛子商葬在東都。

「他買那墳地，是為著那姑娘，」江柔解釋道：「姑娘如今已經是他人妻子了，便該放下了。他若活著，應當也是這樣想。」

送上山那日，許多人跟著一起看著江河抬上去。

江河雖然脾氣張揚，但其實極會做人，在東都人緣很好，他下土那日風和日麗，一如他這個人，便是走，也走得明豔動人。

或許這樣的人生沒什麼遺憾，他該做的都做了，該了的心願也了了，因而眾人倒也沒有過於悲痛，只有江柔低著頭，小聲啜泣著。顧朗華攬著她，一言不發。而顧九思穿著孝服，親手為他下葬。

等他的墓碑豎好之後，所有人散去，葉韻在他碑前站了一會兒，沈明靜靜等著，等他們下山了，沈明終於道：「走了。」

葉韻回過神，點了點頭，同沈明一起下山。

下山路上，兩人一言不發，沈明猶豫片刻，終於伸出手，握住葉韻的手。

「我以後，會對妳好的。」他笨拙出聲。

葉韻聽到這話，愣了片刻後，笑起來，「你別吃醋，」她立刻道：「我只是年少被迷了眼罷了。」

「江大人這樣的人，」葉韻神色悠遠，「太過明豔了。」

這樣風流又張揚的人，理當被眾人傾慕著，驕傲地來到這世間，又瀟灑脫地離開。

江河下葬之後第二日，顧家悄悄將洛子商抬上山，那日顧九思將嗚一從牢中帶了出來，嗚一看著洛子商的棺槨時，神色有些恍惚，顧九思平靜道：「你若願意，便送他最後一程吧。」

「你不怕我跑了嗎？」嗚一抬手拂過洛子商的棺槨。

顧九思搖頭道：「你若跑了，我再抓回來便是了。」

嗚一沒說話，好久後，他沙啞著說了句：「謝謝。」

說著，嗚一走到洛子商棺木前的木樁上，同其他人一起，抬起了洛子商的棺槨。

洛子商下葬這件事，顧九思沒讓其他人知曉，悄悄抬上山後，顧九思和嗚一一起葬了他。而後顧九思將早已準備好的石碑立在墳頭，嗚一看著石碑上的名字，寫著「江氏知仁之墓」。

「江知仁……」

嗚一看著名字，有些茫然，顧九思站在他旁邊，解釋道：「母親說，這是舅舅當年為他的孩子取的名字。君子有九思，君子知仁德。他不能連死，都沒有一個屬於自己的名字。」

嗚一沒說話，他早在之前便從顧九思的口中聽到洛子商的生平際遇，他靜靜看著墓碑，顧九思轉頭同他道：「你說有事要告訴玉茹，什麼事？」

「還一樣東西。」嗚一回過神來，隨後道：「你們同我來吧。」

說著，嗚一領著他們下山。

他們三人一起到了洛府，洛府如今已被查封，顧九思按著流程報給周燁，而後便領著嗚一走了進去。

昔日風光秀雅的洛府，如今已是陰氣森森，落滿了灰塵，庭中野草滋長，更添了幾分清冷。

嗚一領著顧九思和柳玉茹往內走去，慢慢道：「以前大人一直將此物保留得很好，蕭公子死後，大人便告訴我，若是見到了柳夫人，他當還給她。」

說著，三人到了洛子商的臥室，嗚一打開機關，領著他們走進暗室。

而後他打開一個櫃子，從裡面取出一把傘，他將傘交給柳玉茹，平靜道：「夫人，當物歸原主了。」

柳玉茹愣愣看著那把傘，終於認出來，那是揚州碼頭，她隨手抽出的那把紙扇。

嗚一捧著這把傘，柳玉茹看著上面繪著的蘭花紋路，彷彿回到了當年揚州，洛子商在人群中驟然回頭的模樣。

她伸出手，腦海中閃過洛子商無數畫面。

然而最終腦海中停留的，卻是蕭鳴被吊在城門上，夕陽如血的模樣。

本當是好兒郎。

柳玉茹接過傘的那刻，眼淚驟然垂落，嗚一愣了愣，隨後便笑了起來。

「能得夫人一滴眼淚，」嗚一溫和道：「大人雖死無憾。」

當日晚上，柳玉茹和顧九思陪著嗚一在他最愛的東都飯館吃了飯，嗚一說著他小時候，他家本為貧農，被人強占了土地，父母無奈之下將他賣了出來，至此他就成了奴才。

他年幼，主子喜好虐玩孩童，人生一直過得灰暗無光，直到十一歲的時候，洛子商買下他。

那時候洛子商已經是章懷禮門下弟子，世人敬重的洛公子。

「他說我有習武天分，其實我那時候年紀已經不小了，」嗚一聲音平靜，「可公子說我可以，那便是可以。」

「你們……」柳玉茹乾澀道：「都是這樣的嗎？」

「怎樣？」嗚一有些不解。

柳玉茹沙啞道：「蕭嗚說，他也是洛子商撿回來的。」

「是，」嗚一笑起來，「蕭公子也是，當年他本該同我一起學武，但後來公子發現他天資聰慧，就引薦給章大師。」

「既然章大師給了他這麼多，」顧九思皺起眉頭，「他為何，還是要殺他？」

聽到這話，嗚一沉默很久，終於道：「不是公子要殺章大師，而是章大師要殺公子。」

「公子本打算孝敬章大師一輩子的，可章大師知道他並非洛家遺孤的真相，於是想殺了他。公子那天胸口有一劍，便是章大師刺的。」

「若章大師不給公子那一劍，不逼著公子殺了他，好好活著，或許……」嗚一沉默下來，隨後笑了笑道：「都過去了，罷了。」

嗚一好好吃完了飯，顧九思和柳玉茹送他回牢獄中。顧九思叮囑他幾句後，安撫道：「不久後，李大人會親自審你的案子，他向來公正，你不必擔心。你做了的，當還，沒做的，也不會強行扣給你。」

「我明白。」嗚一笑了笑，「讓您操心了。」

顧九思沒說話，他從沒想過，自己和洛子商的人，竟也有這麼說話的一日。

他沉默片刻，最終只是點了點頭，隨後拉著柳玉茹的手，同嗚一告別後轉身離開。

嗚一跪坐在地上，看著顧九思和柳玉茹牽手的背影。

顧九思與洛子商身形相似，嗚一看著他，就彷彿看著另一個洛子商，他驟然叫住顧九思，「顧大人！」

顧九思停住腳步，同柳玉茹一起回過頭去，看見嗚一看著他，有幾分遲疑道：「做一個好人，是什麼感覺？」

顧九思沉默片刻，隨後道：「便是，覺得這世間無一不好，無一不善，覺得內心坦坦蕩蕩，無所愧疚。生來歡喜，死亦無愧。」

聽到這話，嗚一笑起來，「若得來世，」他溫和道：「也願能似顧大人。」

顧九思沒說話，許久後，他終於道：「若得來世，願君生得太平世，一世順遂無憂。」

「謝謝。」嗚一笑著開口。

顧九思拉著柳玉茹，走了出去。

他們剛走出大獄，就聽到後面的騷亂聲，顧九思回過頭，見到獄卒衝出來道：「大人，嗚一自盡了！」

顧九思並不奇怪，他點了點頭，隨後道：「好好安葬吧。」

說完之後，便同柳玉茹一起走了出去，走出門後，天有些冷，顧九思抬起手，搭在柳玉茹肩上，用衣袖蓋著她，怕她被風吹著。

柳玉茹同他走在夜裡，突然道：「九思。」

「嗯？」

「我還想掙錢，掙好多錢。」

「好。」

「可這一次我不為你了，」柳玉茹出聲，她看向旁邊的人，笑著道：「我想建善堂、建學館。我想過了，」柳玉茹聲音溫柔，「我不在意洛子商、蕭鳴、鳴一他們這些人做過什麼好事，因為這都改變不了他們的結果，可是我希望，這世間再不要有他們這樣的人了。」

「蕭鳴有才華，便該有個地方，讓他好好讀書。鳴一家中貧寒，也該有一條出路，不至於在孩童受盡折磨卻求生無能。洛子商就算被遺棄在寺廟，也不該養父被人打死而無處伸冤……」

「這世上不該有這麼多像他們一樣的人。」

「好。」顧九思攬著她，溫和道：「我陪著妳。」

柳玉茹聽到這話，轉頭看她。她面前這個男人，這麼多年一如往日，經歷世事，卻永遠如此清澈乾淨。

普通人，於淤泥中沉淪，於黑暗中絕望。

可顧九思卻是人心中那最明亮的光，他若陷於泥塘，他會清乾淨淤泥，還這池塘一片清水；他若身處於黑暗，他會成為自己的明燈，照亮前路。

他是眾人身邊一根繩子，一道牆，他守著所有人的底線，永不退讓。

因為有這樣的人，所以才有更多的人於暗夜中睜開眼睛，見得天光破夜，止住人世間累累罪行。

顧九思攬著柳玉茹，他們並肩而行，慢慢走在回家路上。

柳玉茹抬眼，看見天上星光璀璨，聞見風中夾雜山河花香。

「顧九思。」

她突然叫了他的名字，顧九思抬眼看她，柳玉茹抿唇笑了笑。

「沒什麼，」她抓了他的手，笑著道：「我帶你回家。」

康平元年，大夏哀帝廢內閣，引天下動亂，顧九思謀定全域，奪揚州、救豫州、平黃河大災，守東都百姓，救大夏於水火。

安建元年九月，哀帝禪位於殿前都指揮使周高朗，彼時大夏正臨戰火，太宗御駕親征，留太子燁監國，擢顧九思為左相，葉世安為右相，沈明為殿前都指揮使，留守東都。

太子燁監國期間，輕稅輕徭，廣開商貿，補貼耕農。又有富商顧柳氏，內修善堂，外建商交，引各國之糧、各國精藝之術於大夏，使得物資繁盛，百姓安康。

安建四年三月，太宗攻下益州，一統山河，回東都後，因多年奔波，痼疾難消，不堪再受案牘之累，傳位於太子，並立此子周平為儲。

周燁登基那日，是安建四年四月初八，當時春花開得真好，周燁於祭壇設典。

因大夏廣交海外，那一日各國來賀，使者加上朝臣，祭壇擠得滿滿當當。

周燁從宮中乘坐馬車到達祭壇，他身著冕服，上玄下赤，繪章紋於衣上，再著蔽膝、佩綬、赤舄，頂十二旒冕冠。周燁有些緊張，他挺直腰背，目不斜視，從他出宮起，便聽到百姓的歡呼聲，他的馬車行過，便看見百姓都跪了下去。

他聽著這些聲音，感覺內心一點點安穩下去。

這是他的大夏。

這是他、顧九思、沈明、葉世安、柳玉茹、葉韻、李玉昌……他們一個個人，用盡一生去建立、又即將付出的國家。

他從皇宮行到祭壇，而後由太監攙扶著下了馬車，接著步入祭壇之中，便看見紅毯一路鋪到高臺之上，而高臺之上，是這個國家最重要的臣子，兩人一左一右站立在兩側。

他們都穿著了祭祀特有的華服，顧九思為紅色，葉世安為白色，頭頂玉冠，腰懸古劍，而他們之下，是李玉昌、沈明、秦楠、傅寶元……

所有人靜靜看著他，他們面上帶笑，似是朝陽，又似春光。

周燁按著禮儀，在禮官祝詞之中，朝著高臺走去。

而這時，東都城樓之上，葉韻領著芸芸、宋香一路小跑著上了城樓。

「玉茹玉茹！」葉韻朝著城樓上的大鐘跑過去，高興道：「到了，陛下到祭壇了！」

大鐘旁邊立著一個紫衣女子，她神色溫和，氣質端莊。

這是由周太宗欽賜「柳夫人」稱號的大夏第一富商，當朝左相之妻，柳玉茹。

按照祖制，她們沒有去祭壇參加登基大典的資格，可是周燁為表這些年柳玉茹對大夏的功勞，特地讓她成為登基大典的敲鐘人。

當鐘聲響起，祭典便正式開始。

這是大夏史上第一，也是唯一一個身為女子，且為商人的敲鐘人，然而這樣的殊榮，對於柳玉茹而言，並不重要。

她依舊同往日一般，從容又平和。

葉韻比她激動太多，她看著柳玉茹的模樣，不由得道：「柳玉茹妳是不是玉菩薩？能不能給點反應？妳不覺得高興嗎？周大哥要登基了，我們的時代就要來臨了。」

柳玉茹聽到這話，抿唇笑起來：「我們的時代，不是早就開始了嗎？」

這話把葉韻說愣了，這一刻，宮人跑上來，同柳玉茹道：「柳夫人，可以敲鐘了。」

柳玉茹聽到這話，點了點頭，她抬起手，扶住木樁，然後朝著古鐘撞去。

一下、兩下、三下……

天子為九，她一共撞了九下。

在她撞第一下時，城中鳥雀驚飛而起，彩帶從天而降，煙花震響東都，各地設好的舞壇之上，女子水袖如花綻放而出，絲竹管樂喝著百姓歡呼，環繞東都。

顧九思在陽光中仰起頭，看向遠方城樓。

他的目光一路穿過祭壇圍牆，穿過屋頂瓦簷，穿過塔樓望臺，直抵城樓最高處。

他隱約看到城樓之上，那一襲紫衣於風中翻飛招搖，花纏香風拂過大夏廣闊國土——歌舞盛世，光照人間。

——《長風渡【第二部】橫波渡》正文完——

番外一、顧錦

顧錦生於永福二年。

她聽說，她出生的時候，她父親顧九思還在黃河邊上修黃河，她生下來不久，便遇到聖君駕崩、新君登基，而後新君廢內閣，天下動盪，她尚在繈褓之中，就隨著母親顛沛流離。

或許是生於動盪，也就養成了她膽小的性子，她年到三歲，還很少說話，哪怕說話，也是結結巴巴。柳玉茹擔心是自己寡言影響了她，便讓顧九思多帶帶她，因為顧九思話多，又外向，顧錦跟著顧九思，或許膽子就學大了。

顧九思覺得柳玉茹說的很有道理，況且一見到顧錦怯生生看著人的樣子，顧九思就覺得心疼，於是顧九思便每日帶著顧錦，除了早朝入殿的時候不帶著她，其他時刻，幾乎隨時隨地抱在身邊，若是見到同僚，還要忍不住上去炫耀一番：「你看這姑娘多好看，對，這就是錦兒，我女兒。」

於是顧錦雖然年紀小，生活卻和一個大人差不多。她每日都是早早醒過來，由柳玉茹替她穿上好看的小裙子，梳上好看的髮髻，然後由顧九思抱著去上早朝。這時候顧九思進大殿裡議政，木南就陪著她在大殿外等著。等到顧九思下朝，她又跟著顧九思去集賢閣辦公，到了下午，父女倆就一起回家，柳玉茹又會陪著顧錦玩一陣子。

顧錦的話一直不多，但她很乖巧。每日早上，木南會給她一個小凳子，再在小凳子旁邊放小桌子，再給她一個小團扇，她就像個縮小版的大家閨秀，搖著團扇坐在大殿外面看天，看太陽升起，數路過的白雲，一看一上午。等顧九思下朝了，他一走出來，就能看見一個小團子跟蹌著眼巴巴跑過來，到他身前，張著雙手，一雙大眼水汪汪看著他，用她少有的詞彙伊呀呀喊著：「抱，爹，抱抱！」

顧錦生得可愛，圓圓的臉，紅撲撲的，一雙眼睛琉璃一樣，乾淨又澄澈，她若看著什麼，眼裡就有什麼，讓人滿是滿足感。

每日有這麼一個小團子迎接著下朝，顧九思心都開花了，而長年單身的葉世安和還沒生孩子的沈明，更是眼睛都看紅了，爭著搶著，「叔叔抱，叔叔也可以抱！」

但顧九思哪裡會讓別人碰自己女兒？在沈明和葉世安搶著上前時，顧九思趕緊一個健步上前把顧錦撈起來，抱在懷中，頗為得意道：「走囉，爹爹帶妳回家，我們不要理那些奇怪叔叔。」

沈明聽到這話不高興了，冷哼一聲道：「不給抱就不給抱，我和葉韻成了親，回家自己生！」

葉世安聽到這話，立刻看向他，冷著聲道：「原來你就是想讓韻兒給你生孩子，你死了這條心吧！我葉家養她一輩子也不會讓她隨便嫁給你這種人！」

沈明，「……」

葉世安一甩袖子，轉身走了，沈明趕緊追上去討好道：「舅哥，我說錯了，我不是為了孩子，我是喜歡葉韻啊。舅哥你走慢點，舅哥！」

顧錦在早朝外看天看到五歲，這時候朝廷裡的人大多熟悉了她，對她頗為寬愛。她本來覺得早朝有些無趣，結果在五歲那年入春後第一天，她百無聊賴看著天空時，一個小哥哥走進她的視線。

小哥哥看上去也就十二三歲的樣子，身著白色金線繡龍的袍子，頭上頂了鑲著珍珠的玉冠，早朝開始後，他領著人來到大殿門口，然後目光落在顧錦身上。

這是顧錦見過最好看的小哥哥。

她不是沒見過好看的男人，她父親顧九思，便是大夏最頂尖的美男子。她的叔叔葉世安、沈明、李玉昌，甚至天子周燁，都沒有生得不好的，可他們都太老了，在她心中，都是不可以玩耍的對像了。這個小哥哥，是她見過最年輕、最英俊的人。

小哥哥不僅英俊，還很溫柔，顧錦在看見他的第一眼，便愣住了，因為愣神，手中的小團扇「啪嗒」掉了，小哥哥抿唇輕笑，提步走上前，彎下腰，將小團扇撿了起來，半蹲著身子，遞給顧錦，柔聲道：「拿好了，莫要再掉了。」

顧錦得了這話，心裡雀躍極了。

她很想同這小哥哥多說幾句話，想要他陪著她玩耍。她拿過團扇，憋足了力氣，磕磕巴巴說了句：「謝……謝……謝……謝……」

她想說謝謝小哥哥，可她說不出來，便覺得有些羞恥，扭過頭去，奮力抓了一個她最愛的梅花糕，遞給小哥哥，繼續道：「謝……謝……謝……」

這一次她幾乎快哭了。

以前就是這樣，她一說話，就結巴，結巴了，其他人就喜歡笑她。他們不敢當著顧九思和柳玉茹的面笑，可私下笑一兩次，顧錦就明白了。所以她很少說話，不說話，不鬧笑話，便不會被人嘲笑。

可今個兒她太想表現了，結果還是鬧了笑話，她頭一次遇見一個喜歡的玩伴，就要被笑了，她委屈極了，眼淚在眼眶打轉，抓著的梅花糕被她捏變了形，但這時候，小哥哥抬手接過了梅花糕，溫柔道：「怎麼哭了呢？是不是我哪裡嚇到妳了？」

聽到這話，顧錦呆呆抬頭，有些不敢置信地看著小哥哥，小哥哥吃口梅花糕，轉頭道：「很好吃，謝謝妳了。」

正說著，大殿裡傳來了宣召聲：「宣——太子殿下進殿。」

小哥哥聽到這話，從容地站起身，輕輕拍了拍手上的碎屑，整理好儀態，朝著顧錦笑了笑，「我進去了，妳繼續玩吧。」

說完，小哥哥便過身，領著人往大殿內走去。

顧錦焦急地拉住木南的袖子，指著小哥哥，勉強發聲，「太……太子……」

這是她第一次說不屬於常用詞的詞語，讓木南愣了愣，隨後木南趕緊蹲下來，高興道：「對，那是太子殿下，」說著，木南小聲湊過去，告訴她道：「叫周平。」

周平。

周燁同母異父的弟弟，也是大夏的儲君。

他師從於葉世安、顧九思、李玉昌，這一年他十三歲，成為儲君第二年，也是第一次步入大殿聽政。

說不緊張，是假的，但他在門外遇見一個小姑娘，對方給了他一個梅花糕，有這麼一刻分神，他反而鎮定了下來。

他步入大殿，儀態端方完成了那一日的聽政，等他同所有朝臣一起走出大殿時，笑得極為開懷，同他的老師顧九思說著朝政，大步走了出來。

這時候，顧錦張開手，歡歡喜喜朝著眾人跑來了。

所有人習以為常，顧九思帶著笑容，蹲下身，張開手，等著顧錦撲過來。

誰曾想，到顧九思面前，顧錦突然掉了個彎，轉頭衝向周平，然後張著雙手，一臉期待地看著周平，高興道：「抱！殿下，抱抱！」

周平愣住了，而後感覺一陣冷風吹過，他轉過頭，看見顧九思意味深長中又帶了幾分冰冷的眼神。

顧九思直起身，收回自己等著女兒來抱的手，淡道：「錦兒很喜歡殿下。」

「原來是老師的孩子，」周平直覺感受到顧九思的不喜，趕緊道：「我說怎的如此可愛。」

顧錦見周平和顧九思說話，不理自己，頓時眼淚湧了上來，可她也固執，還是伸著手，巴巴看著周平，跳了跳道：「抱，殿下，要抱！」

周平：「……」

這麼可愛，有點抵不住。

而顧九思一看顧錦要哭了，頓時有些無力，一下子克制不住情緒，怒道：「她都要哭了，你還不抱起來嗎！」

周平得了這話，趕緊彎下腰，把顧錦抱在懷裡，朝著顧九思勉強道：「老師，得罪了。」

顧九思，「……」

周平被顧錦拖著，一路送顧九思到了顧家。剛好他有許多問題要問，便在顧家留下來吃了飯。

飯桌上，顧錦努力和周平搭話，她說得結結巴巴，周平聽得笑意盈盈，周平不覺得有什麼，顧家人卻是集體沉默了，等送走了周平，夜裡兩個人睡下，柳玉茹在一旁折著衣服，同顧九思高興道：「今日錦兒說了好多話！日後錦兒要多和太子殿下接觸接觸。」

聽到這話，顧九思脾氣上來，把被子往身上一蓋，背對著柳玉茹，委屈得大喊了一句：

「我不！」

可顧錦意志堅決，第二日早上，顧九思和柳玉茹還睡著，顧錦就來敲門了，顧九思一開門，看見顧錦站在臥室門口，眼巴巴看著他道：「要好看，見哥哥。」

她說得斷斷續續，可柳玉茹和顧九思都聽明白了，她要打扮好看點，見周平。

好了，顧九思心更塞了，他不想帶顧錦去上朝了，可是顧錦一聽他有這個想法，就坐在一旁，眼淚不要錢一樣啪嗒啪嗒掉。女兒委屈了，柳玉茹心疼不已，立刻道：「去，必須去！你若不帶錦兒去，我今個兒親自帶錦兒去！」

顧九思：「……」

沒辦法，只能帶著顧錦去了。

顧錦年紀小，但認定的事就很執著，打從那日開始，她每日積極偶遇周平，然後憋足了勁兒，同周平說幾句話。

因著這番努力，不過一年時間，顧錦比前五年說話說得多了。孩子這樣積極，柳玉茹和顧九思都是不明白的，於是有一日晚上，柳玉茹哄著顧錦睡下，忍不住道：「錦兒為什麼這麼喜歡太子哥哥啊？」

「他，」顧錦結結巴巴道：「不笑我。」

「會，像爹娘，聽我說話。不會，不耐煩。」

顧錦這話說出來，柳玉茹便明白了，顧錦喜歡周平，是因為周平不會笑話她說話結巴含糊，願意陪她玩。

柳玉茹聽得心裡心酸，為人父母，兒女受半分委屈，都覺得心緒難平。她慣來韌性剛強，女兒這麼一句話，她覺得眼眶有些泛酸。

打那之後，柳玉茹便常常帶著顧錦去見周平。有時候是顧九思在給周平上課，柳玉茹藉著去找顧九思的名義，帶著顧錦過去，然後娘倆就在長廊上看著兩個人，顧九思上課，周平聽學，等上一個半時辰，柳玉茹把顧錦帶過去，顧錦再送個禮物給周平，來往幾句話的功夫，顧錦能高興得不得了。而且周平脾氣好，若是遇到沒什麼事的時候，周平還會主動帶著顧錦玩一會兒。他會陪顧錦踢毽子、扔沙包、跳格子，簡簡單單的孩子玩意兒，顧錦也高興得很。

周平帶了她幾次，便想著顧錦年紀和周思歸相仿，主動同顧九思提出讓顧錦進宮，他帶周思歸的時候，順便帶著顧錦，顧九思很想拒絕，但想著拒絕以後顧錦會難過、柳玉茹會生氣，只能勉強笑起來，恭敬回一句：「勞煩太子殿下了。」

於是顧錦打那之後，便時常進宮，同周思歸、周平玩耍。而柳玉茹也再添了個孩子，是個男孩兒，叫顧長安。

周平每日都要抽一段時間陪著周思歸，陪伴周思歸的時候，就順帶陪著顧錦。

周平陪伴周思歸這件事，是周高朗死前寫在遺詔裡的。所有人都明白周高朗的意思，無非是希望周平和周思歸多有些感情，未來不因儲君之事起了矛盾。

周燁為帝，便是一定要立儲的，這些年大家動盪慣了，皇帝換了好幾任，早已做好了最壞的打算。因為范軒的前車之鑑，而周燁又說好了不會再娶，周高朗實在不放心立周思歸為儲君，加上周思歸太過年少，還看不出品性，最終只能立周平。

周平的命是秦婉之救的，他對周燁幾乎是言聽計從，外加人品端正，作為儲君來說，再好不過，但眾人還是怕他與周思歸未來叔姪不和，因此每日都讓他們玩耍一陣子。

周平也因此極其善於與孩子打交道，將顧錦帶到宮裡後，他領著顧錦和周思歸成了好友，顧錦和周思歸雖然相處不錯，可大約是最初認識的是周平，顧錦還是喜歡往周平面前湊。她每日早早去宮裡，晚上才回來。周平本有些不好意思，他有些奇怪道：「錦兒為什麼不喜歡回家。」

顧錦心裡一緊，她雖然年少，但不知道怎麼，似是天生的，便會遮掩心中那份真實的意圖，她直覺說出「她是想靠近他」是一件不好的事，於是只能道：「長安，在。」

周平了悟。

他看著面前低著頭的小姑娘，心裡不由得有些心疼，他抬頭摸了摸顧錦的頭，溫柔道：「沒事，哥哥陪著妳。」

得了這話，顧錦頭低得更低，心裡卻是歡喜極了。

顧錦在宮裡的日子過得極為愉快，她說話結巴，周平和周思歸認認真真教著她說話，陪著她玩耍，她七歲的時候，便能俐落說話了。

她說話雖然不太順利，但顧錦學讀書寫字卻是很快的，尤其是在算術上，更是天賦驚人，可說是完完整整遺傳了柳玉茹，心算極快，對於帳目近乎過目不忘。

隨著年歲漸長，等顧錦十歲時，她也不方便待在宮裡了，周思歸開始他的課業，周思歸頗為遺憾，但他明白了男女之防，只能同顧錦道：「顧錦，以後常進宮來玩。」

顧錦笑了笑，抬眼看過去，看見站在一旁的周平。

如今周平十八歲，已接近青年，他瞧著她，彷彿看著一個孩子，顧錦見著這樣的眼神，心裡有了那麼幾分難過，也說不清是為什麼，低下頭去，眼眶有些發酸，低低道：「那以後，你和太子哥哥，都多來看我。」

「放心吧。」周思歸立刻道：「我們會常來看妳的。」

「不要忘了我。」

「怎麼會？」周思歸笑起來道：「忘了誰也不能忘了妳，咱們是好朋友啊。」

顧錦心中有些難過，低低應了一聲，沒有多說。

後續時日，顧錦一直待在家。柳玉茹早早讓她管帳，她跟著柳玉茹做著生意，柳玉茹和顧九思與旁的父母不同，他們從不因她是女子就少教導她什麼，他們不會教她一個女孩子該嫁人、該繡花、該如何注重名節，他們只會教她，要好好掙錢，要有能力，要如何過得好一些。顧錦沒有嫁給誰便是榮耀的概念，於她而言，嫁給誰，什麼身分，並不重要。她母親說的，她若喜歡誰，她便可以嫁給誰。對方沒有錢，她能養他，對方若有錢，她也配得上他。

她忙著經商，然後暗暗打聽著周平的消息。

她十二歲時，周平加冠，這一年他便可以娶妻了，她聽到消息時，心口梗得發疼，當日晚上，她站到顧九思和柳玉茹面前，沙啞道：「我想進宮。」

柳玉茹與顧九思對視一眼，頗為震驚，顧九思結結巴巴道：「妳……妳才十二歲……妳周叔叔和妳爹一樣大……」

「我要去東宮。」顧錦認認真真開口。

顧九思聽到這話，舒了口氣，但片刻後，又反應過來，立刻道：「那妳的年齡也不夠啊！要不這樣，」顧九思同顧錦道：「妳還小，不要這麼早考慮這種問題……」

「我娘八歲就開始考慮婚事了。」

顧錦含著淚脫口而出，顧九思震驚地看向柳玉茹，柳玉茹輕咳一聲，轉頭看向窗外，顧九思悲憤道：「妳八歲就看上葉世安了？」

「你別聽她胡說，」柳玉茹趕緊道：「八歲的孩子懂什麼喜歡不喜歡？」

「我懂。」顧錦打斷柳玉茹，流著眼淚道：「我喜歡太子哥哥，我要嫁給他，我要一直同他在一起，如果這不是喜歡，什麼是喜歡？」

柳玉茹，「……」

顧九思盯著柳玉茹，神色頗為委屈，「我喜歡妳之前，還沒喜歡過人呢！」

「呃……」柳玉茹一個頭比兩個大，有些艱難道：「咱們先想想錦兒的事吧。」

當日晚上，柳玉茹把顧錦留在房中，她對顧錦曉之以情動之以理，從各種角度和顧錦分析她和周平不可能在一起，顧錦哽咽著，一直不肯說話。柳玉茹嘆了口氣，終於道：「妳若真要嫁給他，有本事就自己去嫁，妳若能自己去，我也不攔妳。」

顧錦沒說話了，她低著頭，不再出聲。

柳玉茹以為顧錦是知道了現實，也就不再說話了。

然而過了幾日，顧錦說出去看鋪子，而後夫妻倆就聽宮裡的人通知他們顧錦入宮的消息。

顧錦找了周思歸，讓周思歸給她一道詔令，然後便入了宮，接著讓周思歸帶著她去見了周燁。

誰也不知道她同周燁說了什麼，只知道她出來之後，周燁將周平召入宮中，他瞧著周平，有些好笑道：「朕打算讓你選妃之事再拖兩年，你覺得如何？」

周平神色恭敬：「都聽陛下吩咐。」

「阿平，」周燁看著周平的模樣，突然道：「你有沒有想過，未來你的妻子是怎樣的？」

這樣的話讓周平愣了愣，周燁便知道他是沒想過了。周燁有些無奈地笑了笑，揮手道：「沒事，你下去吧。妻子不能馬虎，你要好好選，用心選。」

周平應了下來，但他其實並不明白，妻子要如何好好選。

在他心中，太子妃的位子，只要家世合適，品性端莊，便足夠了。

他是一國儲君，他的命是百姓的，他的妻子，也是為了百姓而生。

他從御書房走出來，來到廣場，然後看見了顧錦，柳玉茹和顧九思來接她，小姑娘低著頭，被夫妻倆訓斥，但她面上卻帶著笑容，全然不見半分悔過。

然後顧錦回過頭，看向他。

這個姑娘，帶著柳玉茹那份柔美與堅韌，在骨子裡，卻全是顧九思那份一往向前的奮勇。如此明媚又溫柔。

周平愣了愣，這時候他才意識到，顧錦，長大了。

顧錦回到家中之後，就替自己請了宮中的嬤嬤來教她禮儀。

她讀書、學禮儀、甚至還學了幾門常用的其他國家的語言，她注重自己的外貌，從髮絲到指尖，都認認真真打理。

所有人從未見過如此精緻的姑娘，她容不得自己犯下半分錯誤，她身上展現出來的，都是完美的。

她十五歲那年，便以美貌和才名傳遍大夏，她出身高貴，又有才華，還樂於做各種善事，在民間頗有聲望，而在她十五歲那年，周平終於開始選妃。

這一場選秀彷彿專門為她準備，無論出身還是她自己本身，都是太子妃最合適的人選，於是周平幾乎是沒有任何遲疑便選了她。

按著祖制，周平本該選擇一個正妃，一個側妃，然而周燁卻提前告知周平：一個就夠了，免得日後後悔。

周平不能明白周燁的意思，但周燁開的口，他自然會遵守。於是他只選了顧錦。

十五歲的顧錦和他記憶裡不太一樣，她端莊、溫柔、美麗，沒有半點錯處，只是在成婚那日晚上，顫顫巍巍抱緊他，叫那一聲「太子哥哥」時，才有了少時那幾分影子。

而後他們一直好好生活著，相敬如賓。

周平性子溫柔，溫柔也就意味著平淡，他很少有外露的情緒，他一心一意撲在政務上，甚少關注顧錦。

顧錦照顧著他、陪伴他，似乎過上了自己一直想要的生活，周平和小時候一樣，對她很好，可是慢慢的，顧錦慢慢長大，她開始意識到，這樣的好並不特別。

她想要更多。

人心彷彿是填不滿的溝壑，越靠近這個人，想要的越多，得不到，就越痛苦。

可她從來不敢說，這是她選的路，柳玉茹在她十二歲時便勸過她，是她執著地踏了進來。於是她除了堅持，沒任何辦法。

她習慣了偽裝，習慣了完美，也就習慣了把痛苦往心裡藏著。柳玉茹和顧九思來看她，她都言笑晏晏，周思歸來看她，她也沒有半分異常，她彷彿過得很好，很幸福。

直到有一日，她病了，醒來之後，柳玉茹坐在她身邊，柳玉茹拉著她的手，眼淚簌簌而落，顧錦沙啞開口，她說：「娘，我沒事。」

柳玉茹聽到這話，卻是哭得更厲害了，她看著顧錦，艱澀道：「錦兒，我年少的時候，同我娘說得最多的，也是這句話。」

我沒事。

這是子女對於父母，最深沉的愛意。

當年柳玉茹是因為蘇婉無能為力，說出來平添傷心。而如今顧錦不說，卻也是因為，感情之事，哪怕柳玉茹和顧九思權勢滔天，也無能為力。

於是顧錦知道，柳玉茹和顧九思什麼都知道，只是所有人給她臉面，怕她傷心，才不肯開口。

她看著柳玉茹，有些不知所措，柳玉茹吸了吸鼻子，低聲道：「妳別擔心，妳喜歡他，想要陪著他，那便陪著。妳不喜歡他了，不想待著，我與妳父親早已同妳周叔叔說好了，到時候便給妳安排個身分，妳出了東宮，從此天高海闊，妳還是顧錦。」

顧錦聽到這話，靜靜看著柳玉茹，好半天，她才笑起來：「我以為你們不管我了。」

「我和妳父親，操勞這麼半輩子，不就是希望著能給你們一片天地嗎？」

柳玉茹嘆息，抬手拂過顧錦的頭髮，溫柔道：「妳要往前走，妳就走，走到頭了，便回過頭來，這世上誰都不要妳了，」柳玉茹哽咽出聲，「父母還在。」

有了柳玉茹這番話，顧錦輕鬆不少，她的病好起來，也慢慢試著和周平相處。但她一直不敢要孩子，於是一直暗暗喝著藥，怕孩子的出生和到來。

她努力想要讓周平注意她，但又不太敢表達自己的情緒，於是只能悄無聲息地接近他，就像她年少時一樣。她布置他最愛的薰香，替他挑他喜歡的墨條，東宮之內，從花草到瓷瓶，都是她一手打理，周平一回來，便處處是她的痕跡。

只是這痕跡如春雨潤草，悄無聲息，周平忙著國家大事，未曾發現。

顧錦十八歲時，他們成婚第三年，顧錦因為一直沒有子嗣，終於有朝臣建議周平再納側妃。

這聲音不大，畢竟顧錦的身分在哪裡，誰也不敢說得太過，但周平仍舊是放在了心裡，那日夜裡回去，周平破天荒同顧錦道：「我們當有個孩子了。」說著，他抬眼看她，有些擔心道：「要不讓大夫來看看，開些藥，調理調理吧？」

說完之後，周平似是有些擔心她不悅，接著道：「我也看看。」

這話讓顧錦輾轉難眠。那日晚上，她躺在床上，認認真真思索著，她是不是應當要個孩子。

她慣來早慧，她清楚知道，孩子是一份責任，如果有了孩子，哪怕有柳玉茹和顧九思，她便再也離不開東宮。縱然捨得下周平，也捨不下孩子。

她要麼不生，若生下來，她希望她的孩子，能活在一個幸福的家庭，就像她一樣，無憂無慮長大。

她睜著眼，徹夜未面，等第二日清晨，周平起來，她突然道：「殿下。」

周平有些疑惑，顧錦溫和道：「如果我一直沒有孩子，殿下怎麼辦？」

聽到這話，周平皺了皺眉，而後他走上前，輕撫顧錦的面容，溫和道：「妳別擔心，妳若沒有孩子，我們再找大夫，好好看看。」

「若找了大夫，還是看不好呢？」顧錦執著地看著他，周平猶豫片刻後，終於道：「那便再納個側妃吧，」他說得輕而易舉，彷彿是一個公事，「到時候孩子放在妳名下，妳不必擔憂。」

「是因為我父親嗎？」顧錦繼續說，她少有這樣失禮的時候，讓周平一時有些無措，顧錦看著他，卻道：「若非我父親，我若無子，你當如何？」

「阿錦。」聽到這話，周平皺起眉頭，顧錦深吸一口氣，跪在床上，行了個禮，恭敬道：「殿下，臣妾太過不安，失禮了。」

周平沒說話，他看著顧錦的模樣，突然覺得心尖上，有那麼幾分密密麻麻的疼。

他也不明白這是什麼，只是站在原地，好久後，他走上前，輕輕抱住顧錦，柔聲道：「阿錦，妳別擔心，妳會好的。」

顧錦應了一聲，和平日沒有任何差別。

等周平走了之後，顧錦梳理好，等到下午，她讓人去找顧九思，顧九思和柳玉茹來的時候，她看著兩個人。

她穿著一身紅衣，相比入宮時，高挑消瘦了許多，美得驚心動魄。她看著顧九思和柳玉茹並肩而來，本想笑的，可一彎嘴角，卻哭了。

「我……」她像少時一樣，結巴著開口，「我、我想回家。」

女兒這一句話，顧九思便不忍再聽了，他也不問什麼，當場扭過頭，同柳玉茹和顧錦道：「我入宮找陛下，妳陪錦兒收拾東西。」

顧九思入宮不久，顧錦便聽周燁宣旨讓她進宮，顧錦和柳玉茹一起入宮，他們來到御書房，周燁坐在書桌之後，顧九思和周思歸站在兩邊，三人似乎已經達成了某種協定，顧錦和柳玉茹跪在地上行禮，周燁神色平靜讓他們起身。

「我聽九思說，妳想回家了。」周燁看著她，神色裡帶了惋惜，「就這麼算了嗎？」

顧錦勉強笑起來，溫和道：「陛下，其實你們說得對，」她聲音放低，「我與殿下不合適，是我強求。」

說著，顧錦跪下來，同周燁叩首，柔聲道：「還望陛下恩准。」

周燁不說話，好久後，他才道：「當年大家都說你們不合適，妳太用情、太衝動，而平兒與妳恰恰相反，你們這段感情，所有人都不看好，可朕還是許了妳，讓平兒等了妳三年，妳可知是為什麼？」

「因為妳同朕說，這世上沒有改變不了的事，當年妳父親就是這樣，我以為，妳也可以。」

聽著這話，顧錦落下淚來，聲音微微發顫，「民女辜負陛下厚愛。」

周燁聽著顧錦的聲音，這也是他看大的孩子，他嘆了口氣，終於道：「我將太子叫過來，只要他同意，這事便按著你們說的辦吧。他若同意和離，你們便和離。他若不同意和離，妳便換一個身分離開東宮。」

「謝陛下。」

周燁不說話了，好久後，他才道：「平兒對妳不好嗎？」

「好。」

「有這麼無法忍受嗎？」周燁嘆了口氣，「太子妃這樣的位子，多少女人羨慕還來不及，阿錦，妳既然愛著他，又何必呢？」

「正是因為愛著。」顧錦平靜道：「才難以忍受。」

忍受不了這個人永遠平靜的溫柔，永遠給著希望又全然絕望的情誼。

多少次她睜開眼醒過來，以為這個人屬於她，卻又會在下一刻，在某一個細節、某一個眼神，墮入絕望。

他沒做錯什麼，他一切都是對的。她的痛苦是自找的，她不能再放任這份痛苦繼續下去。

她沒有再站起來，跪著讓她平靜。

周平得了消息匆匆趕過來，看見所有人的時候，他一片茫然，他看向周思歸，周思歸拚命朝他使著眼神看顧錦，周平還是不解，只能先行禮，而後去扶顧錦，看向周燁道：「皇兄，這是怎麼了？」

在場的人面面相覷，顧九思輕咳一聲，隨後道：「要不讓錦兒和殿下談吧。」

周燁覺得這話很對，隨後道：「你們去偏殿聊一聊吧。」

周平得了話，領著顧錦去了偏殿，兩個人站在偏殿裡，默默無言了好久，周平張了張口，又不知怎麼問，他直覺不是什麼好事，卻是連開口的勇氣都沒有了。好久後，顧錦終於出聲：「我同陛下說了，」她抬眼看他，「我打算與你和離。」

這話讓周平猛地睜大了眼。

他呆呆看著她，從未想過和離這樣的事，也會發生在他身上，顧錦低下頭，吸了吸鼻子，接著道：「嫁給你這些年，我過得並不開心，於你而言，太子妃是我或是其他人，並不重要，只要合適便夠了。但我並不算合適，作為太子妃，我心太野，不夠端莊，也太善妒，我若再同你在一起，苦了自己，也怕害了你。」

「太子哥哥，」顧錦抬起頭，認真看著周平，她許多年沒這麼叫他了，這一聲喚出來，周平才隱約想起，當年的顧錦是什麼模樣。他呆呆看著她，聽顧錦道：「這些年你很照顧我，我很感激。只是我們的確不合適，我對不住你，你要是願意，我們便和離，你要是不願意，怕丟了你的顏面，我便換個身分，你對外宣稱我死了，也可以。」

「這事是我對不住你，我想一齣是一齣，想嫁給你的時候求著皇帝叔叔讓你推遲三年選妃，如今不想嫁你又要和你和離，是我耽誤了你，是我對不住你，你可以討厭我，我也認了。可我不會這樣白白對不住你的，以後我會跟著我母親經商，我名下所有商鋪，都會分三成利潤給你，東宮運轉需要錢，日後當了皇帝也要錢，這些錢財，當作我彌補你，你願意收，那我日後永遠是你妹妹。你不願意收……也望你不要記恨我父母。都是我任性，與他們無關。」

周平沒有說話，低著頭。

他的腦子木木的，也不知道怎麼了，就覺得心被人剜了一塊，抽搐著疼。

也不知道是為什麼，其實顧錦說得有道理，她當太子妃，不過是因為適合，當年推遲三年，也是因為周燁覺得若是顧九思的女兒能作為他的太子妃更好，如今她不樂意，其實並沒有什麼重要的，換一個人，也沒什麼關係。

只要顧家與他一直維持著關係，更何況顧錦日後還要給他三成利潤，怎麼算都應當是合算的。

顏面一事，他們也想好了，換個身分，她出去就好。總比一直待在身邊，成為怨偶來得好。

周平想要開口同意，這畢竟算他的晚輩，可他幾次張口，都開不了口。

顧錦見他不說話，怕他惱怒，便跪了下去，堅定道：「若殿下還是覺得不滿，我也願意以命謝罪，還望殿下放我回去，認祖歸宗。」

周平甚至微微一顫，覺得自己幾乎站不穩了，他抬眼看跪在地上的人，好久後，卻是道：「我對妳不好嗎？」

顧錦垂下眉眼，沙啞道：「好。」

「那麼，」周平艱難出聲，「妳寧願死，也不願意同我再過下去嗎？」

顧錦沒說話，周平盯著她，「決定好了？」

「好了。」

周平死死捏住了旁邊的桌子，一字一句，說得無比艱辛，「好吧。」

他用理智克制住自己，「你們都決定好了，不後悔，那便好。」

「一樁婚事，在一起，是姻緣，不在一起，也沒什麼。妳是我看著長大，我自然希望妳過得好，妳在我這裡過得不高興，是我做得不夠好。若有什麼能改的，妳告訴我……」

周平說著，又覺得這話似乎是在勸她留下來，他怕打擾了她，又忙道：「若妳決定好了，也無妨。不必說什麼以命謝罪，妳我好好和離，妳回去，還是顧大小姐，我也會照顧妳，妳別擔心。」

顧錦沒說話，她聽著周平的話，眼淚大顆大顆落下來。

他慣來是這樣，對誰都好，對誰都溫柔妥貼。

周平伸出手，扶著顧錦站起來。他只用了一隻手，另一隻手藏在袖下，暗暗顫抖著，不敢言聲。

「走吧，」他勉強笑道：「我同皇兄說。」

顧錦低著頭，跟在周平後面，周平走在她身前，她抬起頭，看著他的背影，她咬著牙關，眼淚撲簌而落。周平走在前方，他不敢回頭，只是領著顧錦走進御書房，他進屋之後，看了眾人一圈，放開顧錦，同所有人行禮，隨後看向周燁道：「皇兄，事情錦兒也都同我說了，既然錦兒做好決定，我也沒什麼不同意。她同我和離，也不必偷偷摸摸再換個身分，日後她依舊是顧家大小姐，我也願認她做義妹，這輩子雖無緣做夫妻，但也能好好照顧她。」

聽到這話，眾人面面相覷，周思歸皺起眉頭，周平笑著道：「拿紙筆來吧。」

他一直很從容，彷彿這件事對他沒有半分影響，顧錦站在他身後，已是全然不敢抬頭。只是周平不敢看她，故而沒有看到她的神態。周平迅速寫下和離書，簽下自己的名字，隨後他靜靜看著和離書，好久後，才道：「錦兒，過來落字吧。」

說完之後，他放下筆，走到窗邊。

顧錦走到書桌前，看著和離書上的名字，眼淚撲簌不停。可她知道不能繼續下去，她不能給周平孩子，就不能拖下去，她已經用那麼多時光來感動他，愛護他，得不到回應，便不能再繼續了。

她拿著筆，顫抖著簽下自己的名字，最後一個字落完，周思歸忍不住道：「阿錦……」

顧錦沒有忍住，朝著周燁拜別，便轉身走了出去。顧九思和柳玉茹匆匆和周燁行禮，隨後便出去追顧錦。等他們走了之後，周平站在窗前，一直沒有回頭。周燁嘆了口氣，替他收起紙頁，這才道：「早知今日，朕也就不幫她了。」

聽到這話，周平低啞著聲，「當年，您又為什麼幫她呢？」

「六年前她來找朕，她和朕說，她喜歡你，她適合你。」周燁抬眼看著青年的背影，「她打小喜歡纏著你，事事都跟著你，後來為了你學宮裡的禮儀，凡事以太子妃的標準要求著自己，這些，你都知道吧？」

周平聽著這些，震驚地回過頭，呆呆看著周燁。

「她不曾提過？」周燁有些詫異，片刻後，他笑起來，「也是了，她們這個年紀的姑娘，都不會把這些話說出來的。阿平，你以為她是為什麼嫁給你？」

「為……什麼？」周平艱澀出聲。

他從未想過這個問題，因為他以為，她和他一樣，成婚，不過是因為合適。

她是顧九思的女兒，他是儲君，她賢慧端莊，他也會給她無上尊榮，讓她成為這世上最尊貴的女子。

他以為自己等她三年是為了這份合適，而她三年後毫不猶豫來到選秀，也是為了合適。

然而這時候，周燁卻告訴他，「是因為喜歡。」

「當年她來找朕，九思和玉茹本就不同意，他們太清楚自己的女兒，她並不適合當太子妃，也不適合當未來的皇后。你未來會有三宮六院，而你也心不在情愛，可阿錦不一樣，她見過一份感情、一段好的姻緣是什麼樣子。你說皇后位子尊貴，可對於阿錦來說，她生來富貴，又何須用自己的感情，去換這份尊貴？」

「你以為她為什麼來這深宮內苑？無非是因為，她喜歡你。」

「那如今……」周平艱難開口，「又為什麼……要走？」

既然喜歡他，為什麼離開他？

周燁想了想，有些無奈道：「或許是，太久得不到回應，便不喜歡了吧？」

說著，周燁抬眼看著周平，「其實我本希望你同她在一起，阿平，我固然是皇帝，可我也是你的兄長。我希望你的一生，不僅僅是百姓的陛下，也應當是一個人，你會有一個家，你會像普通夫妻一樣，有一個人愛著，你也愛著一個人。你會捨不得她、珍惜她、喜歡她、陪伴她。你會容不得別人染指她半分，而她也會一直陪著你，愛著你，用命護著你。」

周燁說著，似是想起誰，頓住了聲音。

周平呆呆看著周燁，周燁走上前，拍了拍周平，溫和道：「不過，既然沒有緣分，便算了。」

「你不喜歡她，也就罷了。回去吧，好好休息一下，你也別怪她。」

說完，周燁便走了出去，吩咐人好好照顧周平。

周平在屋中站了很久，他也不知道怎麼了，覺得心上一直在疼，斷斷續續的疼，他腦海裡想起好多人，好多事，想起顧錦小小一個站在她面前，又想起她身穿嫁衣，一步一步走向他。

不喜歡她……

為什麼，所有人，哪怕他自己，都覺得她不喜歡她？

為什麼所有人，都覺得，他讓她走，他不會難過，不會痛苦，不會放不下？

所有人心裡都覺得他不把她放在心上，可是若不是放在心上，又怎麼會在最後簽和離書時，還想著，怕她未來過得不好。

旁邊太監見周平情緒不對，拿了披風替周平披上，勸著他道：「殿下，先回去休息吧……」

披風上是顧錦用慣了的味道，周平僵了僵。

到處都是顧錦的影子，而未來她就不在身邊了。不在他身邊，或許會去另一個人身邊，她還這麼年輕，又這樣的樣貌脾氣，回去之後，她或許很快就會再遇到一個人，然後他們會成親，會生子，至此之後，他便是她生命中，真真正正的路人。

想到這樣的可能，周平心疼得呼吸都覺得艱難了，他大口大口喘息著，突然推開太監，朝著外面瘋狂衝了出去。

「顧大人在哪裡？」他急切出聲，抓著人就問：「顧大人，見過顧大人沒有？」

太監被他嚇到，慌慌張張指了路。

外面下著小雨，周平順著太監指的路，一路朝著宮外跑去。

這時候的顧錦坐在馬車裡，她不願與顧九思和柳玉茹同輛馬車，她怕他們見著自己的狼狽模樣，便自己坐了一輛小馬車跟在他們後面，抱著周平給她的和離書，蜷縮著在馬車裡哭得不成樣子。

外面是雨聲，雨聲遮住了她的哭聲，她反覆告訴自己，哭完了，哭完了就好了。

這世上沒有過不去的坎，她日後離了他，也是一樣的過。

可是她執著這個人十三年，十三年求而不得，又要生生斬斷，他長在她心上，要摘了他，似是從心上生生撕扯下來，鮮血淋漓，痛難自抑。

她正哭得難以抑制，便聽外面傳來了急促的馬蹄聲，她的馬車猛地停下，她驚慌拉住了馬車，而後車簾便被人突然捲起。

驚雷響起，她抬起頭，看見外面的周平。

他渾身被雨水打濕，頭髮貼在他英俊的面容旁邊，他失去了一貫的溫和，一雙眼死死盯著她。她有些慌亂，沙啞道：「你……你來做什麼？」

周平沒回應，他看著她，手死死抓著車簾，沙啞道：「我告訴妳一句話。」

「什麼話？」

「顧錦，」周平上了馬車，靠近她，顧錦有些慌張，忍不住往後退了退，他卻貼上她，盯著她，認真道：「和離這件事，我不同意。」

說著，周平從顧錦手邊拿過和離書，當著她的面將和離書撕開。顧錦震驚地看著周平的動作，片刻後，她驚叫起來：「周平！」

「妳聽好，」周平一把將她壓在車壁上，認真地看著她，「妳是我陪著長大的，是我教會妳說話，是我教會妳寫字，是我教會妳念書，是我教會妳寫詩。是我，」他捏著她的下巴，在她震驚的眼神中，開口出聲，「教會妳愛上一個人。」

這話讓顧錦顫抖起來。

她從未覺得如此羞恥過，她覺得自己彷彿被剝乾淨了一般，沒了半分尊嚴，她顫抖出聲：「不是……」

「妳是為我入宮，妳為我成為太子妃，妳為我成為顧錦。」

「我不是……」

「妳喜歡我。」

「我沒有……」

「顧錦，」周平看著面前的人，她仰著頭，抬手捂著眼睛，哭得讓人心疼，他看著她的模樣，突然冷靜下來，他的動作輕柔下來，看著她，沙啞開口，「我知妳年少，可是卻斷沒有這樣，撥撩了一個人，又抽身離開的道理。」

「來也是妳，去也是妳……」周平低啞出聲，「妳不能這樣對我。」

顧錦聽著這話，不願看他。

「妳終歸，」她哭著出聲，「終歸不喜歡我。我或來或去，又有什麼干係？」

「我喜歡妳。」周平驟然開口，顧錦愣了愣，周平拉下她的手，看著她的眼，鄭重道：

「我喜歡妳。」

顧錦說不出話，她不敢相信，可周平似是怕她不信，一遍又一遍道：「妳若不能生孩子，我便不要。他們若逼我，我便不當這個皇帝。不會有後宮，也不會有別人，我的妻子，只會是妳。」

「我喜歡妳。」他說著，低下頭，吻向她濕潤的眉眼，哽咽出聲：「對不起，我這麼晚才知道。」

「我喜歡妳。」

他以為他不會喜歡一個人。

他以為他生來是為贖罪。

他以為，他會用一生，去對得起秦婉之以命相救，去為大夏，為百姓付出全部。

可遇見顧錦，他才知道，自己不過是個凡人。會喜歡，會害怕，會渴望著有一個家，家裡有一個姑娘，用一生陪伴他。

周平是到近三十歲才有的第一個孩子。

那時候顧錦不過二十二歲，時光讓周平很擔憂，尤其是見著周思歸的時候，他總會想起以前的玩笑話，他清楚記得，當年顧九思和周燁曾經動過讓顧錦嫁給周思歸的念頭。

於是他從來不蓄鬍子，看上去總是很年輕，他與顧錦走出去，看著便是一對少年夫妻。

周思歸喜歡玩樂，和顧長安玩得好，兩人常常鬥雞抓鳥，過得讓人極為羨慕。後來兩個人一琢磨，開始了一場萬里山河之旅，一個權臣之子，一個王爺，收拾了包裹，就去雲遊江湖。

只是顧長安還有顧九思管著，遊到一半被抓了回來，入朝做官，而周思歸則一去不回，當了個出了名的閒散王爺，雲遊四方。

再過了十年，周燁病故，周平登基，年號乾元。

這時候的大夏在周燁的管理下，早已是太平光景，周平接管之後，以法為束，無為而治，而後文化興盛，最終大夏風流之名遠傳海外，得萬朝敬仰來賀。

而周燁和周平的時代，史稱明乾盛世。

這個時代裡，有著最好的君主，最好的臣子，最好的百姓。

對於周平而言，除此之外，這個時代還有，最好的顧錦，最好的葉韻，最好的柳玉茹。

這是最美麗，也最難得的風景。

番外二、當朝右相年三十，未婚

一、

葉世安，當朝右相，他生得俊美，位高權重，又博學多才，性情溫和，是朝中多有美譽的君子。

他幾乎沒有什麼缺點，唯一的缺點就是：未婚。

年近三十，他好友的女兒都快十歲，他妹妹也已經成婚五年，他卻依舊孤孤單單一個人，連一個侍妾都沒有。每年過年，都靠蹭兄弟家的家宴度過，看上去像個年紀輕輕的孤寡老人。於是上到皇帝，下到葉府下人，甚至路邊賣豆腐花的大媽，都忍不住操心著——葉相什麼時候成親喲？

催婚大軍中，最凶狠的，便是右相顧九思。

其他人不知道原因，但身為顧九思的兄弟，周燁和沈明卻是十分清楚，因為顧九思曾不只一次在私下同他們說：「老葉現在還不成親，是不是還在想著玉茹？」

頭幾年，周燁和沈明都勸顧九思，「不可能，你別多想，世安對玉茹只有兄妹之情，絕無他意。」

可時間一長，連周燁和沈明都有點不敢相信了，他們有時候甚至覺得，或許顧九思說得對，葉世安是不是……真掛念著柳玉茹？

畢竟在葉世安的生命裡，能勉強算得上桃花的，也就一個柳玉茹了。

如果是這樣的話，事情就有點嚴重了。

周燁琢磨著，畢竟，當朝右相惦念著左相的媳婦，這怎麼看都是一件非常大的事。於是周燁在葉世安三十歲這一年，不顧皇帝的架子，親自加入了催婚大軍，每日逮著機會就問：「世安，你覺得那個王家的姑娘……」

「那個余家的姑娘……」

「那個陳家的姑娘……」

葉世安不堪其擾，最後終於得到一個巡查的機會，連夜逃出了東都。

逃出東都的時候，葉世安想著，他的確得早點解決自己的問題了，再繼續下去，他得被所有人逼出毛病。

二、

其實葉世安也不是不想成親。

他還是個非常傳統的人，如果沒有顧九思那一樁，他可能早就和柳玉茹定親、成婚了。他信奉著父母之命媒妁之言，只是後來他的長輩早早不在了，他一個人撐起了葉家，他的婚事交到自己手裡，便有些茫然無措了。

他得替自己選個姑娘，他也沒什麼參照，看了看身邊的人，無論顧九思、周燁、還是沈明，他們的婚姻，都起源與愛，哪怕是周燁和秦婉之，兩人是因婚約相遇，卻也是真心交付在一起。

有了兄弟們在前方引路，他也對婚事有了期待，一旦有了期待，他就發現——找個喜歡的人，太難了。

他認認真真找了十多年，個個問他為什麼還不成親，他就很想反問對方，為什麼你還不成仙？

是不想嗎？是嫌棄命長嗎？

為什麼個個都能找個喜歡的人——就連沈明那樣從來只知道傻樂、沒有任何精神追求的人都能找到葉韻，他這麼優秀的青年才俊，就得委屈著自己呢？

於是他一混混到三十歲，同僚都嘲笑他，再混混可以把女兒介紹給他。

是以，他處在了一個尷尬的境地裡。

找個不喜歡的將就著成婚——委屈。

不成婚孤家寡人——也委屈。

總之就是，在婚事這件事上，煩透了。

這種煩悶，伴隨著葉世安一路巡查，從東都出發，往北方一路行去。這一次他負責替天子巡查全國，看看全國具體的情況，看看朝廷出的各種條例落實得如何。

本來一路順暢，壞就壞在，到達青州地界時，他管了一樁閒事。

那是青州的一個大城，叫嵐城。嵐城以生產蘭花和土匪聞名，他去的時候，特地先化作一個普通商戶公子進城，他在茶館裡喝茶聽書的時候，遇到有人調戲一個女子。

那女子用面紗遮著臉，但從身段上看，卻頗為美麗，事情剛好發生在他旁邊這一桌，於是葉世安在那些賊人伸手去撈女子面紗的時候，順手用扇子隔住對方的手，然後侍衛上前將人推開，葉世安冷冷說了句：「滾遠些。」

那女子被他救下，就一直呆呆看著他，葉世安知道自己生得好，這些年也招惹了不少姑娘，他自覺自己無法回應，能躲就躲。這種英雄救美的場合，他當然能躲就躲，於是他救了人，也不邀功，甚至話都不說，便領著人轉頭走了。

等他走遠了，兩個五大三粗的女人從一旁來到戴著面紗的女子身側，小聲道：「老大，這個漢子幫了妳，要不要給他報個恩啥的？」

戴著面紗的女子不說話，她看著葉世安離開的方向，眼裡滿是欣賞。

站在她身後魁梧的兩個女人對視一眼，聽著戴著面紗的女人感慨了一句：「好俊啊。」

好了，不用女子再多說什麼，她們都明白了。

於是當日，葉世安重新出了城，他準備回去和大部隊匯合，然後再用著真正身分入城，誰曾想，他從城裡去客棧的路上，山道上突然響起了戰鼓聲，而後漫山遍野哇呀呀站了上百來人。

葉世安冷了神色，將手放在劍上，冰冷著聲道：「錢財都在馬車裡，諸位要取自便，還望留我等一條性命。」

「這位相公說笑了，」為首的女人生得高大，手裡拿著兩個鐵錘，大笑著道：「錢我們不要，就當你的陪嫁了，我們要的，是你的人！」

三、

要他的人，這自然是不可以的。

於是迎來一場惡戰，然而對方人多，戰鬥力且高，一擁而上之後，將他和侍衛圍了起來。

當日晚上，葉世安被下了藥，由著他們折騰著洗了個澡，打上香粉，然後穿上了極其輕薄的衣服，被扛進一間臥室。

這一連串行為，讓他覺得自己彷彿是個被洗刷乾淨的宮妃，等著誰的臨幸。他不由得恨得牙癢，只覺生平從未受過如此羞辱，他心裡已經想明白是怎麼回事了，就覺得等他回到嵐城，一定要把山上的土匪清理乾淨！

他在黑暗裡等了一晚，終於等來了一個醉醺醺的女人。

夜裡太黑，他沒看清女人的臉，只聞到了一身酒味，他皺起眉頭，有些不耐。

他不喜歡這樣的女人，簡直無禮。

然而他中了藥，不僅動彈不得，還說不出話，只能躺在床上，任人宰割。

他聽見房間裡窸窣的脫衣聲，閉上眼睛，咬緊牙關，過了一會兒後，就感覺有人往他身邊一倒，躺在旁邊，順便用手砸在他臉上，把他直接砸出了鼻血。

那人不算胖，甚至還可以說是消瘦，所以完全沒有察覺到這個寬大的床上多了一個人。

她醉得厲害，不一會兒房間裡就響起了鼾聲，葉世安躺在床上，睜著眼看著床帳。

這是他第一次和女人睡覺，然而，他連這個女人長什麼樣都不知道，還被砸得滿臉是血。

他躺在床上無法入眠，思索著明日怎麼辦。

這個女人已經脫了衣服和他睡在床上了，名節已經沒有了，按理來說，他得對她負責。

可他守身如玉三十年，為的就是一段好姻緣，卻被人強迫著……

他才是受害者吧！

他又生氣，又糾結，一直到天明，才有些扛不住，迷迷糊糊睡了過去。

等他醒來的時候，首先看到的是一張有些寡淡的臉。

這個姑娘很瘦，很白，眉目細長，筆挺唇薄。

她與東都那些女子不一樣，本就生得清寡，還不帶任何脂粉，更似如水墨畫一般，沒有半點顏色，卻空留了諸多意味。

她的眉不是普通女子那樣溫婉的眉，反而帶了些許英氣，這一點，倒與她的身分極為相襯。

畢竟是個山匪。

葉世安盯著她看著，打量著這個睡了他一晚的女人。

在他的目光下，女子也察覺到有人在看著她，她迷迷糊糊睜開眼，然後看見了眼前的葉世安。

她有片刻的呆滯，隨後便像見了鬼一般滾下了床，然後坐在地上，驚恐地看著葉世安。

葉世安坐起來，因為他的衣服一動就敞開胸口，不得已只能用被子擋在胸前，這個動作讓他顯得風流又憐弱，女子一見他的動作，立刻道：「對不住！」

葉世安不說話，冷冷看著她。女子慌慌張張站起身，從旁邊抓她的衣服，一面抓一面道：「對不起，你別介意，我這就去罰他們，我會對你負責的，你別擔心，我一定會對你負責！」

說著，女子就退了出去，抓著衣服一溜煙跑了。

葉世安坐在床上，好久後，他忍不住冷笑出聲。

就這個樣子，還敢和他說什麼負不負責？他信他個鬼！

四、

這個女人跑太快，沒有留衣服給他。他身上的衣服又著實不堪入目，葉世安沒有辦法，只能繼續在床上熬著。

過了一會兒，女人匆匆回來了，這時候她穿好衣服了，一身黑衣勁裝，長髮用一根紅色髮帶束在身後，腰上別了一把鋼刀，看上去精幹又神氣。她進門之後，看著床上的葉世安，欲言又止。

她有點焦慮，而葉世安則呈現出一種淡然的高人狀態。

他不一定打得贏這個女人，但是在談判這件事上，一定比這個女人更有經驗。

這個女人在房間裡走來走去，最後坐在床邊，她雙腿敞開，雙手搭在雙腿上，像個大老爺們兒一樣，苦惱著道：「他們把你綁過來，我是不知道的。」

「嗯。」

「我……我昨晚醉了。」女人艱難道：「對你不管做了啥，你都別介意。」

「嗯。」葉世安說著，覺得鼻子有點疼。

女人看了他一眼，隨後迅速低下頭，慢慢道：「我想過了，既然已經到了這一步，我還是得對你負責，今晚，我們就拜堂成親！」

「不可能！」葉世安果斷道：「我不介意此事，若妳真覺得對不住我，便應當放我下山，妳我都當這事沒有發生過。」

「我不介意。」

「不行，」女人搖了搖頭，「我不是這種吃乾抹淨不負責的人。」

「我介意！」

女人看著葉世安，滿臉愧疚道：「我屬下問過你的隨從了，你是第一次。」

葉世安：「……」

片刻後，他終於開口，冷靜道：「我們昨夜什麼都沒發生。」

「我畢竟把你睡了。」女人愧疚道：「就這樣吧，今晚，我們成親。」

於是，葉世安就在完全不知道這個女人名字的情況下，被壓著拜堂成親了。

拜堂的時候，葉世安聽見其他人叫她老大，又觀察周邊的人數一圈，確定這應該是一個規模極大的山寨，他將腦海裡能用得起這個規模的嵐城旁邊的山寨迅速排除了一圈，加上女寨主的標誌，便輕而易舉確定，這個女人，便是嵐城最大山寨伏虎寨的寨主姬流雲。

他的資料裡，姬流雲是一個做事極為沉著謹慎的女人，完全不像他見的這樣子。

他不由得開始思索姬流雲的目的。

山寨裡成婚很簡單，不比世家流程複雜。他早早被送回了洞房，而姬流雲又被扯去喝酒。他們派了好幾個人看管他，葉世安是有點拳腳功夫沒錯，但是和這些真正的江湖高手比起來，還是有一定差距。他有自知之明，也沒有掙扎，老老實實坐在屋裡，一面考慮著應對之策，一面思索著如何探得姬流雲的真正目的。

思索到了半夜，姬流雲終於回來了。她又喝得醉醺醺的，回來之後，往他身旁一倒，這一次葉世安能動了，他頗為嫌棄地往旁邊坐了坐，不滿道：「一個女人夜夜喝成這樣，像什麼樣子！」

「我這、這不是成親嗎？」姬流雲嘟囔著道：「成親得多喝點。」

「我與妳算不得成親。」葉世安皺著眉頭道：「姬寨主，妳連我姓甚名誰都不知道，就貿然和我成親，這門親事似如兒戲，當不得真。」

「我知道你是誰，」姬流雲喝得頭疼，靠在床柱子上，苦惱道：「當朝左相，葉世安。」

「妳既然知道是本官，還敢如此做事！」

葉世安聽到這話，眼中閃過冷意，他腦海中想了無數可能，甚至揣測著姬流雲是不是其他人派來的。誰知姬流雲抬手扶額，痛苦道：「是啊，不然你以為我會這麼做事？不是每一個被綁來的男人都可以和我成親的好嗎？」

葉世安：「……」

難道還很驕傲？

「要不是你是左相，我現在沒辦法，我們能成親嗎？」姬流雲醉了，她煩悶道：「他們把你綁來了，還這麼冒犯你，你能放過我們山寨老小？現在唯一的法子，就是我和你生米煮成熟飯，我成了你娘子，伏虎寨也就是我娘家了，你就大人不記小人過，算了吧。」

「妳現在放了我，我還能給你們一條生路。」

葉世安冷著聲開口，姬流雲卻是恍若未聞，她站起身來，開始脫衣服。這把葉世安嚇到了，趕緊按住姬流雲的手，驚慌道：「妳別亂來！妳就算嫁了我，我也未必不會治罪於妳！」

「你說得很有道理，」姬流雲認真道：「所以我想過了，我們再生個孩子，這樣牢靠一點。」

「妳休想用孩子綁住我！」葉世安面紅耳赤，怒喝出聲。姬流雲的動作頓住了，她低頭看著他，靜靜瞧了一會兒，突然彎下腰，一隻腳單膝跪在床上，靠近了他。

這麼近的距離，嚇得葉世安往後退過去，姬流雲卻是一把按住他的肩，靜靜注視著他，「三十多歲的男人了，」姬流雲聲音有些低啞，瞧著他道：「還沒娶老婆，不憋得慌嗎？」

「姬流雲！」

葉世安怒喝，剛出聲，姬流雲抬著葉世安的下巴就親了上去，這一吻當場震住了葉世安，葉世安驟然睜大眼睛，整個人都僵了。

這是一個極其甜美的吻，帶著姬流雲清新的氣息。姬流雲的身上和其他女子不同，沒有胭脂水粉的味道，只有淡淡的皂角味，帶了一點舌尖上的酒香，讓葉世安刺激得頭皮發麻。

看得出來姬流雲是個生手，她著實努力了，但依舊磕磕絆絆，等親完了，姬流雲喘息著抬眼，問了句：「滿意嗎？」

葉世安不說話了，他面無表情抬起手，扶起了姬流雲，然後站起身，走到銅鏡前，他讓自己先漱口，又洗了個臉，接著捏著帕子走了回來，朝著坐在床上的姬流雲就是一陣亂擦，而後將帕子一扔，上了床，倒在床上，不再說話了。

他看上去很鎮定，也瞧不出情緒，姬流雲上床躺在他身邊，他也不動彈，姬流雲輾轉反側到半夜，不敢睡，想了許久，她終於還是推了推葉世安，忍不住道：「你是什麼想法？」

葉世安不說話，翻過身繼續睡了。

姬流雲跟著過去，繼續推他，「葉大人，你打算怎麼樣，你說句話啊？」

葉世安不堪其擾，他終於開口了。

「女孩子家家的，」他低喝：「矜持些！」

五、

姬流雲不明白葉世安是怎麼想的。

她繼續把葉世安強行留在伏虎寨上培養感情。葉世安在經歷成親那晚短暫的驚慌後，倒呈現出一種從容來，不慌不忙得很。

這讓姬流雲有些頭疼，也不知道該怎麼辦。山寨裡的人膽子大得莫名其妙，把當朝左相搶回來給她做壓寨相公，現下好了，就這麼送回去，大夥兒都怕葉世安治罪；不送回去，大夥兒還是怕葉世安以後治罪。

於是最後，大夥兒回到美人計上，整個山寨的人都寄希望於姬流雲，希望她能以美貌拿下葉世安，讓葉世安放棄對他們山寨的報復。

姬流雲是山寨裡最美的女人，也是最強的女人，以姬流雲的長相，放眼整個青州，也是數一數二的美人。本來姬流雲挺自信的，結果成親當晚，她如此果斷，如此誘惑，葉世安依舊能在她身側睡得深沉，這讓她對自己的魅力產生了極大的不自信。

後來姬流雲旁敲側擊葉世安：「葉大人。」

「嗯？」

「我問問啊，你見過比我美的女人嗎？」

葉世安聽到這話，上下打量姬流雲，嗤笑一聲。

「妳是女人？」

這話著實傷自尊了。但姬流雲也明白了，她對葉世安，大概是一點魅力都沒有了。

而後兩個人就在山上熬著。

姬流雲試圖誘惑葉世安，而葉世安在等朝廷來救他。

他被抓上山寨的消息一定會第一時間報到宮裡的，這樣一來，顧九思一定會第一時間來救他。

但他沒料到的是，當他被抓之後，消息第一時間傳到宮裡，內容是這樣的——不好了，葉相被一個土匪抓去當壓寨相公了！

聽到這話以後，整個御書房沉默了，片刻後，周燁終於開口確認：「抓去當什麼？」

「壓寨相公！」

「九思，」周燁想了想，看向顧九思，「你覺得該怎麼辦？」

顧九思對周燁的想法心領神會，於是他們在沒有探討的情況下，一致決定：「等他們培養培養感情，再看看！」

有了這個想法，顧九思自然不會派人來接他，甚至還讓人私下傳了話給葉世安：「我們發現伏虎寨有一個更大的祕密，需要你配合一下，你先在山寨中周旋，等信號。」

葉世安得了傳話，頓時在山上待得更安分，甚至為了套話，還刻意去接近一下姬流雲。

他陪姬流雲上山抓魚、捕獵，看姬流雲練劍、比武，他跟著姬流雲一起去聽山寨裡的老師講學，因為嫌棄對方水準太差，還親自當起了山寨裡的教書先生。

姬流雲沒怎麼念過書，字都不會寫，葉世安就教她寫字。

握刀的手穩穩當當，握起筆來，卻連筆尖都在抖，葉世安忍不下去，便從她背後環過她，握住她的手，落下了一個「葉」字，隨後道：「該這麼……」

話沒說完，姬流雲便轉過頭，詫異地看著他。

她離他太近，風吹來的時候，髮絲撫在他臉上。他聽著周邊的蟬鳴、鳥叫，聞著她身上皂角的清香，感覺呼吸糾纏在一起。

他一時有些癡了，第一次察覺到，何為心動。

而後姑娘便湊了上來，唇貼在他的唇上，他沒忍住，撒開了筆，推開了紙，讓墨淌了一地。

那日晚上他們躺在床上，各自睡在一個被窩裡，就同平日一樣，姬流雲看著房頂，突然道：「我明日帶你去抓魚吧？」

葉世安心中有些不穩，就低低應：「好。」

「葉世安，」姬流雲突然開口，「你對誰都這麼好的嗎？」

葉世安聽到這話，有些疑惑，姬流雲側著身子，用手撐著自己的頭，低頭瞧他。

她在月光下顯得很白，甚至帶了幾分華光，她的衣服寬大，輕輕散開來，能看見脖頸的線條一路探下去。

她笑著同他說話，帶了幾分豔色，有了幾分姑娘的模樣，他逼自己將目光移開，勉強發出一個鼻音：「嗯？」

「我是山匪，把你抓了過來，你非但沒有冷淡我，還對我很好，葉世安，你對姑娘都這麼好的嗎？」

葉世安聽到這話，沉默了，他認真想了想，驟然發現，倒也不是。若換一個人來，他怕沒有這樣的好脾氣。發現這一點，覺得怪得很，不由得抬眼又看了姬流雲一眼，姬流雲笑意盈盈瞧著他，「若是換一個姑娘親你，你也樂意嗎？」

這自然是不樂意的。

葉世安腦海裡立刻回答了出來。有了這一句，他驟然反應過來，不由得又看了姬流雲一眼。

他才發現，其實自個兒是並不討厭這姑娘的，甚至在第一次見面，就不討厭。她生得美，是一種清雅的、帶著勃勃生機的、又乾淨俐落的美，打從第一眼，他就算不得討厭她。

他沉默，她不由得有些疑惑，往前探了探，皺眉道：「想什麼呢，都不說話。」

葉世安被她催促了，終於再次抬眼看她，他定定瞧著她，好久後，突然道：「倒也沒想什麼，就是突然發現，若是其他姑娘親我，我是不樂意的。」

這話把姬流雲說愣了，她這麼呆呆瞧著人的樣子，倒是少見，葉世安看到她這樣的表情，不由自主笑起來，心裡軟了一片，似是突然意識到什麼，正要說話，就聽姬流雲道：「那我親你，你是快活的？」

如果是葉世安十幾歲，聽到這樣的話，怕早就面紅耳赤了。

可如今他三十多歲，認清了心境，便覺坦然，他抬手墊在腦後，笑著瞧她，有了幾分風流氣度，溫和道：「那是自然的。」

話剛說完，人又湊了上來。

一件事次數做多了，便成了習慣，放下了戒備，便可以享受起來。

那日晚上星光很亮，葉世安和姬流雲躺在一起的時候，他突然想，準備了十幾年的聘禮，終於派的上用場了。

番外三、當年揚州

江河一覺醒來，覺得頭痛欲裂，這種疼痛他非常熟悉，應當是宿醉過後的感覺。

他捂著頭起身，有些難受，緩了片刻後，他僵住了。

他不當在這裡的。

他抬起頭來，茫然張望。這個房間的擺設他有些熟悉，又帶了幾分陌生，原因無他，這本該是他十七歲在東都的房間。

他當了江家的家主後，便離開這個房間，有了宅院，屋中的擺設也與此全然不同，為什麼……為什麼他明明該死在東都宮廷大火中，卻又出現在這裡？

饒是江河慣來聰明，一時也有些不明白了，正想著，外面傳來了母親的勸慰聲：「阿河，你的事，我聽你姐姐說了，那姑娘是怎麼回事，你同家裡說一聲啊？母親為你提親去，但凡有一絲機會，家裡也會幫你……」

熟悉的話語傳來，江河聽著，更茫然了。

他記得這些話。

他十七歲，與洛依水在一起後，便高高興興回來說要去提親，家裡人知道他要給一個姑娘提親，都備好了，可當他去找洛依水，問她家家門時，洛依水低笑著說了那一聲：「我便是洛家的大小姐？」

「洛家，哪個洛家？」

洛依水抬起手，指向城郊遠處那片桃花。

他忘記自己是怎麼回來的，他倉惶逃了，連夜回了東都，然後就日日宿醉，什麼都顧不得了。

這是……

江河腦中有驚雷劈過，猛地反應過來——這是二十二年前！

外面的人還在絮絮叨叨勸著他，江河在短暫的震驚後，翻身下床，衝到門前，他猛地開門，看著站在門前的母親和父親，喘著粗氣，艱難道：「幾月了？」

「十月……」

他母親下意識回答，江河閉眼退了一步。

十月，二十二年前的十月，洛依水就是在這個時候出嫁的。

「阿河？」

江夫人有些擔憂，忍不住上前一步，扶扶住看上去還有幾分虛弱的江河，江河緩了片刻後，他突然道：「我要去揚州。」

「你之前才回來……」江夫人不太理解，然而江河卻是堅定了目光，認真道：「我要去揚州。」

江家養孩子，一貫是放養的，而江河又是江家孩子中向來最放肆的一個，誰都管不住他。他要去揚州，就只能乖乖備好了車馬，讓他趕去了揚州。

去揚州的路上，江河慢慢梳理清楚自己的情況。

他的確是死過一次，又回到自己的十七歲。這個年紀頗為尷尬了些，他若是早一點回來，就能不同洛依水在一起，甚至再早一點回來，他也許就能阻止洛家害死他兄長。

二十年黃粱大夢，一夢醒來，他早已不像少年時那樣偏執，對於洛家與江家之間的仇恨，他也已經坦然。當年他提起洛依水，恨之入骨，又愛之入骨，他恨洛家每一個人，卻又獨獨愛這一個人。而如今一晃二十年，恨消散了，愛平和了，對洛依水最多的，便是愧疚。除去對這個女子的愧疚，還有的，便是對洛子商……不，或者說，江知仁的愧疚。

這個孩子，他讓他出生，卻因自己的懦弱拋棄了他，而後一路看著他走向歪路卻不阻攔。為人父親，他簡直是該千刀萬剮。

他無法彌補洛依水，因為他的確不可能娶洛依水，哪怕隔了二十年，他也不能娶一個仇人之女，而且依照上輩子的情形，洛依水最終，還是愛上了秦楠，他們本是眷侶，他不該打擾。

可是無法娶洛依水，他卻依舊得好好照顧江知仁，這一輩子，他不能再讓江知仁走上老路，無論是為了自己，還是為了天下。

他理清了思緒，趕到洛家，這時候洛家張燈結綵，剛好是洛依水出嫁前一天。

他奉上了自己的權杖，求見洛依水，洛家本是不肯的，但江河在門口遇見了秦楠。

年輕的秦楠一如後來那樣，看上去固執，沉悶，帶了幾分古板。

他看著江河，江河靜靜瞧著他，許久後，江河開口道：「她明日嫁你，我再同她說幾句……」

話沒說完，秦楠一拳砸了上來。

他和江河的武藝，本是天壤之別，然而江河仍舊讓著他，讓他一拳砸倒在地。秦楠一把抓起他的領子，將他按在牆上，紅著眼，顫抖著聲道：「為何不娶她？」

江河苦笑出聲：「我今日來，便是來解釋這個。」

「她總該心無芥蒂嫁給你，秦楠。」

秦楠愣了，許久後，秦楠慢慢冷靜下來，他深吸一口氣，扭過頭去，低聲道：「我帶你去見她。」

秦楠領著江河入府，而後江河悄悄到了洛依水的屋中。

洛依水正坐在鏡子面前，看著鏡子中的自己，神色十分平和。

江河在角落裡打量著她。

當年洛依水嫁給秦楠之後，一直掛念洛子商，以為自己孩子身死，因為愧疚和執念，常年鬱結於心，以至於早早就去了。他最後見她時，她已經消瘦得不成樣子，沒有半點美人風采，而如今的洛依水還是最好的年華，哪怕消瘦了些，卻仍美得驚心動魄。

她是自幼學了武藝的，和秦楠不同，故而他方才進入房中，她便察覺了。

她靜靜看著鏡子，平靜道：「既然來了，喝杯茶吧。」

江河從角落走了出來，洛依水站起身，回頭看他。

她穿著嫁衣，清麗的面容上沒有半分悲傷，依舊如同平日一樣，優雅又冷靜。

她注視他許久，終於道：「我要嫁人了。」

「我知道。」

「那你來做什麼？」說著，洛依水笑起來：「總不是來帶我私奔。」

「若我是呢？」江河抬眼看她，他突然很好奇這個答案。洛依水靜靜注視著他，好久後，她慢慢出聲道：「你不會做這樣的事。」

她一面說，一面走上前，坐在桌邊，平靜道：「秦楠向洛家提親，我也已經答應了，你我的感情，是你我的事，不該牽扯無辜的人。我既然答應了他，便不會辜負他。若你今夜不來，我當你是負心薄幸，但你今夜來了，我便知你仍是顧三。」

說著，洛依水抬頭看他，目光澄澈如溪澗：「既然是顧三，便不會做這樣的事。」

江河沒有說話，其實他幻想過無數次，當年的洛依水是怎麼看待他的。然而如今親眼見到了，才知道，當年的洛依水，哪怕面對這份讓她絕望的感情，也沒有失了她的風度。

「妳不恨我？」

「你自有苦衷。」洛依水搖搖頭，說著，她笑起來：「你若沒來，我當恨你。可你來了，我便知道，你是來給我一個結果。」

說著，她抬眼看他，審視著他道：「說吧，為什麼？」

「我哥哥，江然，」江河看著洛依水，平靜道：「是因妳父親而死。」

聽到這話，洛依水睜大了眼，江河低頭喝茶，慢慢道：「細節妳可以問妳父親。」

「所以……」洛依水好久後，才反應過來，「你是因此，與我分開？」

「對。」江河不敢抬頭，他不敢直視洛依水的目光。

然而洛依水在短暫的震驚後，她靜默了很久，終於道：「我把孩子生下來了。」

「我知道。」

「我本以為，我可以不出嫁，我可以養著他。我以為我足夠有能力，可以對抗這些禮教規矩。」洛依水說著，苦笑起來，「可我錯了。」

「其實我不是很明白，顧公子，」洛依水抬眼，看著江河，她是笑著的，笑容裡卻有了諸多過去未曾有過的苦澀，她叫了他過去化用的名字，彷彿兩個人還是之前那樣，從來不知對方的名字，不知對方的底細，她只是大小姐，他是顧三。他靜靜凝視著她，聽她道：「我做錯什麼了？」

「我不想成婚，我想自己一個人養自己的孩子，我可以給人教書，我可以經商，我有錢，我為什麼一定要嫁給誰，有一個名分，才不算辱沒家門？」

聽著這些話，江河不由得笑了。

直到此刻，他才清清楚楚感知到，他老了，而洛依水，仍舊是當年那個大小姐。

他當年愛洛依水什麼呢？

他愛著她的與眾不同，愛著她的抗爭，愛著她劍指天地那一份豪情。

因他也是這樣的人。

他靜靜凝視她，好久後，終於道：「妳沒錯。」

「不，」聽到這話之後，洛依水眼淚驟落，「我錯了。」

「錯在太過自負，錯在太過天真。我對抗不了家族，亦如家族對抗不了世間。江河，」

洛依水閉上眼睛，「他死了。」

她說的「他」是誰，江河知道，洛依水捏緊了拳頭，沙啞道：「我逃了出去，想將孩子生下來，我逃得很遠了，還是被父親找到了。那時候接近臨盆，已經打不掉了，我看著他們把孩子抱出去，我哭著求他們……」

那一夜，她所有的驕傲，所有的尊嚴，所有曾經擁有過的自尊，都拋卻了。

她終於意識到，自己在這眾生中，不過是個普通人。

她改變不了什麼，也沒有自立的資本，她甚至護不住一個孩子。

她苦苦哀求，但是孩子依舊被抱走了。

江河靜靜聽著，好久後，他道：「孩子，沒死。」

洛依水聽到這話，震驚地抬起頭，江河平靜開口：「我會好好養著他，好好教導他，妳若願意，可以和秦楠商量，也可以來看他。」

洛依水睜大了眼，顫抖著唇，呆呆看著江河。

「我兄長的死，我不計較了，」江河慢慢道：「妳同妳父親說，玉璽在他手裡，早晚會有殺身之禍，過些年讓他給我吧。他若不給，洛家，早晚保不住的。」

說著，江河站起身，看著洛依水。

他注視著她，此時此刻，他發現，這個人，真的是個小姑娘。

十八歲的年紀，在他眼中，不是個小姑娘嗎？

這是她最苦難的時候，她曾是天之嬌女，眾星捧月，一朝落下神壇，便是萬劫不復。他看著她，忍不住走上前。

「依水，」他認真瞧著她，「明日妳就要出嫁了。」

洛依水沒說話，江河笑起來，「遇見我，妳後悔嗎？」

洛依水靜靜瞧著他，她看著面前人，發現不過幾個月時的間，這個人卻彷彿突然飛升成了神佛，帶了過去遠沒有的滄桑沉穩。

其實她一直等著他，等了好久，從一開始的怨恨，等到絕望，她曾以為他來了，她應當大悲大喜，然而如今他站在這裡，她卻發現，原來自己等這麼久，等的，不過是個結局。

她彷彿被困在這裡許久的亡靈，終於得到了救贖，突然笑開。

「沒的。」她搖搖頭，「沒後悔。」

「我喜歡的人，依舊是我心裡那個樣子，縱然你我不能在一起，」洛依水笑起來，「我也不後悔。」

「我不是騙妳的，」江河看著她，將那藏了二十年的話說出來，「我是真心要娶妳。」

「我知道，」洛依水低笑，「無妨的。」

兩人沒有說話，彷彿過去的好友，江河深吸一口氣，終於道：「秦楠……妳嫁給他，又是真心的嗎？」

洛依水垂下眼眸，這時候，江河察覺門外來了人。

江河知道，洛依水是從不騙人的，她向來坦蕩，他問，不過是為了給未來的秦楠，安一個心。

「顧三，」洛依水溫和出聲，「我最絕望的時候，陪著我的是他。」

說著，她抬起頭，平靜道：「我不會嫁給一個，我全然無心的人。」

站在門外的秦楠猛地睜大了眼，江河笑起來。

若他是少年時，怕早已是滿腔怒火，然而如今他看著年少的洛依水，竟有了幾分安慰。

「我會好好照顧知仁，」江河溫和開口，「妳放心吧。」

「好。」

「那麼，」江河猶豫片刻，終於道：「還有什麼要問我的嗎？」

洛依水想了想，終究是搖了頭，「當說的，已經說完。」

江河點了點頭，終於道：「再會。」

「再會。」

說完之後，江河轉過身，他開了門，門外站著秦楠，他呆呆看著他們，江河笑了笑，溫和道：「日後，祝二位白頭偕老。」

秦楠沒有說話，江河想了想，又道：「她身子不好，去永州後，要好好休養。」

若換做旁人，聽這樣的話，大約是要生氣的。然而秦楠卻不是，他向來以洛依水為先，他抿了抿唇，低聲道：「謝謝叮囑。」

江河點點頭，往庭院外走去。

此時下著淅淅瀝瀝的小雨，他一個人往外走，聽見秦楠和洛依水低低說話的聲音，他頓住腳步。

他想起來，這是他的十七歲，他最張揚、最輕狂、也最美好的年華。

他有一句話，從未這樣與人說過，於是他忍不住回了頭，大聲道：「洛依水！」

洛依水和秦楠抬眼看他，江河笑起來：「我喜歡妳，把妳放在心上，放了一輩子！」

上一世，他便是如此，哪怕到最後，也沒有讓人折辱這個名字半分。

洛依水聽到這話，呆愣了片刻，而後卻是輕輕笑了起來。

彷彿他們最初遇到時那樣，驕傲又矜持的微微頷首，笑容明朗又溫柔，「那，多謝公子厚愛了。」

連半分推拒都沒有。

彷彿他的喜歡，對於她來說理所應當。她天生驕傲如斯。

江河朗笑出聲，轉身走了出去。

那一場雨裡，終於吹散了他們三人糾纏了二十多年的恩怨。

江河走出洛府，心裡終於知道，他放下了。

他無愧於洛依水，也再不掛念她。

他對她這二十多年的愧疚和深情，終於有了歸處。

江河同洛依水道歉完，便直奔城隍廟，開始找「洛子商」。

他將那陣子被人拋棄的孩子都找出來，逐一辨認之後，終於找到了。「洛子商」雖然被拋棄，但他被拋棄時包裹的錦布卻是洛家的，所以他很輕鬆找到了這個孩子，又怕抱錯，滴血認親過後，才帶回了家。

他替孩子找了奶娘，但這孩子黏他，每日鬧個不停，他沒有辦法，日日得了空，就得抱著他。

起初還擔心這個孩子到底是不是日後的洛子商，養了幾年，江河從那幼童的眉目裡，看出了後來洛子商的影子。

或許是改名叫了江知仁，他的脾氣與後來不太一樣，性格溫和，甚至有那麼幾分柔軟。而江河有了孩子，性情也不太一樣了，他年輕的時候殺伐果斷，做事有些不擇手段，可是他總怕江知仁學他，於是凡事都留了幾分餘地，遠不似當年。

可一步改變，便事事改變，他做事溫和，不像當年那樣冒進，自然升遷慢了許多。但秦楠在永州，因為有著洛依水指點，竟不像當年一樣冒進。

洛依水天性聰慧至極，當年她身陷囹圄，自己尚且自顧不暇，常年生病，以至於幫不到秦楠什麼，可如今她心緒解了，心境甚至更上一層，竟也能領著秦楠和江河在朝廷中隔空打著配合。

於是後續本該留給顧九思解決的永州，早早便被洛依水清理乾淨，而秦楠也如期做上了永州州牧，統管永州。

一事改變，事事改變，縱然最後還是他同范軒建立了大夏，可是卻不像當年那樣鮮血淋漓。

他建立大夏的時候，顧九思恰恰十八歲，江柔寫信給他，說顧九思性子太過鬧騰，沒人願意嫁他。

江河想了想，大筆一揮，送了封家書回揚州。

「去柳家，給一個叫柳玉茹的姑娘下聘，不必問九思意見，娶就對了。」

江河這信寫得非常強硬，他想了想，還不放心，領著江知仁一起回去，親自上門給柳玉茹下聘。

顧九思被他們關在房裡，對房門敲敲打打，怒吼著：「江河你個老匹夫，你放我出去！放我出去！」

江知仁靠在門口，手裡抱著劍，忍不住笑起來：「表弟，別折騰了，你娶柳玉茹是娶定了，算了吧。」

江河回來時候，聽見兄弟倆在吵嘴，他站在門口，抱著扇子道：「九思啊九思，我給你娶這媳婦兒你包准喜歡，你現在罵我，未來怕是要提著上門謝我。」

「你做夢！」顧九思在門裡大罵：「全天下女人都死絕死光，我也絕對不會看上柳玉茹，你做你的春秋大夢吧！」

江河聽著大笑，等到了成親那日，顧九思被打著上門去接新娘子，他扭扭捏捏領著柳玉茹步入大堂，風吹起紅帕，露出了柳玉茹半張臉，顧九思微微一愣，一時竟說不出話來。

在洞房挑開喜帕時，所有人都瞧著，柳玉茹抬起臉來，漠然地看了顧九思一眼，而後便愣住了。

江知仁靜靜瞧著，也愣了愣。

等眾人散去，顧九思坐在柳玉茹身旁，結結巴巴道：「那個、那個，咱們以前，是不是見過啊？」

柳玉茹其實也有同感，但她不好意思說，矜持道：「郎君何出此言？」

「我就是、就是頭一次見妳，」顧九思有些不好意思道：「就好像，好像上輩子已經見過無數次一樣。」

說著，他抬起頭，靜靜注視著她，深吸一口氣，頗為緊張道：「歡喜得緊。」

柳玉茹沒說話，她抿唇笑著看著顧九思，顧九思不由得道：「妳看著我笑，是什麼意思？」

「巧得很，」柳玉茹低下頭，「我也是呢。」

兩人說著話，江河和江知仁走在院子裡。江河打量江知仁一眼道：「我方才瞧見你看著玉茹愣了愣，你在想什麼？」

「嗯？」江知仁得了這話，不免笑了，「父親你眼睛也太尖了，這也能發現。」

「你是我兒子，」江河冷笑了一聲，「我還不知道你？」

江知仁笑容溫和，他抬頭看向天空，柔聲道：「就是覺得有些面熟罷了。」

「只是有些面熟？」江知仁認真想了想，終於道：「還帶了幾分歡喜。」

「好像上輩子曾經見過，如今見她過得好，我亦過得很好，似如故友相見，久別重逢，頗為欣慰。」

「僅此罷了。」

她過得好，他也過得很好。

故友相見，久別重逢。

於盛世中相遇，他們便永是少年。

江河聽到這話，不免溫柔笑開。

「你放心，」他抬手摸了摸江知仁的頭，「爹給你找個更好的媳婦兒，這一輩子，保證你過得比九思好。」

話剛說完，就聽新房裡傳來顧九思震驚的聲音。

「讀書？你要我讀書？不可，就算我喜歡妳，這也是萬萬不可的！」

——《長風渡【第二部】橫波渡》番外完——

——《長風渡》全文完——

高寶書版集團
gobooks.com.tw

YE 039
長風渡【第二部】橫波渡（下卷）

作　　者　墨書白
責任編輯　吳培禎
封面設計　茵萊登曼特
內頁排版　賴姵均
企　　劃　何嘉雯

發 行 人　朱凱蕾
出　　版　英屬維京群島商高寶國際有限公司台灣分公司
　　　　　Global Group Holdings, Ltd.
地　　址　台北市內湖區洲子街 88 號 3 樓
網　　址　gobooks.com.tw
電　　話　(02) 27992788
電　　郵　readers @ gobooks.com.tw（讀者服務部）
傳　　真　出版部 (02) 27990909　行銷部 (02) 27993088
郵政劃撥　19394552
戶　　名　英屬維京群島商高寶國際有限公司台灣分公司
發　　行　英屬維京群島商高寶國際有限公司台灣分公司
初　　版　2023 年 5 月

本著作物《長風渡》，作者：墨書白，由北京晉江原創網絡科技有限公司授權出版。

國家圖書館出版品預行編目 (CIP) 資料

長風渡【第二部】橫波渡 / 墨書白著 . -- 初版 . -- 臺北市 : 英屬維京群島商高寶國際有限公司臺灣分公司 , 2023.05
　冊 ;　公分 . --

ISBN 978-986-506-725-0(上冊 : 平裝). --
ISBN 978-986-506-726-7(中冊 : 平裝). --
ISBN 978-986-506-727-4(下冊 : 平裝). --
ISBN 978-986-506-728-1(全套 : 平裝)

857.7　　112006706